名家散文
青春版

老舍经典散文

抬头见喜

老舍 / 著

山东文艺出版社

图书在版编目（CIP）数据

抬头见喜／老舍著.—济南：山东文艺出版社，2023.6
 ISBN 978-7-5329-6890-9

Ⅰ.①抬… Ⅱ.①老… Ⅲ.①散文集-中国-现代 Ⅳ.①I266

中国国家版本馆CIP数据核字(2023)第082157号

抬头见喜
TAITOU JIANXI

老 舍 著

主管单位	山东出版传媒股份有限公司
出版发行	山东文艺出版社
社　　址	山东省济南市英雄山路189号
邮　　编	250002
网　　址	www.sdwypress.com
读者服务	0531-82098776（总编室）
	0531-82098775（市场营销部）
电子邮箱	sdwy@sdpress.com.cn
印　　刷	山东新华印务有限公司
开　　本	640毫米×960毫米　1/16
印　　张	17
字　　数	209千
版　　次	2023年6月第1版
印　　次	2023年6月第1次印刷
书　　号	ISBN 978-7-5329-6890-9
定　　价	32.00元

版权专有，侵权必究。如有图书质量问题，请与出版社联系调换。

目 录

第一单元 精读美文

003 / 猫

006 / 养花

008 / 母鸡

010 / 想北平

013 / 北京的春节

017 / 一些印象(节选)

025 / 趵突泉的欣赏

027 / 草原

030 / 谈读书

033 / 我的母亲

第二单元 泛读美文

一 当幽默变成油抹

043 / 宗月大师

047 / 无题(因为没有故事)

050 / 自述

056 / 老姐姐们

059 / 有了小孩以后

064 / 文艺副产品——孩子们的事情

070 / 当幽默变成油抹

074 / 记涤洲

077 / 我所认识的沫若先生

080 / 敬悼许地山先生

087 / 鲁迅先生逝世二周年纪念

092 / 梅兰芳同志千古

二 考而不死是为神

097 / 婆婆话

102 / 我的"话"

107 / 买彩票

110 / 观画记

114 / 读书

118 / 怎样读小说

121 / 文牛

125 / 文艺与木匠

128 / 考而不死是为神

目 录

130 / 习惯

133 / 我的理想家庭

136 / 抬头见喜

139 / 快活得要飞了

142 / "五四"给了我什么

144 / 又是一年芳草绿

三　再谈西红柿

151 / 小麻雀

154 / 小动物们

159 / 小动物们(鸽)续

165 / 西红柿

167 / 再谈西红柿

169 / 落花生

172 / 兔儿爷

174 / 药集

177 / 英国人与猫狗

182 / 神的游戏

四　八方风雨

187 / 到了济南

194 / 大明湖之春

197 / 五月的青岛

200 / 青岛与我

203 / 春风

205 / 可爱的成都

208 / 滇行短记

225 / 春来忆广州

227 / 八方风雨

258 / 东方学院

263 / 旅美观感

第一单元 精读美文

猫

猫的性格实在有些古怪。说它老实吧,它的确有时候很乖。它会找个暖和地方,成天睡大觉,无忧无虑。什么事也不过问。可是,赶到它决定要出去玩玩,就会走出一天一夜,任凭谁怎么呼唤,它也不肯回来。说它贪玩吧,的确是呀,要不怎么会一天一夜不回家呢?可是,及至它听到点老鼠的响动啊,它又多么尽职,闭息凝视,一连就是几个钟头,非把老鼠等出来不拉倒!

它要是高兴,能比谁都温柔可亲:用身子蹭你的腿,把脖儿伸出来要求给抓痒,或是在你写稿子的时候,跳上桌来,在纸上踩印几朵小梅花。它还会丰富多腔地叫唤,长短不同,粗细各异,变化多端,力避单调。在不叫的时候,它还会咕噜咕噜地给自己解闷。这可都凭它的高兴。它若是不高兴啊,无论谁说多少好话,它一声也不出,连半个小梅花也不肯印在稿纸上!它倔强得很!

是,猫的确是倔强。看吧,大马戏团里什么狮子、老虎、大象、狗熊,甚至于笨驴,都能表演一些玩艺儿①,可是谁见过耍猫呢?(昨

---

① 按现代汉语使用规范,此处应为"玩意儿"。为保留老舍原汁原味的语言特色,本书以《老舍全集》为蓝本进行编校,文字、标点尽量保持原貌。

天才听说：苏联的某马戏团里确有耍猫的，我当然还没亲眼见过。)

这种小动物确是古怪。不管你多么善待它，它也不肯跟着你上街去逛逛。它什么都怕，总想藏起来。可是它又那么勇猛，不要说见着小虫和老鼠，就是遇上蛇也敢斗一斗。它的嘴往往被蜂儿或蝎子螫的肿起来。

赶到猫儿们一讲起恋爱来，那就闹得一条街的人们都不能安睡。它们的叫声是那么尖锐刺耳，使人觉得世界上若是没有猫啊，一定会更平静一些。

可是，及至女猫生下两三个棉花团似的小猫啊，你又不恨它了。它是那么尽责地看护儿女，连上房兜兜风也不肯去了。

郎猫可不那么负责，它丝毫不关心儿女。它或睡大觉，或上屋去乱叫，有机会就和邻居们打一架，身上的毛儿滚成了毡，满脸横七竖八都是伤痕，看起来实在不大体面。好在它没有照镜子的习惯，依然昂首阔步，大喊大叫，它匆忙地吃两口东西，就又去挑战开打。有时候，它两天两夜不回家，可是当你以为它可能已经远走高飞了，它却瘸着腿大败而归，直入厨房要东西吃。

过了满月的小猫们真是可爱，腿脚还不甚稳，可是已经学会淘气。妈妈的尾巴，一根鸡毛，都是它们的好玩具，耍上没结没完。一玩起来，它们不知要摔多少跟头，但是跌倒即马上起来，再跑再跌。它们的头撞在门上，桌腿上，和彼此的头上。撞疼了也不哭。

它们的胆子越来越大，逐渐开辟新的游戏场所。它们到院子里来了。院中的花草可遭了殃。它们在花盆里摔跤，抱着花枝打秋千，所过之处，枝折花落。你不肯责打它们，它们是那么生气勃勃，天真可爱呀。可是，你也爱花。这个矛盾就不易处理。

现在，还有新的问题呢：老鼠已差不多都被消灭了，猫还有什么用处呢？而且，猫既吃不着老鼠，就会想办法去偷捉鸡雏或小鸭什么的开开斋。这难道不是问题么？

在我的朋友里颇有些位爱猫的。不知他们注意到这些问题没有？记得二十年前在重庆住着的时候，那里的猫很珍贵，须花钱去买。在当时，那里的老鼠是那么猖狂，小猫反倒须放在笼子里养着，以免被老鼠吃掉。据说，目前在重庆已很不容易见到老鼠。那么，那里的猫呢？是不是已经不放在笼子里，还是根本不养猫了呢？这须打听一下，以备参考。

也记得三十年前，在一艘法国轮船上，我吃过一次猫肉。事前，我并不知道那是什么肉，因为不识法文，看不懂菜单。猫肉并不难吃，虽不甚香美，可也没什么怪味道。是不是该把猫都送往法国轮船上去呢？我很难作出决定。

猫的地位的确降低了，而且发生了些小问题。可是，我并不为猫的命运多耽什么心思。想想看吧，要不是灭鼠运动得到了很大的成功，消除了巨害，猫的威风怎会减少了呢？两相比较，灭鼠比爱猫更重要的多，不是吗？我想，世界上总会有那么一天，一切都机械化了，不是连驴马也会有点问题吗？可是，谁能因耽忧驴马没有事作而放弃了机械化呢？

载 1959 年 8 月《新观察》第 16 期

养 花

我爱花，所以也爱养花。我可还没成为养花专家，因为没有工夫去作研究与试验。我只把养花当作生活中的一种乐趣，花开得大小好坏都不计较，只要开花，我就高兴。在我的小院中，到夏天，满是花草，小猫儿们只好上房去玩耍，地上没有它们的运动场。

花虽多，但无奇花异草。珍贵的花草不易养活，看着一棵好花生病欲死是件难过的事。我不愿时时落泪。北京的气候，对养花来说，不算很好。冬天冷，春天多风，夏天不是干旱就是大雨倾盆；秋天最好，可是忽然会闹霜冻。在这种气候里，想把南方的好花养活，我还没有那么大的本事。因此，我只养些好种易活、自己会奋斗的花草。

不过，尽管花草自己会奋斗，我若置之不理，任其自生自灭，它们多数还是会死了的。我得天天照管它们，像好朋友似的关切它们。一来二去，我摸着一些门道：有的喜阴，就别放在太阳地里，有的喜干，就别多浇水。这是个乐趣，摸住门道，花草养活了，而且三年五载老活着、开花，多么有意思呀！不是乱吹，这就是知识呀！多得些知识，一定不是坏事。

我不是有腿病吗，不但不利于行，也不利于久坐。我不知道花草们受我的照顾，感谢我不感谢；我可得感谢它们。在我工作的时候，我总是写了几十个字，就到院中去看看，浇浇这棵，搬搬那盆，然后回到屋中再写一点，然后再出去，如此循环，把脑力劳动与体力劳动结合到一起，有益身心，胜于吃药。要是赶上狂风暴雨或天气突变哪，就得全家动员，抢救花草，十分紧张。几百盆花，都要很快地抢到屋里去，使人腰酸腿疼，热汗直流。第二天，天气好转，又得把花儿都搬出去，就又一次腰酸腿疼，热汗直流。可是，这多么有意思呀！不劳动，连棵花儿也养不活，这难道不是真理么？

送牛奶的同志，进门就夸"好香"！这使我们全家都感到骄傲。赶到昙花开放的时候，约几位朋友来看看，更有秉烛夜游的神气——昙花总在夜里放蕊。花儿分根了，一棵分为数棵，就赠给朋友们一些；看着友人拿走自己的劳动果实，心里自然特别喜欢。

当然，也有伤心的时候，今年夏天就有这么一回。三百株菊秧还在地上（没到移入盆中的时候），下了暴雨。邻家的墙倒了下来，菊秧被砸死者约三十多种，一百多棵！全家都几天没有笑容！

有喜有忧，有笑有泪，有花有实，有香有色，既须劳动，又长见识，这就是养花的乐趣。

载 1956 年 12 月 12 日《文艺报》

母　鸡

一向讨厌母鸡。不知怎样受了一点惊恐，听吧，它由前院嘎嘎到后院，由后院再嘎嘎到前院，没结没完，而并没有什么理由；讨厌！有的时候，它不这样乱叫，可是细声细气的，有什么心事似的，颤颤微微的，顺着墙根或沿着田坝，那么扯长了声如怨如诉，使人心中立刻结起个小疙瘩来。

它永远不反抗公鸡。可是，有时候却欺侮那最忠厚的鸭子。更可恶的是它遇到另一只母鸡的时候，它会下毒手，乘其不备，狠狠的咬一口，咬下一撮儿毛来。

到下蛋的时候，它差不多是发了狂，恨不能使全世界都知道它这点成绩；就是聋子也会被它吵得受不下去。

可是，现在我改变了心思！我看见一只孵出一群小雏鸡的母鸡。

不论是在院里，还是在院外，它总是挺着脖儿，表示出世界上并没有可怕的东西。一个鸟儿飞过，或是什么东西响了一声，它立刻警戒起来，歪着头儿听；挺着身儿预备作战；看看前，看看后，咕咕的警告群雏要马上集合到它身边来！

当它发现了一点可吃的东西，它咕咕的紧叫，啄一啄那个东西，马上便放下,教它的儿女吃。结果,每一只鸡雏的肚子都圆圆的下垂,像刚装了一两个汤圆儿似的,它自己却削瘦了许多。假若有别的大鸡来找食,它一定出击,把它们赶出老远;连大公鸡也怕它三分。

它教给鸡雏们啄食,掘地,用土洗澡;一天教多少多少次。它还半蹲着——我想这是相当劳累的——教它们挤在它的翅下、胸下,得一点温暖。它若伏在地上,鸡雏们有的便爬在它的背上,啄它的头或别的地方,它一声也不哼。

在夜间若有什么动静,它便放声号叫,顶尖锐,顶凄惨,使任何贪睡的人也得起来看看,是不是有了黄鼠狼。

它负责,慈爱,勇敢,辛苦,因为它有了一群鸡雏。它伟大,因为它是鸡母亲。一个母亲必定就是一位英雄!

我不敢再讨厌母鸡了!

载 1942 年 5 月 30 日《时事新报》

想北平

设若让我写一本小说,以北平作背景,我不至于害怕,因为我可以捡着我知道的写,而躲开我所不知道的。让我单摆浮搁的讲一套北平,我没办法。北平的地方那么大,事情那么多,我知道的真觉太少了,虽然我生在那里,一直到廿七岁才离开。以名胜说,我没到过陶然亭,这多可笑!以此类推,我所知道的那点只是"我的北平",而我的北平大概等于牛的一毛。

可是,我真爱北平。这个爱几乎是要说而说不出的。我爱我的母亲。怎样爱?我说不出。在我想作一件事讨她老人家喜欢的时候,我独自微微的笑着;在我想到她的健康而不放心的时候,我欲落泪。言语是不够表现我的心情的,只有独自微笑或落泪才足以把内心揭露在外面一些来。我之爱北平也近乎这个。夸奖这个古城的某一点是容易的,可是这就把北平看得太小了。我所爱的北平不是枝枝节节的一些什么,而是整个儿与我的心灵相粘合的一段历史,一大块地方,多少风景名胜,从雨后什刹海的蜻蜓一直到我梦里的玉泉山的塔影,都积凑到一块,每一小的事件中有个我,我的每一思念中有个北平,这只有说不出而已。

真愿成为诗人,把一切好听好看的字都浸在自己的心血里,像杜鹃似的啼出北平的俊伟。啊!我不是诗人!我将永远道不出我的爱,一种像由音乐与图画所引起的爱。这不但是辜负了北平,也对不住我自己,因为我的最初的知识与印象都得自北平,它是在我的血里,我的性格与脾气里有许多地方是这古城所赐给的。我不能爱上海与天津,因为我心中有个北平。可是我说不出来!

伦敦,巴黎,罗马与堪司坦丁堡,曾被称为欧洲的四大"历史的都城"。我知道一些伦敦的情形;巴黎与罗马只是到过而已;堪司坦丁堡根本没有去过。就伦敦,巴黎,罗马来说,巴黎更近似北平——虽然"近似"两字要拉扯得很远——不过,假使让我"家住巴黎",我一定会和没有家一样的感到寂苦。巴黎,据我看,还太热闹。自然,那里也有空旷静寂的地方,可是又未免太旷;不像北平那样既复杂而又有个边际,使我能摸着——那长着红酸枣的老城墙!面向着积水潭,背后是城墙,坐在石上看水中的小蝌蚪或苇叶上的嫩蜻蜓,我可以快乐的坐一天,心中完全安适,无所求也无可怕,像小儿安睡在摇篮里。是的,北平也有热闹的地方,但是它和太极拳相似,动中有静。巴黎有许多地方使人疲乏,所以咖啡与酒是必要的,以便刺激;在北平,有温和的香片茶就够了。

论说巴黎的布置已比伦敦罗马匀调的多了,可是比上北平还差点事儿。北平在人为之中显出自然,几乎是什么地方既不挤得慌,又不太僻静;最小的胡同里的房子也有院子与树;最空旷的地方也离买卖街与住宅区不远。这种分配法可以算——在我的经验中——天下第一了。北平的好处不在处处设备得完全,而在它处处有空儿,可以使人自由的喘气;不在有好些美丽的建筑,而在建筑的四围都有空闲的地方,使它们成为美景。每一个城楼,每一个牌楼,都可以从老远就看见。况且在街上还可以看见北山与西山呢!

好学的，爱古物的，人们自然喜欢北平，因为这里书多古物多。我不好学，也没钱买古物。对于物质上，我却喜爱北平的花多菜多果子多。花草是费钱的玩艺，可是此地的"草花儿"很便宜，而且家家有院子，可以花不多的钱而种一院子花，即使算不了什么，可是到底可爱呀。墙上的牵牛，墙根的靠山竹与草茉莉，是多么省钱省事而也足以招来蝴蝶呀！至于青菜，白菜，扁豆，毛豆角，黄瓜，菠菜等等，大多数是直接由城外担来而送到家门口的。雨后，韭菜叶上还往往带着雨时溅起的泥点。青菜摊子上的红红绿绿几乎有诗似的美丽。果子有不少是由西山与北山来的，西山的沙果，海棠，北山的黑枣，柿子，进了城还带着一层白霜儿呀！哼，美国的橘子包着纸；遇到北平的带霜儿的玉李，还不愧杀！

是的，北平是个都城，而能有好多自己产生的花，菜，水果，这就使人更接近了自然。从它里面说，它没有像伦敦的那些成天冒烟的工厂；从外面说，它紧连着园林，菜圃与农村。采菊东篱下，在这里，确是可以悠然见南山的；大概把"南"字变个"西"或"北"，也没有多少了不得的吧。像我这样的一个贫寒的人，或者只有在北平能享受一点清福了。

好，不再说了吧；要落泪了，真想念北平呀！

载 1936 年 6 月 16 日《宇宙风》第 19 期

北京的春节

按照北京的老规矩,过农历的新年(春节),差不多在腊月的初旬就开头了。"腊七腊八,冻死寒鸦",这是一年里最冷的时候。可是,到了严冬,不久便是春天,所以人们并不因为寒冷而减少过年与迎春的热情。

在腊八那天,人家里,寺观里,都熬腊八粥。这种特制的粥是祭祖祭神的,可是细一想,它倒是农业社会的一种自傲的表现——这种粥是用所有的各种的米,各种的豆,与各种的干果(杏仁、核桃仁、瓜子、荔枝肉、桂圆肉、莲子、花生米、葡萄干、菱角米……)熬成的。这不是粥,而是小型的农产展览会。

腊八这天还要泡腊八蒜。把蒜瓣在这天放到高醋里,封起来,为过年吃饺子用的。到年底,蒜泡得色如翡翠,而醋也有了些辣味,色味双美,使人要多吃几个饺子。在北京,过年时,家家吃饺子。

从腊八起,铺户中就加紧的上年货,街上加多了货摊子——卖春联的、卖年画的、卖蜜供的、卖水仙花的等等都是只在这一季节才会出现的。这些赶年的摊子都教儿童们的心跳得特别快一些。在胡同里,吆喝的声音也比平时更多更复杂起来,其中也有仅在腊月才出现的,像卖宪书的、松枝的、薏仁米的、年糕的等等。

在有皇帝的时候,学童们到腊月十九日就不上学了,放年假一月。儿童们准备过年,差不多第一件事是买杂拌儿。这是用各种干果(花生、胶枣、榛子、栗子等)与蜜饯搀和成的,普通的带皮,高级的没有皮——例如:普通的用带皮的榛子,高级的就用榛瓤儿。儿童们喜吃这些零七八碎儿,即使没有饺子吃,也必须买杂拌儿。他们的第二件大事是买爆竹,特别是男孩子们。恐怕第三件事才是买玩艺儿——风筝、空竹、口琴等——和年画儿。

儿童们忙乱,大人们也紧张。他们须预备过年吃的使的喝的一切。他们也必须给儿童赶快做新鞋新衣,好在新年时显出万象更新的气象。

二十三日过小年,差不多就是过新年的"彩排"。在旧社会里,这天晚上家家祭灶王,从一擦黑儿鞭炮就响起来,随着炮声把灶王的纸像焚化,美其名叫送灶王上天。在前几天,街上就有多少多少卖麦芽糖与江米糖的,糖形或为长方块或为大小瓜形。按旧日的说法:用糖粘住灶王的嘴,他到了天上就不会向玉皇报告家庭中的坏事了。现在,还有卖糖的,但是只由大家享用,并不再粘灶王的嘴了。

过了二十三,大家就更忙起来,新年眨眼就到了啊。在除夕以前,家家必须把春联贴好,必须大扫除一次,名曰扫房。必须把肉、鸡、鱼、青菜、年糕什么的都预备充足,至少足够吃用一个星期的——按老习惯,铺户多数关五天门,到正月初六才开张。假若不预备下几天的吃食,临时不容易补充。还有,旧社会里的老妈妈论,讲究在除夕把一切该切出来的东西都切出来,省得在正月初一到初五再动刀,动刀剪是不吉利的。这含有迷信的意思,不过它也表现了我们确是爱和平的人,在一岁之首连切菜刀都不愿动一动。

除夕真热闹。家家赶作年菜,到处是酒肉的香味。老少男女都穿起新衣,门外贴好红红的对联,屋里贴好各色的年画,哪一家都灯火通宵，不许间断，炮声日夜不绝。在外边作事的人，除非万不得已，必定赶回家来，吃团圆饭，祭祖。这一夜，除了很小的孩子，没有什么人睡觉，而都要守岁。

元旦的光景与除夕截然不同：除夕，街上挤满了人；元旦，铺户都上着板子，门前堆着昨夜燃放的爆竹纸皮，全城都在休息。

男人们在午前就出动，到亲戚家，朋友家去拜年。女人们在家中接待客人。同时，城内城外有许多寺院开放，任人游览，小贩们在庙外摆摊、卖茶、食品和各种玩具。北城外的大钟寺、西城外的白云观、南城的火神庙（厂甸）是最有名的。可是，开庙最初的两三天，并不十分热闹，因为人们还正忙着彼此贺年，无暇及此。到了初五六，庙会开始风光起来，小孩们特别热心去逛，为的是到城外看看野景，可以骑毛驴，还能买到那些新年特有的玩具。白云观外的广场上有赛轿车赛马的；在老年间，据说还有赛骆驼的。这些比赛并不争取谁第一谁第二，而是在观众面前表演骡马与骑者的美好姿态与技能。

多数的铺户在初六开张，又放鞭炮，从天亮到清早，全城的炮声不绝。虽然开了张，可是除了卖吃食与其他重要日用品的铺子，大家并不很忙，铺中的伙计们还可以轮流着去逛庙、逛天桥和听戏。

元宵（汤圆）上市，新年的高潮到了——元宵节（从正月十三到十七）。除夕是热闹的，可是没有月光；元宵节呢，恰好是明月当空。元旦是体面的，家家门前贴着鲜红的春联，人们穿着新衣裳，可是它还不够美。元宵节，处处悬灯结彩，整条的大街像是办喜事，火炽而美丽。有名的老铺都要挂出几百盏灯来，有的一律是玻璃的，有的清一色是牛角的，有的都是纱灯；有的各形各色，有的通通彩绘全部《红楼梦》或《水浒传》故事。这，在当年，也就是一种广告；灯一悬起，任何人都可以进到铺中参观；晚间灯中都点上烛，观者就更多。这广告可不庸俗。干果店在灯节还要作一批杂拌儿生意，所以每每独出心裁的，制成各样的冰灯，或用麦苗作成一两条碧绿的长龙，把顾客招来。

除了悬灯，广场上还放花盒。在城隍庙里并且燃起火判，火舌由判官的泥像的口、耳、鼻、眼中伸吐出来。公园里放起天灯，像巨星似的飞到天空。

男男女女都出来踏月、看灯、看焰火；街上的人拥挤不动。在旧社会里，女人们轻易不出门，她们可以在灯节里得到些自由。

小孩子们买各种花炮燃放，即使不跑到街上去淘气，在家中也照样能有声有光的玩耍。家中也有灯：走马灯——原始的电影——宫灯、各形各色的纸灯，还有纱灯，里面有小铃，到时候就叮叮的响。大家还必须吃汤圆呀。这的确是美好快乐的日子。

一眨眼，到了残灯末庙，学生该去上学，大人又去照常作事，新年在正月十九结束了。腊月和正月，在农村社会里正是大家最闲在的时候，而猪牛羊等也正长成，所以大家要杀猪宰羊，酬劳一年的辛苦。过了灯节，天气转暖，大家就又去忙着干活了。北京虽是城市，可是它也跟着农村社会一齐过年，而且过得分外热闹。

在旧社会里，过年是与迷信分不开的。腊八粥，关东糖，除夕的饺子，都须先去供佛，而后人们再享用。除夕要接神；大年初二要祭财神，吃元宝汤（馄饨），而且有的人要到财神庙去借纸元宝，抢烧头股香。正月初八要给老人们顺星、祈寿。因此那时候最大的一笔浪费是买香蜡纸马的钱。现在，大家都不迷信了，也就省下这笔开销，用到有用的地方去。特别值得提到的是现在的儿童只快活的过年，而不受那迷信的熏染，他们只有快乐，而没有恐惧——怕神怕鬼。也许，现在过年没有以前那么热闹了，可是多么清醒健康呢。以前，人们过年是托神鬼的庇佑，现在是大家劳动终岁，大家也应当快乐的过年。

载 1951 年 1 月《新观察》第 2 卷第 2 期

一些印象（节选）

济南的秋天是诗境的。设若你的幻想中有个中古的老城，有睡着了的大城楼，有狭窄的古石路，有宽厚的石城墙，环城流着一道清溪，倒映着山影，岸上蹲着红袍绿裤的小妞儿。你的幻想中要是这么个境界，那便是济南。设若你幻想不出——许多人是不会幻想的——请到济南来看看吧。

请你在秋天来。那城，那河，那古路，那山影，是终年给你预备着的。可是，加上济南的秋色，济南由古朴的画境转入静美的诗境中了。这个诗意的秋光秋色是济南独有的。上帝把夏天的艺术赐给瑞士，把春天的赐给西湖，秋和冬的全赐给了济南。秋和冬是不好分开的，秋睡熟了一点便是冬，上帝不愿意把它忽然唤醒，所以作个整人情，连秋带冬全给了济南。

诗的境界中必须有山有水。那末，请看济南吧。那颜色不同，方向不同，高矮不同的山，在秋色中便越发的不同了。以颜色说吧，山腰中的松树是青黑的，加上秋阳的斜射，那片青黑便多出些比灰色深，比黑色浅的颜色，把旁边的黄草盖成一层灰中透黄的阴影。山脚是镶着各色条子的，一层层的，有的黄，有的灰，有的绿，有的似乎是藕荷色儿。山顶上的色儿也随着太阳的转移而不同。山顶的颜色不同还不重要，山腰中的颜色不同才真叫人想作几句诗。山腰中的颜色是永远在那儿变动，特别是在秋天，那阳光能够忽然清凉一会儿，忽然又温暖一会儿，这个变动并不激烈，可是山上的颜色觉得出这个变化，而立刻随着变换。忽然黄色更真了一些，忽然又暗了一些，忽然像有层看不见的薄雾在那儿流动，忽然像有股细风替"自然"调和着彩色，轻轻的抹上一层各色俱全而全是淡美的色道儿。有这样的山，再配上那蓝的天，晴暖的阳光；蓝得像要由蓝变绿了，可又没完全绿了；晴暖得要发燥了，可是有点凉风，正和诗一样的温柔；这便是济南的秋。况且因为颜色的不同，那山的高低也更显然了。高的更高了些，低的更低了些，山的棱角曲线在晴空中更真了，更分明了，更瘦硬了。看山顶上那个塔！

再看水。以量说，以质说，以形式说，哪儿的水能比济南？有泉——到处是泉——有河，有湖，这是由形式上分。不管是泉是河是湖，全是那么清，全是那么甜，哎呀，济南是"自然"的Sweet heart吧？大明湖夏日的莲花，城河的绿柳，自然是美好的了。可是看水，是要看秋水的。济南有秋山，又有秋水，这个秋才算个秋，因为秋神是在济南住家的。先不用说别的，只说水中的绿藻吧。那份儿绿色，除了上帝心中的绿色，恐怕没有别的东西能比拟的。这种鲜绿全借着水的清澄显露出来，好像美人借着镜子鉴赏自己的美。是的，这些绿藻是自己享受那水的甜美呢，不是为谁看的。它们知道它们那点绿的心事，它们终年在那儿吻着水皮，做着绿色的香梦。淘气的鸭子，用黄金的脚掌碰它们一两下。浣女的影儿，吻它们的绿叶一两下。只有这个，是它们的香甜的烦恼。羡慕死诗人呀！

在秋天，水和蓝天一样的清凉。天上微微有些白云，水上微微有

一些印象（节选）

些波皱。天水之间，全是清明，温暖的空气，带着一点桂花的香味。山影儿也更真了。秋山秋水虚幻的吻着。山儿不动，水儿微响。那中古的老城，带着这片秋色秋声，是济南，是诗。要知济南的冬日如何，且听下回分解。

上次说了济南的秋天，这回该说冬天。

对于一个在北平住惯的人，像我，冬天要是不刮大风，便是奇迹；济南的冬天是没有风声的。对于一个刚由伦敦回来的，像我，冬天要能看得见日光，便是怪事；济南的冬天是响晴的。自然，在热带的地方，日光是永远那么毒，响亮的天气反有点叫人害怕。可是，在北中国的冬天，而能有温晴的天气，济南真得算个宝地。

设若单单是有阳光，那也算不了出奇。请闭上眼想：一个老城，有山有水，全在蓝天下很暖和安适的睡着；只等春风来把他们唤醒，这是不是个理想的境界？

小山整把济南围了个圈儿，只有北边缺着点口儿，这一圈小山在冬天特别可爱，好像是把济南放在一个小摇篮里，它们全安静不动的低声的说：你们放心吧，这儿准保暖和。真的，济南的人们在冬天是面上含笑的。他们一看那些小山，心中便觉得有了着落，有了依靠。他们由天上看到山上，便不觉的想起：明天也许就是春天了吧？这样的温暖，今天夜里山草也许就绿起来吧？就是这点幻想不能一时实现，他们也并不着急，因为有这样慈善的冬天，干啥还希望别的呢。

最妙的是下点小雪呀。看吧，山上的矮松越发的青黑，树尖上顶着一髻儿白花，像些小日本看护妇。山尖全白了，给蓝天镶上一道银边。山坡上有的地方雪厚点，有的地方草色还露着，这样，一道儿白，一道儿暗黄，给山们穿上一件带水纹的花衣；看着看着，这件花衣好像被风儿吹动，叫你希望看见一点更美的山的肌肤。等到快日落的时候，微黄的阳光斜射在山腰上，那点薄雪好像忽然害了羞，微微露出点粉色。就是下小雪吧，济南是受不住大雪的，那些小山太秀气。

古老的济南，城内那么狭窄，城外又那么宽敞，山坡上卧着些小村庄，小村庄的房顶上卧着点雪，对，这是张小水墨画，或者是唐代的名手画的吧。

那水呢，不但不结冰，反倒在绿藻上冒着点热气。水藻真绿，把终年贮蓄的绿色全拿出来了。天儿越晴，水藻越绿，就凭这些绿的精神，水也不忍得冻上；况且那长枝的垂柳还要在水里照个影儿呢。看吧，由澄清的河水慢慢往上看吧，空中，半空中，天上，自上而下全是那么清亮，那么蓝汪汪的，整个的是块空灵的蓝水晶。这块水晶里，包着红屋顶，黄草山，像地毯上的小团花的小灰色树影；这就是冬天的济南。

树虽然没有叶儿，鸟儿可并不偷懒，看在日光下张着翅叫的百灵们。山东人是百灵鸟的崇拜者，济南是百灵的国。家家处处听得到它们的歌唱；自然，小黄鸟儿也不少，而且在百灵国内也很努力的唱。还有山喜鹊呢，成群的在树上啼，扯着浅蓝的尾巴飞。树上虽没有叶，有这些羽翎装饰着，也倒有点像西洋美女。坐在河岸上，看着它们在空中飞，听着溪水活活的流，要睡了，这是有催眠力的；不信你就试试；睡吧，决冻不着你。

要知后事如何，我自己也不知道。

到了齐大，暑假还未曾完。除了太阳要落的时候，校园里轻易不

一些印象（节选）

见一个人影。那几条白石凳，上面有枫树给张着伞，便成了我的临时书房。手里拿着本书，并不见得念；念地上的树影，比读书还有趣。我看着：细碎的绿影，夹着些小黄圈，不一定都是圆的，叶儿稀的地方，光也有时候透出七棱八角的一小块。小黑驴似的蚂蚁，单喜欢在这些光圈上慌手忙脚的来往过。那边的白石凳上，也印着细碎的绿影，还落着个小蓝蝴蝶，抿着翅儿，好像要睡。一点风儿，把绿影儿吹醒，散乱起来；小蓝蝶醒了懒懒的飞，似乎是作着梦飞呢；飞了不远，落下了，抱住黄蜀菊的蕊儿。看着，老大半天，小蝶儿又飞了，来了个愣头磕脑的马蜂。

真静。往南看，千佛山懒懒的倚着一些白云，一声不出。往北看，围子墙根有时过一两个小驴，微微有点铃声。往东西看，只看见楼墙上的爬山虎。叶儿微动，像竖起的两面绿浪。往下看，四下都是绿草。往上看，看见几个红的楼尖。全不动。绿的，红的，上上下下的，像一张画，颜色固定，可是越看越好看。只有办公处的大钟的针儿，偷偷的移动，好似唯恐怕叫光阴知道似的，那么偷偷的动。从树隙里偶尔看见一个小女孩，花衣裳特别花哨，突然把这一片静的景物全刺激了一下；花儿也更红，叶儿也更绿了似的；好像她的花衣裳要带这一群颜色跳舞起来。小女孩看不见了，又安静起来。槐树上轻轻落下个豆瓣绿的小虫，在空中悬着，其余的全不动了。

园中就是缺少一点水呀！连小麻雀也似乎很关心这个，时常用小眼睛往四下找；假如园中，就是有一道小溪吧，那要多么出色。溪里再有些各色的鱼，有些荷花！那怕是有个喷水池呢，水声，和着枫叶的轻响，在石台上睡一刻钟，要作出什么有声有色有香味的梦！花木够了，只缺一点水。

短松墙觉得有点死板，好在发着一些松香；若是上面绕着些密罗松，开着些血红的小花，也许能减少一些死板气儿。园外的几行洋槐很体面，似乎缺少一些小白石凳。可是继而一想，没有石凳也好，校园的全景，就妙在只有花木，没有多少人工作的点缀，砖砌的花池咧，绿竹篱咧，全没有；这样，没有人的时候，才真像没有人，连一点人工经营的痕迹也看不出；换句话说，这才不俗气。

啊，又快到夏天了！把去年的光景又想起来；也许是盼望快放暑假吧。快放暑假吧！把这个整个的校园，还交给蜂蝶与我吧！太自私了，谁说不是！可是我能念着树影，给诸位作首不十分好，也还说得过去的诗呢。

学校南边那块瓜地，想起来叫口中出甜水；但是懒得动；在石凳上等着吧，等太阳落了，再去买几个瓜吧。自然，这还是去年的话；今年那块地还种瓜吗？管他种瓜还是种豆呢，反正白石凳还在那里，爬山虎也又绿起来；只等玫瑰开呀！玫瑰开，吃粽子，下雨，晴天，枫树底下，白石凳上，小蓝蝴蝶，绿槐树虫，哈，梦！再温习温习那个梦吧。

有诗为证，对，印象是要有诗为证的；不然，那印象必是多少带点土气的。我想写"春夜"，多么美的题目！想起这个题目，我自然的想作诗了。可是，不是个诗人，怎办呢；这似乎要"抓瞎"——用个毫无诗味的词儿。新诗吧？太难；脑中虽有几堆"呀，噢，唉，喽"和那俊美的"；"，和那珠泪滚滚的"！"。但是，没有别的玩艺，怎能把这些宝贝缀上去呢？此路不通！旧诗？又太死板，而且至少有十几年没动那些七庚八葱的东西了；不免出丑。

到底硬联成一首七律，一首不及六十分的七律；心中已高兴非常，有胜于无，好歹不论，正合我的基本哲学。好，再作七首，共合八首；

即便没一首"通"的吧,"量"也足惊人不是?中国地大物博,一人能写八首春夜,呀!

唉!湿膝病又犯了,两膝僵肿,精神不振,终日茫然,饭且不思,何暇作诗,只有大喊拉倒,予无能为矣!只凑了三首,再也凑不出。

想另作一篇散文吧,又到了交稿子的时候;况且精神不好,其影响于诗与散文一也;散了吧,好歹把那三首送进去,爱要不要;我就是这个主意!反正无论怎说,我是有诗为证:

一

多少春光轻易去?无言花鸟夜如秋。
东风似梦微添醉,小月知心只照愁!
柳样诗思情入影,火般桃色艳成羞。
谁家玉笛三更后?山倚疏星人倚楼。

二

一片闲情诗境里,柳风淡淡析声凉。
山腰月少青松黑,篱畔光多玉李黄。
心静渐知春似海,花深每觉影生香。
何时买得田千顷,遍种梧桐与海棠!

三

且莫贪眠减却狂,春宵月色不平常!
碧桃几树开蝴蝶,紫燕联肩梦海棠。
花比诗多怜夜短,柳如人瘦为情长。
年来潦倒漂萍似,惯与东风道暖凉。

得看这三大首!五十年之后,准保有许多人给作注解——好诗是不需注解的。我的评注者,一定说我是资本家,或是穷而倾向资本主义者,因为在第二首里,有"何时买得田千顷"之语。好,我先自己作点注吧：我的意思是买山地呀，不是买一千顷良田，全种上花木，而叫农民饿死，不是。比如千佛山两旁的秃山，要全种上海棠，那要多么美，这才是我的梦想。这不怨我说话不清，是律诗自身的别扭；一句非七个字不可，我怎能忽然来句八个九个字的呢？

　　得了，从此再不受这个罪；《一些印象》也不再续。暑假中好好休息，把腿养好，能加入将来远东运动会的五百里竞走，得个第一，那才算英雄好汉；诌几句不准多于七个字一句的诗，算得什么！

　　　　载 1931 年 3 月至 6 月《齐大月刊》第 1 卷第 5、6、7、8 期

趵突泉的欣赏

千佛山、大明湖和趵突泉,是济南的三大名胜。现在单讲趵突泉。

在西门外的桥上,便看见一溪活水,清浅,鲜洁,由南向北的流着。这就是由趵突泉流出来的。设若没有这泉,济南定会丢失了一半的美。但是泉的所在地并不是我们理想中的一个美景。这又是个中国人的征服自然的办法,那就是说,凡是自然的恩赐交到中国人手里就会把它弄得丑陋不堪。这块地方已经成了个市场。南门外是一片喊声,几阵臭气,从卖大碗面条与肉包子的棚子里出来。进了门有个小院,差不多是四方的。这里,"一毛钱四块!"和"两毛钱一双!"的喊声,与外面的"吃来"联成一片。一座假山,奇丑;穿过山洞,接联不断的棚子与地摊,东洋布,东洋磁,东洋玩具,东洋……加劲的表示着中国人怎样热烈的"不"抵制劣货。这里很不易走过去,乡下人一群跟着一群的来,把路塞住。他们没有例外的全买一件东西还三次价,走开又回来摸索四五次。小脚妇女更了不得,你往左躲,她往左扭;你往右躲,她往右扭,反正不许你痛快的过去。

到了池边,北岸上一座神殿,南西东三面全是唱鼓书的茶棚,唱的多半是梨花大鼓,一声"哟"要拉长几分钟,猛听颇像产科医院的病室。除了茶棚还是日货摊子——说点别的吧！

  泉太好了。泉池差不多见方，三个泉口偏西，北边便是条小溪流向西门去。看那三个大泉，一年四季，昼夜不停，老那么翻滚。你立定呆呆的看三分钟，你便觉出自然的伟大，使你不敢再正眼去看。永远那么纯洁，永远那么活泼，永远那么鲜明，冒，冒，冒，永不疲乏，永不退缩，只是自然有这样的力量！冬天更好，泉上起了一片热气，白而轻软，在深绿的长草藻上飘荡着，使你不由的想起一种似乎神秘的境界。

  池边还有小泉呢：有的像大鱼吐水，极轻快的上来一串水泡；有的像一串明珠，走到中途又歪下去，真像一串珍珠在水里斜放着；有的半天才上来一个水泡，大，扁一点，慢慢的，有姿态的，摇动上来；碎了；看，又来了一个！有的好几串小碎珠一齐挤上来，像一朵攒整齐的珠花，雪白。有的……这比那大泉还更有味。

  新近为增加河水的水量，又下了六根铁管，做成六个泉眼，水流得也很旺，但是我还是爱那原来的三个。

  看完了泉，再往北走，经过一些货摊，便出了北门。

  前年冬天一把大火把泉池南边的棚子都烧了。有机会改造了！造成一个公园，各处安着喷水管！东边作个游泳池！有许多人这样的盼望。可是，席棚又搭好了，渐次改成了木板棚；乡下人只知道趵突泉，把摊子移到"商场"去（就离趵突泉几步）买卖就受损失了；于是"商场"四大皆空，还叫趵突泉作日货销售场；也许有道理。

载 1932 年 8 月《华年》第 1 卷第 17 期

草　原

　　自幼就见过"天苍苍，野茫茫，风吹草低见牛羊"这类的词句。这曾经发生过不太好的影响，使人怕到北边去。这次，我看到了草原。那里的天比别处的天更可爱，空气是那么清鲜，天空是那么明朗，使我总想高歌一曲，表示我的愉快。在天底下，一碧千里，而并不茫茫。四面都有小丘，平地是绿的，小丘也是绿的。羊群一会儿上了小丘，一会儿又下来，走在哪里都像给无边的绿毯绣上了白色的大花。那些小丘的线条是那么柔美，就像没骨画那样，只用绿色渲染，没有用笔勾勒，于是，到处翠色欲流，轻轻流入云际。这种境界，既使人惊叹，又叫人舒服，既愿久立四望，又想坐下低吟一首奇丽的小诗。在这境界里，连骏马与大牛都有时候静立不动，好像回味着草原的无限乐趣。紫塞，紫塞，谁说的？这是个翡翠的世界。连江南也未必有这样的景色啊！

　　我们访问的是陈巴尔虎旗的牧业公社。汽车走了一百五十华里，才到达目的地。一百五十里全是草原。再走一百五十里，也还是草原。草原上行车至为洒脱，只要方向不错，怎么走都可以。初入草原，听不见一点声音，也看不见什么东西，除了一些忽飞忽落的小鸟。走了许久，远远地望见了迂回的，明如玻璃的一条带子。河！牛羊多起来，也看到了马群，隐隐有鞭子的轻响。快了，快到公社了。忽然，像被一阵风吹来的，远丘上出现了一群马，马上的男女老少穿着各色的衣裳，马疾驰，襟飘带舞，像一条彩虹向我们飞过来。这是主人来到几十里外，欢迎远客。见到我们，主人们立刻拨转马头，欢呼着，飞驰着，在汽车左右与前面引路。静寂的草原，热闹起来：欢呼声，车声，马蹄声，响成一片。车、马飞过了小丘，看见了几座蒙古包。

蒙古包外，许多匹马，许多辆车。人很多，都是从几十里外乘马或坐车来看我们的。我们约请了海拉尔的一位女舞蹈员给我们作翻译。她的名字漂亮——水晶花。她就是陈旗的人，鄂温克族。主人们下了马，我们下了车。也不知道是谁的手，总是热乎乎地握着，握住不散。我们用不着水晶花同志给作翻译了。大家的语言不同，心可是一样。握手再握手，笑了再笑。你说你的，我说我的，总的意思都是民族团结互助！

也不知怎的，就进了蒙古包。奶茶倒上了，奶豆腐摆上了，主客都盘腿坐下，谁都有礼貌，谁都又那么亲热，一点不拘束。不大会儿，好客的主人端进来大盘子的手抓羊肉和奶酒。公社的干部向我们敬酒，七十岁的老翁向我们敬酒。正是：

祝福频频难尽意，举杯切切莫相忘！

我们回敬，主人再举杯，我们再回敬。这时候鄂温克姑娘们，戴着尖尖的帽儿，既大方，又稍有点羞涩，来给客人们唱民歌。我们同行的歌手也赶紧唱起来。歌声似乎比什么语言都更响亮，都更感人，不管唱的是什么，听者总会露出会心的微笑。

饭后，小伙子们表演套马，摔跤，姑娘们表演了民族舞蹈。客人们也舞的舞，唱的唱，并且要骑一骑蒙古马。太阳已经偏西，谁也不肯走。是呀！蒙汉情深何忍别，天涯碧草话斜阳！

草　原

　　乌兰巴干同志在《草原新史》短篇小说集里描写了不少近几年来牧民生活的变化，文笔好，内容丰富，值得一读。我就不想再多说什么。可是，我又没法不再说几句，因为草原和牧民弟兄实在可爱！好，就拿蒙古包说吧，从前每被呼为毡庐，今天却变了样，是用木条与草秆做成的，为是夏天住着凉爽，到冬天再改装。人的生活变了，草原上的一切都也随着变。看那马群吧，既有短小精悍的蒙古马，也有高大的新种三河马。这种大马真体面，一看就令人想起"龙马精神"这类的话儿，并且想骑上它，驰骋万里。牛也改了种，有的重达千斤，乳房像小缸。牛肥草香乳如泉啊！并非浮夸。羊群里既有原来的大尾羊，也添了新种的短尾细毛羊，前者肉美，后者毛好。是的，人畜两旺，就是草原上的新气象之一。

　　　　　　　　　　载 1961 年 10 月 13 日《人民日报》

谈读书

我有个很大的毛病：读书不求甚解。

从前看过的书，十之八九都不记得；我每每归过于记忆力不强，其实是因为阅读时马马虎虎，自然随看随忘。这叫我吃了亏——光翻动了书页，而没吸收到应得的营养，好似把好食品用凉水冲下去，没有细细咀嚼。因此，有人问我读过某部好书没有，我虽读过，也不敢点头，怕人家追问下去，无辞以答。这是个毛病，应当矫正！丢脸倒是小事，白费了时光实在可惜！

矫正之法有二：一曰随读随作笔记。这不仅大有助于记忆，而且是自己考试自己，看看到底有何心得。我曾这么办过，确有好处。不管自己的了解正确与否，意见成熟与否，反正写过笔记必得到较深的印象。及至日子长了，读书多了，再翻翻旧笔记看一看，就能发现昔非而今是，看法不同，有了进步。可惜，我没有坚持下去，所以有许多读过的著作都忘得一干二净。既然忘掉，当然说不上什么心得与收获，浪费了时间！

第二个办法是：读了一本文艺作品，或同一作家的几本作品，最好找些有关于这些作品的研究、评论等著述来读。也应读一读这个作家的传记。这实在有好处。这会使我们把文艺作品和文艺理论结合起来，把作品与作家结合起来，引起研究兴趣，尽管我们并不想作专家。有了这点兴趣，用不着说，会使我们对那些作品与那个作家得到更深刻的了解，吸取更多的营养。孤立地读一本作品，我们多半是凭个人的喜恶去评断，自己所喜则捧入云霄，自己所恶则弃如粪土。事实上，这未必正确。及至读了有关这本作品的一些著述，我们就会发现自己的错误。这并不是说我们应该采取人云亦云的态度，不便自作主张。不是的。这是说，我们看了别人的意见，会重新去想一想。这么再想一想便大有好处。至少它会使我们不完全凭感情去判断，减少了偏见。去掉偏见，我们才能够吸取营养，扔掉糟粕——个人感情上所喜爱的那些未必不正是糟粕。

在我年轻的时候，我极喜读英国大小说家狄更斯的作品，爱不释手。我初习写作，也有些效仿他。他的伟大究竟在哪里？我不知道。我只学来些耍字眼儿，故意逗笑等等"窍门"，扬扬得意。后来，读了些狄更斯研究之类的著作，我才晓得原来我所摹拟的正是那个大作家的短处。他之所以不朽并不在乎他会故意逗笑——假若他能够控制自己，减少些绕着弯子逗笑儿，他会更伟大！特别使我高兴的是近几年来看到些以马克思主义文艺观点写成的评论。这些评论是以科学的分析方法把狄更斯和别的名家安放在文学史中最合适的地位，既说明他们的所以伟大，也指出他们的局限与缺点。他们仍然是些了不起的巨人，但不再是完美无缺的神像。这使我不再迷信，多么好啊！是的，有关于大作家的著作有很多，我们读不过来，其中某些旧作读了也不见得有好处。读那些新的吧。

真的，假若（还暂以狄更斯为例）我们选读了他的两三本代表作，又去读一本或两本他的传记，又去读几篇近年来发表的对他的评论，我们对于他一定会得到些正确的了解，从而取精去粕地吸收营养。

这样，我们的学习便较比深入、细致，逐渐丰富我们的文学修养。这当然需要时间，可是细嚼烂咽总比囫囵吞枣强得多。

此外，我想因地制宜，各处都成立几个人的读书小组，约定时间举行座谈，交换意见，必有好处。我们必须多读书，可是工作又很忙，不易博览群书。假若有读书小组呢，就可以各将所得，告诉别人；或同读一书，各抒己见；或一人读《红楼梦》，另一人读《曹雪芹传》，另一人读《红楼梦研究》，而后座谈，献宝取经。我想这该是个不错的方法，何妨试试呢。

载《文艺报》第 23 期

我的母亲

母亲的娘家是在北平德胜门外，土城儿外边，通大钟寺的大路上的一个小村里。村里一共有四五家人家，都姓马。大家都种点不十分肥美的地，但是与我同辈的兄弟们，也有当兵的，作木匠的，作泥水匠的，和当巡警的。他们虽然是农家，却养不起牛马，人手不够的时候，妇女便也须下地作活。

对于姥姥家，我只知道上述的一点。外公外婆是什么样子，我就不知道了，因为他们早已去世。至于更远的族系与家史，就更不晓得了；穷人只能顾眼前的衣食，没有功夫谈论什么过去的光荣；"家谱"这字眼，我在幼年就根本没有听说过。

母亲生在农家，所以勤俭诚实，身体也好。这一点事实却极重要，因为假若我没有这样的一位母亲，我以为我恐怕也就要大大的打个折扣了。

母亲出嫁大概是很早，因为我的大姐现在已是六十多岁的老太婆，而我的大外甥女还长我一岁啊。我有三个哥哥，四个姐姐，但能长大成人的，只有大姐、二姐、三姐、三哥与我。我是"老"儿子。生我的时候，母亲已有四十一岁，大姐二姐已都出了阁。

由大姐与二姐所嫁入的家庭来推断，在我生下之前，我的家里，大概还马马虎虎的过得去。那时候定婚讲究门当户对，而大姐丈是作小官的，二姐丈也开过一间酒馆，他们都是相当体面的人。

可是，我，我给家庭带来了不幸：我生下来，母亲晕过去半夜，才睁眼看见她的老儿子——感谢大姐，把我揣在怀中，致未冻死。

一岁半，我把父亲"克"死了。

兄不到十岁，三姐十二三岁，我才一岁半，全仗母亲独力抚养了。父亲的寡姐跟我们一块儿住，她吸鸦片，她喜摸纸牌，她的脾气极坏。为我们的衣食，母亲要给人家洗衣服，缝补或裁缝衣裳。在我的记忆中，她的手终年是鲜红微肿的。白天，她洗衣服，洗一两大绿瓦盆。她作事永远丝毫也不敷衍，就是屠户们送来的黑如铁的布袜，她也给洗得雪白。晚间，她与三姐抱着一盏油灯，还要缝补衣服，一直到半夜。她终年没有休息，可是在忙碌中她还把院子屋中收拾得清清爽爽。桌椅都是旧的，柜门的铜活久已残缺不全，可是她的手老使破桌面上没有尘土，残破的铜活发着光。院中，父亲遗留下的几盆石榴与夹竹桃，永远会得到应有的浇灌与爱护，年年夏天开许多花。

哥哥似乎没有同我玩耍过。有时候，他去读书；有时候，他去学徒；有时候，他也去卖花生或樱桃之类的小东西。母亲含着泪把他送走，不到两天，又含着泪接他回来。我不明白这都是什么事，而只觉得与他很生疏。与母亲相依为命的是我与三姐。因此，他们作事，我老在后面跟着。他们浇花，我也张罗着取水；他们扫地，我就撮土……从这里，我学得了爱花，爱清洁，守秩序。这些习惯至今还被我保存着。

有客人来，无论手中怎么窘，母亲也要设法弄一点东西去款待。舅父与表哥们往往是自己掏钱买酒肉食，这使她脸上羞得飞红，可是殷勤的给他们温酒作面,又给她一些喜悦。遇上亲友家中有喜丧事,母亲必把大褂洗得干干净净,亲自去贺吊——份礼也许只是两吊小钱。到如今我的好客的习性,还未全改,尽管生活是这么清苦,因为自幼儿看惯了的事情是不易改掉的。

姑母常闹脾气。她单在鸡蛋里找骨头。她是我家中的阎王。直到我入了中学,她才死去,我可是没有看见母亲反抗过。"没受过婆婆的气,还不受大姑子的吗?命当如此!"母亲在非解释一下不足以平服别人的时候,才这样说。是的,命当如此。母亲活到老,穷到老,辛苦到老,全是命当如此。她最会吃亏。给亲友邻居帮忙,她总跑在前面:她会给婴儿洗三——穷朋友们可以因此少花一笔"请姥姥"钱——她会刮痧,她会给孩子们剃头,她会给少妇们绞脸……凡是她能作的,都有求必应。但是吵嘴打架,永远没有她。她宁吃亏,不逗气。当姑母死去的时候,母亲似乎把一世的委屈都哭了出来,一直哭到坟地。不知道哪里来的一位侄子,声称有承继权,母亲便一声不响,教他搬走那些破桌子烂板凳,而且把姑母养的一只肥母鸡也送给他。

可是,母亲并不软弱。父亲死在庚子闹"拳"的那一年。联军入城,挨家搜索财物鸡鸭,我们被搜两次。母亲拉着哥哥与三姐坐在墙根,等着"鬼子"进门,街门是开着的。"鬼子"进门,一刺刀先把老黄狗刺死,而后入室搜索。他们走后,母亲把破衣箱搬起,才发现了我。假若箱子不空,我早就被压死了。皇上跑了,丈夫死了,鬼子来了,满城是血光火焰,可是母亲不怕,她要在刺刀下,饥荒中,保护着儿女。北平有多少变乱啊,有时候兵变了,街市整条的烧起,火团落在我们院中。有时候内战了,城门紧闭,铺店关门,昼夜响着枪炮。这惊恐,这紧张,再加上一家饮食的筹划,儿女安全的顾虑,岂是一个软弱的老寡妇所能受得起的?可是,在这种时候,母亲的心横起来,她不慌不哭,要从无办法中想出办法来。

她的泪会往心中落！这点软而硬的性格，也传给了我。我对一切人与事，都取和平的态度，把吃亏看作当然的。但是，在作人上，我有一定的宗旨与基本的法则，什么事都可将就，而不能超过自己画好的界限。我怕见生人，怕办杂事，怕出头露面；但是到了非我去不可的时候，我便不敢不去，正像我的母亲。从私塾到小学，到中学，我经历过起码有二十位教师吧，其中有给我很大影响的，也有毫无影响的，但是我的真正的教师，把性格传给我的，是我的母亲。母亲并不识字，她给我的是生命的教育。

当我在小学毕了业的时候，亲友一致的愿意我去学手艺，好帮助母亲。我晓得我应当去找饭吃，以减轻母亲的勤劳困苦。可是，我也愿意升学。我偷偷的考入了师范学校——制服，饭食，书籍，宿处，都由学校供给。只有这样，我才敢对母亲说升学的话。入学，要交十圆的保证金。这是一笔巨款！母亲作了半个月的难，把这巨款筹到，而后含泪把我送出门去。她不辞劳苦，只要儿子有出息。当我由师范毕业，而被派为小学校校长，母亲与我都一夜不曾合眼。我只说了句："以后，您可以歇一歇了！"她的回答只有一串串的眼泪。我入学之后，三姐结了婚。母亲对儿女是都一样疼爱的，但是假若她也有点偏爱的话，她应当偏爱三姐，因为自父亲死后，家中一切的事情都是母亲和三姐共同撑持的。三姐是母亲的右手。但是母亲知道这右手必须割去，她不能为自己的便利而耽误了女儿的青春。当花轿来到我们的破门外的时候，母亲的手就和冰一样的凉，脸上没有血色——那是阴历四月，天气很暖。大家都怕她晕过去。可是，她挣扎着，咬着嘴唇，手扶着门框，看花轿徐徐的走去。不久，姑母死了。三姐已出嫁，哥哥不在家，我又住学校，家中只剩母亲自己。她还须自晓至晚的操作，可是终日没人和她说一句话。新年到了，正赶上政府倡用阳历，不许过旧年。除夕，我请了两小时的假。由拥挤不堪的街市回到清炉冷灶的家中。母亲笑了。及至听说我还须回校,她愣住了。半天,她才叹出一口气来。到我该走的时候,她递给我一些花生,"去吧,小子!"街上是那么热闹,我却什么也没看见,泪遮迷了我的眼。今天,泪又遮住了我的眼,又想起当日孤独的过那凄惨的除夕的慈母。可是慈母不会再候盼着我了,她已入了土!

儿女的生命是不依顺着父母所设下的轨道一直前进的,所以老人总免不了伤心。我二十三岁,母亲要我结了婚,我不要。我请来三姐给我说情,老母含泪点了头。我爱母亲,但是我给了她最大的打击。时代使我成为逆子。二十七岁,我上了英国。为了自己,我给六十多岁的老母以第二次打击。在她七十大寿的那一天,我还远在异域。那天,据姐姐们后来告诉我,老太太只喝了两口酒,很早的便睡下。她想念她的幼子,而不便说出来。

"七七"抗战后,我由济南逃出来。北平又像庚子那年似的被鬼子占据了,可是母亲日夜惦念的幼子却跑西南来。母亲怎样想念我,我可以想象得到,可是我不能回去。每逢接到家信,我总不敢马上拆看,我怕,怕,怕,怕有那不祥的消息。人,即使活到八九十岁,有母亲便可以多少还有点孩子气。失了慈母便像花插在瓶子里,虽然还有色有香,却失去了根。有母亲的人,心里是安定的。我怕,怕,怕家信中带来不好的消息,告诉我已是失了根的花草。

去年一年,我在家信中找不到关于老母的起居情况。我疑虑,害怕。我想象得到,如有不幸,家中念我流亡孤苦,或不忍相告。母亲的生日是在九月,我在八月半写去祝寿的信,算计着会在寿日之前到达。信中嘱咐千万把寿日的详情写来,使我不再疑虑。十二月二十六日,由文化劳军的大会上回来,我接到家信。我不敢拆读,就寝前,我拆开信,母亲已去世一年了!

生命是母亲给我的。我之能长大成人,是母亲的血汗灌养的。我之能成为一个不十分坏的人,是母亲感化的。我的性格,习惯,是母亲传给的。她一世未曾享过一天福,临死还吃的是粗粮。唉!还说什么呢?心痛!心痛!

载 1943 年 1 月 13 日、15 日《时事新报·青光》

第二单元 泛读美文

 一　　当幽默变成油抹

宗月大师

在我小的时候，我因家贫而身体很弱。我九岁才入学。因家贫体弱，母亲有时候想教我去上学，又怕我受人家的欺侮，更因交不上学费，所以一直到九岁我还不识一个字。说不定，我会一辈子也得不到读书的机会。因为母亲虽然知道读书的重要，可是每月间三四吊钱的学费，实在让她为难。母亲是最喜脸面的人。她迟疑不决，光阴又不等待着任何人，荒来荒去，我也许就长到十多岁了。一个十多岁的贫而不识字的孩子，很自然的去作个小买卖——弄个小筐，卖些花生、煮豌豆或樱桃什么的。要不然就是去学徒。母亲很爱我，但是假若我能去作学徒，或提篮沿街卖樱桃而每天赚几百钱，她或者就不会坚决的反对。穷困比爱心更有力量。

有一天刘大叔偶然的来了。我说"偶然的"，因为他不常来看我们。他是个极富的人，尽管他心中并无贫富之别，可是他的财富使他终日不得闲，几乎没有工夫来看穷朋友。一进门，他看见了我。"孩子几岁了？上学没有？"他问我的母亲。他的声音是那么洪亮（在酒后，他常以学喊俞振庭的《金钱豹》自傲），他的衣服是那么华丽，他的眼是那么亮，他的脸和手是那么白嫩肥胖，使我感到我大概是犯了什么罪。我们的小屋，破桌凳，土炕，几乎禁不住他的声音的震动。等我母亲回答完，刘大叔马上决定："明天早上我来，带他上学，学钱、书籍，大姐你都不必管！"我的心跳起多高，谁知道上学是怎么一回事呢！

第二天，我像一条不体面的小狗似的，随着这位阔人去入学。学校是一家改良私塾，在离我的家有半里多地的一座道士庙里。庙不甚大，而充满了各种气味：一进山门先有一股大烟味，紧跟着便是糖精味（有一家熬制糖球糖块的作坊），再往里，是厕所味，与别的臭味。学校是在大殿里。大殿两旁的小屋住着道士，和道士的家眷。大殿里很黑、很冷。神像都用黄布挡着，供桌上摆着孔圣人的牌位。学生都面朝西坐着，一共有三十来人。西墙上有一块黑板——这是"改良"私塾。老师姓李，一位极死板而极有爱心的中年人。刘大叔和李老师"嚷"了一顿，而后教我拜圣人及老师。老师给了我一本《地球韵言》和一本《三字经》。我于是就变成了学生。

自从作了学生以后，我时常的到刘大叔的家中去。他的宅子有两个大院子，院中几十间房屋都是出廊的。院后，还有一座相当大的花园。宅子的左右前后全是他的房屋，若是把那些房子齐齐的排起来，可以占半条大街。此外，他还有几处铺店。每逢我去，他必招呼我吃饭，或给我一些我没有看见过的点心。他绝不以我为一个苦孩子而冷淡我，他是阔大爷，但是他不以富傲人。

在我由私塾转入公立学校去的时候，刘大叔又来帮忙。这时候，他的财产已大半出了手。他是阔大爷，他只懂得花钱，而不知道计算。人们吃他，他甘心教他们吃；人们骗他，他付之一笑。他的财产有一部分是卖掉的，也有一部分是被人骗了去的。他不管；他的笑声照旧是洪亮的。

到我在中学毕业的时候，他已一贫如洗，什么财产也没有了，只剩了那个后花园。不过，在这个时候，假若他肯用用心思，去调整他的产业，他还能有办法教自己丰衣足食，因为他的好多财产是被人家骗了去的。可是，他不肯去请律师。贫与富在他心中是完全一样的。假若在这时候，他要是不再随便花钱，他至少可以保住那座花园，和城外的地产。可是，他好善。尽管他自己的儿女受着饥寒，尽管他自己受尽折磨，他还是去办贫儿学校，粥厂等慈善事业。他忘了自己。就是在这个时候，我和他过往的最密。他办贫儿学校，我去作义务教师。他施舍粮米，我去帮忙调查及散放。在我的心里，我很明白：放粮放钱不过只是延长贫民的受苦难的日期，而不足以阻拦住死亡。但是，看刘大叔那么热心，那么真诚，我就顾不得和他辩论，而只好也出点力了。即使我和他辩论，我也不会得胜，人情是往往能战败理智的。

在我出国以前，刘大叔的儿子死了。而后，他的花园也出了手。他入庙为僧，夫人与小姐入庵为尼。由他的性格来说，他似乎势必走入避世学禅的一途。但是由他的生活习惯上来说，大家总以为他不过能念念经，布施布施僧道而已，而绝对不会受戒出家。他居然出了家。在以前，他吃的是山珍海味，穿的是绫罗绸缎。他也嫖也赌。现在，他每日一餐，入秋还穿着件夏布道袍。这样苦修，他的脸上还是红红的，笑声还是洪亮的。对佛学，他有多么深的认识，我不敢说。我却真知道他是个好和尚，他知道一点便去作一点，能作一点便作一点。他的学问也许不高，但是他所知道的都能见诸实行。

出家以后，他不久就作了一座大寺的方丈。可是没有好久就被驱除出来。他是要作真和尚，所以他不惜变卖庙产去救济苦人。庙里不要这种方丈。一般的说，方丈的责任是要扩充庙产，而不是救苦救难的。离开大寺，他到一座没有任何产业的庙里作方丈。他自己既没有钱，他还须天天为僧众们找到斋吃。同时，他还举办粥厂等等慈善事业。他穷，他忙，他每日只进一顿简单的素餐，可是他的笑声还是那么洪亮。他的庙里不应佛事，赶到有人来请，他便领着僧众给人家去唪真经，不要报酬。他整天不在庙里，但是他并没忘了修持；他持戒越来越严，对经义也深有所获。他白天在各处筹钱办事，晚间在小室里作工夫。谁见到这位破和尚也不曾想到他曾是个在金子里长起来的阔大爷。

去年，有一天他正给一位圆寂了的和尚念经，他忽然闭上了眼，就坐化了。火葬后，人们在他的身上发现许多舍利。

没有他，我也许一辈子也不会入学读书。没有他，我也许永远想不起帮助别人有什么乐趣与意义。他是不是真的成了佛？我不知道。但是，我的确相信他的居心与言行是与佛相近似的。我在精神上物质上都受过他的好处，现在我的确愿意他真的成了佛，并且盼望他以佛心引领我向善，正像在三十五年前，他拉着我去入私塾那样！

他是宗月大师。

载 1940 年 1 月 23 日《华西日报》

无题（因为没有故事）

　　人是为明天活着的，因为记忆中有朝阳晓露；假若过去的早晨都似地狱那么黑暗丑恶，盼明天干吗呢？是的，记忆中也有痛苦危险，可是希望会把过去的恐怖裹上一层糖衣，像看着一出悲剧似的，苦中有些甜美。无论怎说吧，过去的一切都不可移动；实在，所以可靠；明天的渺茫全仗昨天的实在撑持着，新梦是旧事的拆洗缝补。

　　对了，我记得她的眼。她死了好多年了，她的眼还活着，在我的心里。这对眼睛替我看守着爱情。当我忙得忘了许多事，甚至于忘了她，这两只眼会忽然在一朵云中，或一汪水里，或一瓣花上，或一线光中，轻轻的一闪，像归燕的翅儿，只须一闪，我便感到无限的春光。我立刻就回到那梦境中，哪一件小事都凄凉，甜美，如同独自在春月下踏着落花。

　　这双眼所引起的一点爱火，只是极纯的一个小火苗，像心中的一点晚霞，晚霞的结晶。它可以烧明了流水远山，照明了春花秋叶，给海浪一些金光，可是它恰好的也能在我心中，照明了我的泪珠。

　　它们只有两个神情：一个是凝视，极短极快，可是千真万确的是凝视。只微微的一看，就看到我的灵魂，把一切都无声的告诉了给我。

凝视，一点也不错，我知道她只须极短极快的一看，看的动作过去了，极快的过去了，可是，她心里看着我呢，不定看多么久呢；我到底得管这叫作凝视，不论它是多么快，多么短。一切的诗文都用不着，这一眼道尽了"爱"所会说的与所会作的。另一个是眼珠横着一移动，由微笑移动到微笑里去，在处女的尊严中笑出一点点被爱逗出的轻佻，由热情中笑出一点点无法抑止的高兴。

我没和她说过一句话，没握过一次手，见面连点头都不点。可是我的一切，她知道；她的一切，我知道。我们用不着看彼此的服装，用不着打听彼此的身世，我们一眼看到一粒珍珠，藏在彼此的心里；这一点点便是我们的一切，那些七零八碎的东西都是配搭，都无须注意。看我一眼，她低着头轻快的走过去，把一点微笑留在她身后的空气中，像太阳落后还留下一些明霞。

我们彼此躲避着，同时彼此愿马上搂抱在一处。我们轻轻的哀叹；忽然遇见了，那么凝视一下，登时欢喜起来，身上像减了分量，每一步都走得轻快有力，像要跳起来的样子。

我们极愿意说一句话，可是我们很怕交谈，说什么呢？哪一个日常的俗字能道出我们的心事呢？让我们不开口，永不开口吧！我们的对视与微笑是永生的，是完全的，其余的一切都是破碎微弱，不值得一作的。

我们分离有许多年了，她还是那么秀美，那么多情，在我的心里。她将永远不老，永远只向我一个人微笑。在我的梦中，我常常看见她，一个甜美的梦是最真实，最纯洁，最完美的。多少多少人生中的小困苦小折磨使我丧气，使我轻看生命。可是，那个微笑与眼神忽然的从哪儿飞来，我想起唯有"人面桃花相映红"差可托拟的一点心情与境界，我忘了困苦，我不再丧气，我恢复了青春；无疑的，我在她的洁白的梦中，必定还是个美少年呀。

无题（因为没有故事）

  春在燕的翅上，把春光颤得更明了一些，同样，我的青春在她的眼里，永远使我的血温暖，像土中的一颗子粒，永远想发出一个小小的绿芽。一粒小豆那么小的一点爱情，眼珠一移，嘴唇一动，日月都没有了作用，到无论什么时候，我们总是一对刚开开的春花。

  不要再说什么，不要再说什么！我的烦恼也是香甜的呀，因为她那么看过我！

载 1937 年 6 月 10 日《谈风》第 16 期

自　述

抗战第一年的深秋，我带了五十块钱，由济南跑到汉口。一晃儿，四年了！

妻是深明大义的。平日，她的胆子并不大。可是，当我要走的那天，铺子关上了门，飞机整天在飞鸣，人心恐慌到极度，她却把泪落在肚中，沉静的给我打点行李。她晓得必须放我走，所以不便再说什么。四年没听见她的语声了，沉毅的静默，将永远使我坚强！

儿女都小，不懂得别离之苦。小乙帮着妈妈给爸爸拾收东西，而适足以妨碍妈妈。我叱了他一声，他撇了撇嘴，没敢哭出来。至今，我觉得对不起小乙；现在他大概已经学会写几个字了吧？

四年了，每一空闲下来，必然的想起离济南时妻的沉静，与小乙的被叱要哭；想到，泪也就来到；可是，抗战期间，似乎应把个人的难过都忍在心中，不当以泪洗面；我不敢哭。同时，我总设法教自己忙碌；没有空闲，也就没有了闲愁。

要把相当忙碌的四年中所经历的一切都写下来，恐怕不大容易；挑选着说一点吧：

一、我的苦恼：自幼就穷，惯于吃苦。可是，自幼就好洁净，虽在病中也不肯不洗手洗脸，衣服不怕破烂，只怕脏。抗战中，我连好清洁的习惯也不能保持了，很难过。

既爱清洁，很自然的也就爱秩序。饮食起卧都有定时，一切东西都有一定的地位。秩序一乱，我就头昏，没法写作。抗战四年，我没有写出很多的文章来，写出的一点也十分拙劣，恐怕没有秩序是个很重要的原因。

爱洁净秩序的人往往好安静。我就那样。不大爱热闹，不喜欢见生人。可是，在抗战中，没法把自己隐藏起来，什么地方都须去，什么生人都须见，不管我愿意不愿意。设若我能自主，我一定会躲到深山里去。可是流亡四方，原为作一点有益于抗战的事，怎能藏起去呢？也许还有人说我风头十足呢？咱们心里分明；个人内心的痛苦是用不着报告给不关切他的人的。

按理说，上述的一些小苦恼本算不了什么。比起抗战将士所受的苦处，这真是微乎其微了。不过，假若我是作着别的事，我想一定不会抱怨什么；我要写作，这就不同了。写作有许多条件，个人的习惯也得算一个。把我放在一个毫无秩序的地方，我实在无法工作。啊，一个人是多么不易适应环境呀！我真钦佩羡慕那些战地的文艺工作者和新闻记者，他们即便是爬在土壕里，还能写他们的笔记或报告。我愿自己也有这种本领！战时的文人，据我看，不但要有文艺上的修养，还须有体质上的准备，"文弱"是战时文人的坏的形容词！可惜，我已年过四十，求不生疾病已属不易；要说一时就把自己练成运动家的模样，或者近乎梦想了。盼望青年文人们都注意到身体！

好清洁与爱秩序绝不是恶劣的习惯，我想不会有人以为我是要养尊处优的去吟风弄月。我之所以提到因不能保持这并不是要不得的习惯而感到苦恼者，倒是为说明假若我有健壮的身体，我就可以连这点苦恼也渐次消灭，使生活的不安毫不影响到我的工作。同时，我还要借此说明：这四年来，我已经没有什么私生活可言。家眷不在我的身边，住处无定，起睡没有定时；别人教我怎样，我就怎样，没有哪一天可以算作我自己的。就是自己的工作，有时候也不能自主；我生活在团体里，我的写作也就往往受人之托，别人出题，我去写。这种没有私生活的生活，给我许多苦痛，可是渐渐的也习惯下来。为了抗战，许多写家是这样的活着；人家既能忍受，我就也得忍受；战争带来的苦难，每一个人都应当分担一些。至于说这种生活妨碍了写作，自然使我最感不快，可是社会上既还没想到文字的事业应当在安静方便的处所去作，而给文人们预备一个工作室，我就只好在忙乱与嘈杂的缝子中，忙里偷闲的去写一点。写不出好东西，还是我自己来负责，不怨别人——要怨，也似乎只好怨自己没有牛一般的力气吧。

二、我的欣悦：抗战以前我不是在青岛，便是在济南，连北平也不大常去。因此，平沪两大文艺本营的工作者，认识我的很少。抗战后，有了见面的机会，我交了许多朋友。前面说过，我羞见生人；文人中自然也有不少生人，可是我不怕见他们，且愿交为朋友，因为既同是文人，自有相近之处，人虽生，而气味似久已相投，恨未一面耳。

单单是大家呼兄唤弟，不但没有用处，而且也显着肉麻。我的朋友增多，每个人都有他的经验与特长，这才是学习与研究的好机会呀，这才使我欣喜呀！我们谈，我们相互批评，于是我的胆子大起来。不会写剧本么？去讨教！写得不好么？请大家批评！就是在这种友谊中，我才开始练习写诗歌与剧本。除了个人的获得，我也为整个的文艺界欣喜，因为互相教导与批评的风气在抗战中造成，一定不会因抗战胜利而消灭；那么，这种好风气的继续存在，也就是文艺能进步不停的保证。

有了这个欣喜，便克服了一切的小烦恼。什么衣服无人补啊，饿冷无人问啊，都是小事，都是小事！我是干文艺的人，只要在文艺上有所获得，便是获得了生命中最善的努力与成就，虽死不怨。

我希望还能再活二十年。这二十年中须再写出像点样子的十本或十多本作品。这些作品将是在写完以后，约请文友详加批评，而后细细修改；而后再评再改，直到大家与我都满意了才去付印。有今日的欣喜，我相信这对来日的希冀不是个梦想。

三、我的态度：从家里跑出来，是为作一点有助于抗战的事。能作多少，作得好坏，都是才力的问题；我晓得自己的才薄力微，但求不变此心，不问收获多寡。四年来，我已没有了私生活；这使我苦痛，可也使我更努力作事；我不怕被称为无才无能，而怕被识为苟且敷衍。被苦痛所压倒是软弱，软弱到相当的程度便会自暴自弃；这，非我所甘心。我永远不会成为英雄，只求有几分英雄气概；至少须消极的把受苦视为当然，而后用事实表现一点积极的向上精神。

有了此态度，我要作什么就极容易决定了。我所要作的必是我所能作的；我能写点小说之类的东西；那么，写作便是我的无容犹豫的工作。同时，妨碍写作的事也必须避免。作编辑，专心去看别人的文字，便没有时间写自己的，我不干。作教员，即使可以不管误人子弟与否，一面教书，一面写书，总不会是相得益彰的事，我不干。作官，公事房大概不是什么理想的写作的地方，我不干。削去这些枝节，即使本干还是很单细，但总有可以渐次坚实起来的希望；这个希望我抱定了笔与纸不放手。

幸而我的家眷没有跟着我！假若他们是在我的身边，我虽终日不舍纸笔，恐怕为了油盐酱醋，也要耽搁许多时间，耗费许多精神。说不定，还许为了煤米柴炭去作编辑，教员，或小官。我感激我的妻！

在抗战前，正如在抗战后，我的志愿不大——只求就我所能作的作出一点事来。抗战后之所以异于抗战前者，就是抗战前生活有规律，抗战后生活较比的散漫。生活的没有严整的秩序，影响到我的工作；

可是，生活的简单使我心中清楚，虽然感到小小的苦恼，而不至于使我悲观与灰心。同时，我所能作到的，总愿多作出来一些；不能作的我决不轻举妄动。这样，我可以在一方面像耕牛似的慢慢的犁着田，在另一方面我抱定不随便生气动怒的主意。假若我被人骂了一顿，我必检讨自己一番；骂得对呢，我须接受；骂得不对，便一笑置之。无论如何，我不还口。以骂还骂，有时候或者是必要的，但是我不愿这样作。因为我所能作的是写一点小说剧本之类的东西，而骂人并不能与小说剧本相并列，所以即使我会骂人，我也不想开口。我未必能把小说剧本等写得很好，可是我准知道即使骂人骂得极俏皮厉害，也不能代替我那不很好的小说与剧本。因此，假若今天在某刊物或报纸上有骂我的文字，而明天那个刊物或报纸来教我写文章，我还是毫不迟疑的给它写；后来，它又骂了；大后天，再教我写，我还是毫不迟疑的去写。我写不出很好的文章来，但是我总求它有一点文艺性，这才能由学习而逐渐获得一点好的经验。世界上有很好的骂人文字，永垂不朽，但是，并不很多。我没有骂人的天才，所以写诟骂的文字不见得是上算的事；假若我的一本小说可以传到十年百年，我的一篇骂人的短文也不过只能快意一时而已。我想证明在今天有几个能写骂人文字的人，而且能永垂不朽，给我们的文艺增添一点光彩。可是，这种文字极难写，非有极高的天才与识见不行。若是破口骂骂别人，以增自己的威风，居心已愧，必定骂不出什么名堂，而只虚耗了纸笔，在抗战期中（或在任何时期），实无可取！

表白自己或者是件讨厌的事。好了我不再多列条目。在第一条里，我说明了自己的苦痛何在，和怎样就可以克服这种苦痛——身体强的才能有充足的战斗力。第二条中，我道出自己的欣喜。这欣喜不是什么利益，而是好学习的心志遇到了可以学习的机会，足以使我更坚定的作个职业的写家,从今天直到入墓。第三条是第一、二两条的产物。我苦恼,就应设法坚强自己,以期继续的工作。我欣喜,就更当削减一切冗叶繁枝,使自己真能成为文艺之林中的一株有出息的小树。

这苦恼,这欣喜,与这由苦乐中决定的态度,是四年来生活的实录,不是空想。既是自己生活的实录,就不求别人来批评,因为我只觉得自己这么作是对的,并不希望别人也照方吃一剂。至于这些事实都与抗战有关与否,我觉得十分惭愧:我真愿为国家出力,作出一番轰轰烈烈的事业来,可是因才力所限,因一向没有显身扬名的宏愿,我仅能在文字上表现一点爱国的诚心。从各尽其力的道理来说,我总算没有偷闲偷懒;从报国救亡上来说,我只有惭愧!

载 1941 年 7 月 7 日《大公报》

老姐姐们

离开北京已整整十四年。

回来,北京的宫殿亭园还都照旧,只是人心变了。

当一离开北方,到重庆去的时候,我就预料到与快八十岁的老母难再见面。果然,在抗战中,她死在北京,半年后,我才在重庆得到消息。

这几年,我在各地方乱跑,中心常常想到三位老姐姐。大姐今年七十五,二姐七十,三姐比我大一轮,六十四。我常常问自己:回到家乡,三位姐姐还能活着吗?

归来,她们都还健在!这是使我多么高兴的事!

大姐二姐都不识字。三姐能勉强念通俗的小文。大姐二姐的生活很苦,三姐较好。

我刚由国外回来,虽然天天看报,可是总觉得对国内情形不十分清楚。因此我以为三位姐姐——不识字的与只识一些字的——对于时局也必是马马虎虎,不大知道。我也以为她们必定叫苦连天,不满现状,因为她们的生活是那么苦!

不,她们并没叫苦,七十三岁的老寡妇到处去帮助侄媳妇、外甥媳妇、出了嫁的女儿洗衣服、做鞋、刷家伙洗碗。一天忙到晚她并不抱怨。二姐三姐也如此。

她们知道自己的穷苦劳累，而不辞苦。她们的言语表现不出心中的善意，可是从她们的笑意与眼神中，我可以看出：她们明白这是个新时代，不管这是怎么苦，也比旧的好。她们不能抱怨，那对不起新时代。新时代的人应当劳苦，所以她们一天到晚不赋闲。

大姐曾经享过福，三姐始终没受过挨饿的苦处；她们都喜欢打牌。我问她们现在还摸四圈否？她们都笑着摇摇头，仿佛是说，"你简直不识相，小弟弟！"

她们并没到任何学校去听过课，可是接受了新时代的积极性——不怕苦、不厌劳动。她们没受过警察们的劝告，可是自动的不再打牌。政治的力量推动了北京的曲艺界，去改换脑筋，改编歌曲、改除旧习。政治的力量改造了北京的妓女。政治的力量把北京的五行八作都组织起来。这力量的余波好像也碰到我的姐姐们，她们说不出什么，都感到并接受了那新潮。我希望只是她们还活着能够见面；可是出乎意外，她们不但还活着，而且是劳动着，不辞苦的活着。

侄辈们有的——在这最近二三年中——已成为很进步的工人。他们总是毫不客气的阻止了老婆婆们的谈话，便把自己的意见提出来。在一旁看着，我生怕老婆婆们吃不消而拿出前辈的威严来。可是她们并不那么办。她们好像不肯倚老卖老，反之，岁数已经不是一种法宝，而是应抱歉的什么。她们听取青年人的意见。一个侄女去南下工作，并没受到老姑姑们的阻挠。

以前，她们和我在北京，就从庚子联军侵陷北京说起吧，不知受过多少惊险变乱。但是变乱一定，我们便又顺着生活的老路子走下去。祸乱来了，我们关上大门，祷告神佛保佑。事情过去了，我们便又想起吃炸酱面。

抬头见喜

　　这一次可大大不同了。北京解放后，连老婆婆们的心也变了。她们认识了一些从前向来未有认识过的道理，而且用一种新的道理态度去实行那道理。她们的牙已脱落，衣服很破，吃喝很苦，可是在操劳之外，她们似乎看到尔后有了光明的前途，所以老有那么一点从心里发出的亮光儿。

载 1950 年 3 月 4 日《留美学生通讯》第 3 卷第 7 期

有了小孩以后

艺术家应以艺术为妻,实际上就是当一辈子光棍儿。在下闲暇无事,往往写些小说,虽一回还没自居过文艺家,却也感觉到家庭的累赘。每逢困于油盐酱醋的灾难中,就想到独人一身,自己吃饱便天下太平,岂不妙哉。

家庭之累,大半由儿女造成。先不用提教养的花费,只就淘气哭闹而言,已足使人心慌意乱。小女三岁,专会等我不在屋中,在我的稿子上画圈拉杠,且美其名曰"小济会写字"!把人要气没了脉,她到底还是有理!再不然,我刚想起一句好的,在脑中盘旋,自信足以愧死莎士比亚,假若能写出来的话。当是时也,小济拉拉我的肘,低声说:"上公园看猴?"于是我至今还未成莎士比亚。小儿一岁整,还不会"写字",也不晓得去看猴,但善亲亲,闭眼,张口展览上下四个小牙。我若没事,请求他闭眼,露牙,小胖子总会东指西指的打岔。赶到我拿起笔来,他那一套全来了,不但亲脸,闭眼,还"指"令我也得表演这几招。有什么办法呢?!

这还算好的。赶到小济午后不睡,按着也不睡,那才难办。到这么四点来钟吧,她的困闹开始,到五点钟我已没有人味。什么也不对,连公园的猴都变成了臭的,而且猴之所以臭,也应当由我负责。小胖子也有这种困而不睡的时候,大概多数是与小济同时发难。两位小醉鬼一齐找毛病,我就是诸葛亮恐怕也得唱空城计,一点办法没有!在这种干等束手被擒的时候,偏偏会来一两封快信——催稿子!我也只好闹脾气了。不大一会儿,把太太也闹急了,一家大小四口,都成了醉鬼,其热闹至为惊人。大人声言离婚,小孩怎说怎不是,于离婚的争辩中瞎打混。一直到七点后,二位小天使已困得动不的,离婚的宣言才无形的撤销。这还算好的。遇上小胖子出牙,那才真教厉害,不但白天没有情理,夜里还得上夜班。一会儿一醒,若被针扎了似的惊啼,他出牙,谁也不用打算睡。他的牙出利落了,大家全成了红眼虎。

不过,这一点也不妨碍家庭中爱的发展,人生的巧妙似乎就在这里。记得 Frank Harris 仿佛有过这么点记载:他说王尔德为那件不名誉的案子过堂被审,一开头他侃侃而谈,语多幽默。及至原告提出几个男妓作证人,王尔德没了脉,非失败不可了。Harris 以为王尔德必会说:"我是个戏剧家,为观察人生,什么样的人都当交往。假若我不和这些人接触,我从哪里去找戏剧中的人物呢?"可是,王尔德竟自没这么答辩,官司就算输了!

把王尔德且放在一边;艺术家得多去经验,Harris 的意见,假若不是特为王尔德而发的,的确是不错。连家庭之累也是如此。还拿小孩们说吧——这才来到正题——爱他们吧,嫌他们吧,无论怎说,也是极可宝贵的经验。

在没有小孩的时候,一个人的世界还是未曾发现美洲的时候的。小孩是科仑布,把人带到新大陆去。这个新大陆并不很远,就在熟习的街道上和家里。你看,街市上给我预备的,在没有小孩的时候,似乎只有理发馆,饭铺,书店,邮政局等。我想不出婴儿医院,糖食店,玩具铺等等的意义。连药房里的许许多多婴儿用的药和粉，报纸上婴儿自己药片的广告，百货店里的小袜子小鞋，都显着多此一举，劳而无功。及至小天使自天飞降，我的眼睛似乎戴上了一双放大镜，街市依然那样，跟我有关系的东西可是不知增加了多少倍！婴儿医院不但挂着牌子，敢情里边还有医生呢。不但有医生，还是挺神气，一点也得罪不得。拿着医生所给的神符，到药房去，敢情那些小瓶子小罐都有作用。不但要买瓶子里的白汁黄面和各色的药饼，还得买瓶子罐子，轧粉的钵，量奶的漏斗，乳头，卫生尿布，玩艺多多了！百货店里那些小衣帽，小家具，也都有了意义；原先以为多此一举的东西，如今都成了非它不行；有时候铺中缺乏了我所要的那一件小物品，我还大有看不起他们的意思：既是百货店，怎能不预备这件东西呢?！慢慢的，全街上的铺子，除了金店与古玩铺，都有了我的足迹；连当铺也走得怪熟。铺中人也渐渐熟识了，甚至可以随便闲谈，以小孩为中心，谈得颇有味儿。伙计们，掌柜们，原来不仅是站柜作买卖，家中还有小孩呢！有的铺子，竟自敢允许我欠账，仿佛一有了小孩，我的人格也好了些，能被人信任。三节的账条来得很踊跃，使我明白了过节过年的时候怎样出汗。

　　小孩使世界扩大，使隐藏着的东西都显露出来。非有小孩不能明白这个。看着别人家的孩了，肥肥胖胖，整整齐齐，你总觉得小孩们理应如此，一生下来就戴着小帽，穿着小袄，好像小雏鸡生下来就披着一身黄绒似的。赶到自己有了小孩，才能晓得事情并不这么简单。一个小娃娃身上穿戴着全世界的工商业所能供给的，给全家人以一切啼笑爱怨的经验，小孩的确是位小活神仙！

　　有了小活神仙，家里才会热闹。窗台上，我一向认为是摆花的地方。夏天呢，开着窗，风儿轻轻吹动花与叶，屋中一阵阵的清香。冬天呢，阳光射到花上，使全屋中有些颜色与生气。后来，有了小孩，

抬头见喜

那些花盆很神秘的都不见了,窗台上满是瓶子罐子,数不清有多少。尿布有时候上了写字台,奶瓶倒在书架上。大扫除才有了意义,是的,到时候非痛痛快快的收拾一顿不可了,要不然东西就有把人埋起来的危险。上次大扫除的时候,我由床底下找到了但丁的《神曲》。不知道这老家伙干吗在那里藏着玩呢!

人的数目也增多了,而且有很多问题。在没有小孩的时候,用一个仆人就够了,现在至少得用俩。以前,仆人"拿糖",满可以暂时不用;没人作饭,就外边去吃,谁也不用拿捏谁。有了小孩,这点豪气乘早收起去。三天没人洗尿布,屋里就不要再进来人。牛奶等项是非有人管理不可,有儿方知卫生难,奶瓶子一天就得烫五六次;没仆人简直不行!有仆人就得捣乱,没办法!

好多没办法的事都得马上有办法,小孩子不会等着"国联"慢慢解决儿童问题。这就长了经验。半夜里去买药,药铺的门上原来有个小口,可以交钱拿药,早先我就不晓得这一招。西药房里敢情也打价钱,不等他开口,我就提出:"还是四毛五?"这个"还是"使我省五分钱,而且落个行家。这又是一招。找老妈子有作坊,当票儿到期还可以入利延期,也都被我学会。没工夫细想,大概自从有了儿女以后,我所得的经验至少比一张大学文凭所能给我的多着许多。大学文凭是由课本里掏出来的,现在我却念着一本活书,没有头儿。

连我自己的身体现在都会变形,经小孩们的指挥,我得去装马装牛,还须装得像个样儿。不但装牛像牛,我也学会牛的忍性,小胖子觉得"开步走"有意思,我就得百走不厌;只作一回,绝对不行。多咱他改了主意,多咱我才能"立正"。在这里,我体验出母性的伟大,觉得打老婆的人们满该下狱。

中秋节前来了个老道,不要米,不要钱,只问有小孩没有?看见了小胖子,老道高了兴,说十四那天早晨须给小胖子左腕上系一根红线。备清水一碗，烧高香三炷，必能消灾除难。右邻家的老太太也出来看，老道问她有小孩没有，她惨淡的摇了摇头。到了十四那天，倒是这位老太太的提醒，小胖子的左腕上才拴了一圈红线。小孩子征服了老道与邻家老太太。一看胖手腕的红线，我觉得比写完一本伟大的作品还骄傲，于是上街买了两尊兔子王，感到老道，红线，兔子王，都有绝大的意义！

载 1936 年 11 月 25 日《谈风》第 3 期

抬头见喜

文艺副产品
——孩子们的事情

自从去年秋天辞去了教职，就拿写稿子挣碗"粥"吃——"饭"是吃不上的。除了星期天和闹肚子的时候，天天总动动笔，多少不拘，反正得写点儿。于是，家庭里就充满了文艺空气，连小孩们都到时候懂得说："爸爸写字吧？"文艺产品并没能大量的生产，因为只有我这么一架机器，可是出了几样副产品，说说倒也有趣：

（一）自由故事。须具体的说来：

早九点，我拿起笔来。烟吸过三枝，笔还没落到纸上一回。小济（女，实岁数三岁半）过来检阅，见纸白如旧，就先笑一声，而后说："爸，怎么没有字呢？"

"待一会儿就有，多多的字！"

"啊！爸，说个故事？"

我不语。

"爸快说呀，爸！"她推我的肘，表示我即使不说，反正肘部动摇也写不了字。

这时候，小乙（男，实岁数一岁半，说话时一字成句，简当而有含蓄）来了,妈妈在后面跟着。

见生力军来到,小济的声势加旺:"快说呀!快说呀!"

我放下笔:"有那么一回呀——"

小乙:"回!"

小济:"你别说,爸说!"

爸:"有那么一回呀,一只大白兔——"

小乙:"兔兔!"

小济:"别——"

小乙撇嘴。

妈:"得,得,得,不哭!兔兔!"

小乙:"兔兔!"泪在眼中一转,不知转到哪里去了。

爸:"对了,有两只大白兔——"

小乙:"泡泡!"

妈:"小济,快,找小盆去!"

爸:"等等,小乙,先别撒!"随小济作快步走,床下椅下,分头找小盆,至为紧张,且喊且走,"小盆在哪儿?"只在此屋中,云深不知处,无论如何,找不到小盆。

妈曳小乙疾走如风,入厕,风暴渐息。

归位,小济未忘前事:"说呀!"

爸:"那什么,有三只大白兔——"等小乙答声,我好想主意。

小乙尿后,颇镇定,把手指放在口中。

妈:"不含手指,臭!"

小乙置之不理。

小济:"说那个小猪吃糕糕的,爸!"

小乙:"糕糕,吃!"他以为是到了吃点心的时候呢。

妈:"小猪吃糕糕,小乙不吃。"

爸说了小猪吃糕糕。说完,又拿起笔来。

小济:"白兔呢?"

颇成问题!小猪吃糕糕与白兔如何联到一处呢?

门外:"给点什么吃啵,太太!"

小济小乙齐声:"太太!"

全家摆开队伍,由爸代表,给要饭的送去铜子儿一枚。

故事告一段落。

这种故事无头无尾,变化万端,白兔不定几只,忽然转到小猪吃糕糕,若不是要饭的来解围,故事便当延续下去,谁也不晓得说到哪里去,故定名为"自由故事"。此种故事在有小孩子的家中非常方便好用,作者信口开河,随听者的启示与暗示而跌宕多姿。著者与听者打成一片,无隔膜抵触之处,其体裁既非童话,也非人话,乃一片行云流水,得天然之美,极当提倡。故事里毫无教训,而充分运用着作者与听者的想象,故甚可贵。

(二)新蝌蚪文:

在以前没有小孩的时候,我写坏了稿纸,便扔在字纸篓里。自从小济会拿铅笔,此项废纸乃有出路,统统归她收藏。

我越写不上来,她越闹哄得厉害:逼我说故事,劝我带她上街,要不然就吃一个苹果,"小济一半,爸一半!"我没有办法,只好把刚写上三五句不像话的纸送给她:"看这张大纸,多么白!去,找笔来,你也写字,好不好?"赶上她心顺,她就找来铅笔头儿,搬来小板凳,以椅为桌,开始写字。

她已三岁半,可是一个字不识。我不主张早教孩子们认字。我对于教养小孩,有个偏见——也许是"正"见:六岁以前,不教给他们任何东西;只劳累他们的身体,不劳累脑子。养得脸蛋儿红扑扑的,胳臂腿儿挺有劲,能蹦能闹,便是好孩子。过六岁,该受教育了,但仍不从严督促。他们有聪明，爱读书呢，好；没聪明而不爱读书呢，也好。反正有好身体才能活着，女的去作舞女，男的去拉洋车，大腿生活也就不错，不用着急。

这就可以想象到小济写的是什么字了：用铅笔一按，在格中按了个不小的黑点，突然往上或往下一拉，成个小蝌蚪。一个两个，一行两行，一次能写满半张纸。写完半张，她也照着爸的样子说："该歇歇了！"于是去找弟弟玩耍，忘了说故事与吃苹果等要求。我就安心写作一会儿。

(三) 卡通演义：

因为有书，看惯了，所以孩子们也把书当作玩艺儿。玩别的玩腻了，便念书玩。小乙的办法是把书挡住眼，口中嘟嘟嘟嘟；小济的办法是找图画念，口中唱着：一个小人儿，一个小鸟儿，又一个小人儿……

俩孩子最喜爱的一本是朋友给我寄来的一本英国卡通册子，通体都是画儿，所以俩孩子争着看。他们看小人儿，大人可受了罪，他们教我给"说"呀。篇篇是讽刺画儿，我怎么"说"呢？急中生智，我顺口答音，见机而作，就景生情，把小人儿全联到一处，成为完整而又变化很多的故事。

说完了，他们不记得，我也不记得；明天看，明天再编新词儿。英国的首相，在我们的故事里，叫作"大鼻子"；麦克唐纳是"大脑袋"，由小乙的建议呢，凡戴眼镜儿的都是"爸"——因为我戴眼镜儿。我们的故事总是很热闹，"大鼻子叼着烟袋锅，大脑袋张着嘴，没有烟袋，大鼻子不给他，大脑袋就生气，爸就来劝，得了，别生气……"

卡通演义比自由故事更有趣，因为照着图来说，总得设法就图造事，不能三只四只白兔的乱说。说的人既须费些思索，故事自然分外的动听，听者也就多加注意。现在，小乙不怕是把这本册子拿倒了，也能指出哪个是英国首相——"鼻!"歪打正着，这也许能帮助训练他们的观察能力；自然，没有这种好处，我们也都不在乎；反正我们的故事很热闹。

(四)改造杂志：

我们既能把卡通给孩子讲通了，那么，什么东西也不难改造了。我们每月固定的看《文学》，《中流》，《青年界》，《宇宙风》，《论语》，《西风》，《谈风》，《方舟》；除了《方舟》是定阅的，其余全是赠阅的。此外，我们还到小书铺里去"翻"各种刊物，看着题目好，就买回来。无论是什么刊物吧，都是先由孩子们看画儿，然后大人们念字。字，有时候把大人憋住，怎念怎念不明白。画，完全没有困难。普式庚的像，罗丹的雕刻，苏联的木刻……我们都能设法讲解明白了。无论什么严重的事，只要有图，一到我们家里便变成笑话。所以我们时常感到应向各刊物的编辑道歉，可是又不便于道歉，因为我们到底是看了，而且给它们另找出一种意义来呀。

(五)新年特刊：

这是我们家中自造的刊物：用铜钉按在墙上，便是壁画；不往墙上钉呢，便是活页的杂志。用不着花印刷费，也不必征求稿件，只须全家把"画来——卖画"的卖年画的包围住，花上两三毛钱，便能五光十色的得到一大堆图画。小乙自己是胖小子，所以也爱胖小子，于是胖小子抱鱼——"富贵有余"——胖小子上树——摇钱树——便算是由他主编，自成一组。小济是主编故事组："小叭儿狗会擀面"，"小小子坐门墩"，"探亲相骂"……都由她收藏管理，或贴在她的床前。戏出儿和渔家乐什么的算作爸与妈的，妈担任说明画上的事情，爸担任照着戏出儿整本的唱戏，文武昆乱，生末净旦丑，一概不挡，烦唱哪出就唱哪出。这一批年画儿能教全家有的说，有的看，有的唱，热闹好几个月。地上也是，墙上也是，都彩色鲜明，百读不厌。我们这个特刊是文艺、图画、戏剧、歌唱的综合;是国货艺术与民间艺术的拥护;是大人与小孩的共同恩物。看完这个特刊,再看别的杂志,我们觉得还是我们自家的东西应属第一。

好啦,就说到此处为止吧。

载 1937 年 5 月 1 日《宇宙风》第 40 期

抬头见喜

当幽默变成油抹

　　小二小三玩腻了：把落花生的尖端咬开一点，夹住耳唇当坠子，已经不能再作，因为耳坠不晓得是怎回事，全到了他们肚里去；还没有人能把花生吃完再拿它当耳坠！《儿童世界》上的插图也全看完了，没有一张满意的，因为据小二看，画着王家小五是王八的才能算好画，可是插画里没有这一张。小二和王家小五前天打了一架，什么也不因为，并且一点不是小二的错，一点也不是小五的错；谁的错呢？没人知道。"小三，你当马吧？"小三这时节似乎什么也愿意干，只是不愿意当马。"再不然，咱们学狗打架玩？"小二又出了主意。"也好，可是得真咬耳朵？"小三愿事先问好，以免咬了小二的耳朵而去告诉妈妈。咬了耳朵还怎么再夹上花生当耳坠呢？小二不愿意。唱戏吧？好，唱戏。但是，先看看爸和妈干什么呢。假如爸不在家，正好偷偷的翻翻他那些杂志，有好看的图画可以撕下一两张来；然后再唱戏。

　　爸和妈都在书房里。爸手里拿着本薄杂志，可是没看；妈手里拿着些毛绳，可是没织；他们全笑呢。小二心里说大人也是好玩呀，不然，爸为什么拿着书不看，妈为什么拿着线不织？

　　爸说："真幽默，哎呀，真幽默！"爸嘴上的笑纹几乎通到耳根上去。

这几天爸常拿着那么一薄本米色皮的小书喊幽默。

小二小三自然是不懂什么叫幽默,而听成了油抹;可是油抹有什么可笑呢?小三不是为把油抹在袖口上挨过一顿打吗!大人油抹就不挨打而嘻嘻,不公道!

爸念了,一边念一边嘻嘻,眼睛有时候像要落泪,有时候一句还没念完,嘴里便哈哈哈。妈也跟着嘻嘻嘻。念的什么子路——小三听成了紫鹿——又是什么三民主义,而后嘻嘻嘻——一点也不可笑,而爸与妈偏嘻嘻嘻!

决定过去看看那小本是什么。爸不叫他们看:"别这儿捣乱,一边儿玩去!"妈也说:"玩去,等爸念完再来!"好像这个小薄本比什么都重要似的!也许爸和妈都吃多了;妈常说小孩子吃多了就胡闹,爸与妈也是如此。

念了半天,爸看了看表,然后把小本折好了一页,极小心的放在写字台的抽屉里:"晚上再念;得出门了。"

"再念一段!"妈这半天连一针活也没作,还说再念一段呢,真不害羞!小三心里的小手指头直在脸上削,"没羞没臊,当间儿画个黑老道!"

"晚上,晚上!凑巧还许把第十期买来呢!"爸说,还是笑着。

爸爸走了,走到院里还嘻嘻呢;爸是吃多了!

妈拿着活计到里院去了。

小二小三决定要犯犯"不准动爸的书"的戒命。等妈走远了,轻轻的开了抽屉,拿出那本叫爸和妈嘻嘻的宝贝。他们全把大拇指放在嘴里呃着,大气不出的去找那招人笑的小鬼。他们以为书中必是有个小鬼,这个小鬼也许就叫作油抹。人一见油抹就要嘻嘻,或是哈哈。找了半天,一篇一篇全是黑字!有一张画,看不懂是什么,既不是小兔搬家，又不是小狗成亲，简直的什么也不像！这就可乐呀？字和这样的画要是可乐，为什么妈不许我们在墙上写字画图呢？

"咱们还是唱戏去吧？"小三不耐烦了。

"小三，看，这个小盒也在这儿呢，爸不许咱们动，愣偷偷的看看？"小二建议。

已经偷看了书，为什么不再偷看看小盒？就是挨打也是一顿。小三想的很精密。

把小盒轻轻打开，喝，里边一管挨着一管，都是刷牙膏，可是比刷牙膏的管小些细些。小二把小铅盖转了转，挤，咕——挤出滑溜溜的一条小红虫来，哎呀有趣！小三的眼睛得像两个新铜子，又亮又圆。"来，我挤一个！"他另拿了管，咕——挤出条碧绿的小虫来。

一管一管，全挤过了，什么颜色的也有，真好玩！小二拿起盒里的一支小硬笔，往笔上挤了些红膏，要往牙上擦。

"小二，别，万一这是爸的冻疮药呢？"

"不能，冻疮药在妈的抽屉里呢。"

"等等，不是药，也许呀，也许呀——"小三想了半天想不出是什么。

"这么着吧，小三，把小管全挤在桌上，咱们打花脸吧？"

"唱——那天你和爸听什么来着？"小三的戏剧知识只是由小二得来的那些。

"有花脸的那个？嘀咕的嘀咕嘀嘀咕！《黄鹤楼》！"

"就唱《黄鹤楼》吧！你打红脸，我打绿脸。嘀咕嘀——"

"《黄鹤楼》里没有绿脸！"小二觉得小三对扮戏是没发言权的。

"假装的有个绿脸就得了吗！糖挑上的泥人戏出就有绿脸的。"

两个把管里的小虫全挤得越长越好，而后用小硬笔往脸上抹。

"小二，我说这不是牙膏，你瞧，还油亮油亮的呢。喝，抹在脸上有点漆得慌！"

"别说话；你的嘴直动，我怎给你画呀?!"小二给小三的腮上打些紫道，虽然小三是要打绿脸。

正这么打脸，没想到，爸回来了！

"你们俩干什么呢？干什么呢！"

"我们——"小二一慌把小刷子放在小三的头上。

小三，正闭着眼等小二给画眉毛，睁开了眼。

"你们干什么?!"爸是动了气，"二十多块一盒的油！"

"对啦，爸，我们这儿油抹呢！"小三直抓腮部，因为油漆得不好受。

"什么油抹呀？"

"不是爸看这本小书的时候，跟妈说，真油抹，爸笑妈也笑吗？"

"这本小书？"爸指着桌上那本说，"从此不再看《论语》！"

爸真生了气。一下子坐在椅子上，气哼哼的，不自觉的，从衣袋里掏出一本小书——样子和桌上那本一样。

乘着爸看新买来的小书，小二小三七手八脚把小管全收在盒里，小三从头上揭下小笔，也放进去。

爸又看入了神，嘴角又慢慢往上弯。小二们的《黄鹤楼》是不敢唱了，可也不敢走开，敬候着爸的发落。

爸又嘻嘻了，拍了大腿一下："真幽默！"

小三向小二咬耳朵："爸是假装油抹，咱们才是真油抹呢！"

载 1933 年 2 月 16 日《论语》第 11 期

记涤洲

死是多么容易想到的事。可是白涤洲的死大概朋友们谁也没想到吧？这才使人跺脚！才三十多岁，天不怕地不怕——因为身体好——精明强干，舍己从人，涤洲，竟自死了；谁在事前敢这么想，谁是疯子；而今"天"是疯了；从青岛到北平，我的泪不能干，不能干！

十六七岁的时候，我俩是同学。虽然隔着班级，不知道怎的我和涤洲最说得来。那时候，他偏着头，穿着瘦蓝布褂，身量就不矮，常考第一。有的同学和他好，有的不大对劲儿；没人恨他。他简单，有点乡下气，好说，也有些不高明而宽厚的幽默。说起西山来，他的眼——老那么扣扣着点——发了光。他得意，自称为山精。我俩很好，可是我找不到他有什么特别可爱的地方。我承认他聪明，没脾气，可是我同时怕他只为考第一，样样功课叫好，而落得什么也不真好；天才往往倒不见得考第一。对他的脾气也是这样，我怕他为太讨好而学圆滑了；我爱硬干的人。

他在师范学校毕业后就派作了校长，接我的手。这时候，我俩的交情更深了些，我看出他的本事，和交友的厚道。我这才明白：他的精明使他更忠厚——本来应当更圆滑——这就是说，他"肯"吃亏。

他吃了亏，向好友们说说，一种幽默的出气方法。假若没地方去说，他可受不住。这个人必须有些好友，他自己是个好朋友。我想不起更足以表现他整个人格的称号；对，只有"好朋友"，大家有什么事都找他。有时候因为事的琐细，他说声"他妈的"，可是马上穿起大衫，不怕是在怎样劳累以后，还是去给办那件小事。什么都是他，钱归他拿着，房契由他保存，书在他那里堆着。他高兴，他对事事点头。啊，涤洲，你的死，我们大家都负着责任。你是累死了。

在小学校界里几年，他成了很重要的人物。几个好友都看出来：涤洲不应当这样下去，他应该求学，他有才力。他盘算了一番，只接受这个建议，而不接受任何人的金钱。他考入了北大。一边求学，一边还得养活一家子人。他又接了我的事，在教育会里作干事。大家都说："涤洲和舍予是一对儿。"其实，我凭哪样赶得上他呢？就以我俩的事说，我的钱，他管着，明知他那么忙。我的家人，他给照应着。我的书，他代保存着；有人借去一本书，他都写个小条钉在书架上。回到北平，我住在他家。我帮助了他什么呢？还不就是能彼此谈得来，他能和我谈那些带"他妈的"的话？夏天我在他那儿住，他满头大汗的回来，抱着个出号的西瓜。脱了大衫，他去找刀："来，舍予，看我宰这个肥的！"吃了瓜，他脱了袜子，腿登在椅上，和我说起来。在他的谈话里，永远不自傲；对于学问，他常叹气；对于作人，他才肯点头——"我是个好人！"把吃亏受累的事都向我诉了委屈，手——那指甲微有点长的手——拍在腿上："嘿，还忘了给老杨去定铺位呢，他后天上南京。"他又跑了，甭管天气多热。

就在这么忙，这么多事的几年中，他居然成了个学者。什么事我都敢希望他，除了成为学者。他堵了我的嘴，可是激动了我的心，我不知怎样对他好了，应帮助他成为学者——自然第一是先别求他办事了。不求他办事，怎能行呢？他是我的主心骨！求他办事？当然耽误了他的用功。朋友，涤洲，恐怕不是我一个人对你这样吧？我们想过了，而事情终于托你给办。只有你办得好，只有你肯替我们受累。你是散处各方的朋友的总办事处。你死了，涤洲，我们……说什么呢？！眼泪有什么用呢？！十天没有接到你的信，我还心里说：莘田到了北平，热闹起来，忘了我！我还——该死！——给你汇钱，详详细细的写信，托你给办事。钱汇到北平，电报到了青岛——涤洲病故！

每次到北平来，洗澡，吃饭，买东西，听戏，都是你陪着；这次，你独自睡在法源寺。你的一切，我知道。你的高身量，深色的衣服，手，脸，想主意时把下唇一咬……都记得，都记得，只是没了你，像个梦！

你这一辈子，受过多少累，吃过多少苦，家中遭了多大的变故，你总不灰心，始终努力，就这样死了吗？前年我由济南赶来，是为祭你的夫人，安慰你。你还是笑着，泪终日在眼眶里。去年你过济南，我们谈了半夜。你老那么高兴，要强，不怕，你老是我们中最年少最有为的一位——朋友。朋友！你决不肯——我知道——弃舍了我们。你在我们心中老活着。想起了你，会使我们努力作人，努力治学。命是短的，作好作坏是一样的——早晚得死。有你死在前面，我们懂得了：作好要快呀，命是短的。涤洲，我说不出什么来了。我只能叫几声"好朋友"，哭着跑回青岛。人家说咱俩是一对儿，唉！！！

载 1934 年 10 月 27 日《国语周刊》第 161 期

我所认识的沫若先生

关于沫若先生,据我看,至少有五方面值得赞述:

(一)他的文艺作品的创作及翻译;

(二)在北伐期间,他的革命功业;

(三)他在考古学上的成就;

(四)抗战以来,他的抗敌工作;

(五)他的为人。

对上列的五项,可怜,我都没有资格说话,因为:

(一)他的文艺作品及翻译,我没有完全读过,不敢乱说;而马上去搜集他的全部著作,从事研读,在今天,恐怕又不可能。

(二)关于北伐时期他的革命工作,他自己已经写出了一点;以后他还许有更详细的自述,用不着我替他说;要说,我也所知无几。

(三)对于他的考古学的成就,我只知道:遇有机会,我总是小学生似的恭听他讲说古史或古文字。因为,据专家们说:今日治考古学的人们可分为三类,第一类是学有家数,出经入史,根底坚深,但不习外国言语,昧于科学方法,用力至苦而收获无多。第二类是略知科学方法,复有研究趣味,而旧学根底不够,失之浮浅。第三类是通古知今，新旧兼胜，既不泥古，复能出新，研究结果乃能照耀全世。沫若先生，据专家们说，就属于第三类。这，我只能相信他们的话。当我恭听他讲述的时候，我只怀疑自己的理解力，一句类似批评的话也不敢说——一个外行怎敢去批评内行们所推崇的内行呢？

（四）至于抗战以来，他的抗敌工作，是眼前的事情，人人知道，我并不比别人知道的多到哪里去，也就用不着多开口。

（五）关于他的为人，我照样的没有说话的资格，因为我认识他才不过四年。

不过一位新闻记者既可以由一面之缘而写印象记，那么，相识四年，还不可以放开胆子么？根据这个聊以自解的理由，我现在要说几句没有什么资格来说的话。

由四年来的观察，我觉得沫若先生是个：

（一）绝顶聪明的人，这里所说的"聪明"，并不指他的多才多艺而言，因为我要说的是他的为人，而不是介绍他在文艺上与学术上的才力与成就。我说他是绝顶聪明，因为他知道他自己的天才，知道自己的成就，知道他自己的地位，而完全不利用它们去取得个人的利益与享受。反之，他老想把自己的才力聪明用到他以为有意义的事上去，即使因此而受到很大的物质上的损失和身心上的苦痛，他也不皱一皱眉！他敢去革命，敢去受苦，敢从日本小鬼的眼皮下逃回祖国，来抵抗日本小鬼！我管这叫作愚傻的聪明，假若愚傻就是舍利趋义的意思的话。这种聪明才是一个诗人的伟大处：有了它，诗人的人格才宝气珠光。

（二）沫若先生是个五十岁的小孩，因为他永是那么天真、热烈，使人看到他的笑容，他的怒色，他的温柔和蔼，而看不见，仿佛是，他的岁数。他永远真诚，等到他因真诚而受了骗的时候，他也会发怒——他的怒色是永不藏起去的。这个脾气使他不能自已的去多知多闻，对什么都感觉趣味；假若是他的才力所能及的，他便不舍昼夜去研究学习，他写字，他作诗，他学医，他翻译西洋文学名著，他考古……而且，他都把它们作得好；他是头狮子，扑什么都用全力，等到他把握到一种学术或技艺，他会像小孩拆开一件玩具那么天真，高兴，去告诉别人，领导别人；他的学问，正和他的生命一样，是要献给社会、国家与世界的。他对人也是如此，虽然不能有求必应，但凡是他所能作到的，无不尽心尽力的去为人帮忙。最使我感动的是他那种随时的，真诚而并不正颜厉色的，对朋友们的规劝。这规劝，像春晓的微风似的，使人不知不觉的感到温暖，而不能不感谢他，服从他。好几次了，他注意到我贪酒。好几次了，当我辞别他的时候，他低声的，微笑的，好像极怕伤了我的心似的，说："少喝点酒啊！"好多次了，我看见他这样规劝别人——绝不是老大哥的口气，而永远是一种极同情，极关切的劝慰。在我不认识他的时候，我以为他是一条猛虎；现在，相识已有四年，我才知道他是个伏虎罗汉。

啊，五十岁的老小孩，我相信你会继续在创作上，学术研究上，抗敌工作上，用你的聪明；也相信，你会在创作研究等等而外，还时时给我们由你心中发出的春风！

载 1941 年 11 月 16 日《新蜀报·蜀道》

敬悼许地山先生

地山是我的最好的朋友。以他的对种种学问好知喜问的态度,以他的对生活各方面感到的趣味,以他的对朋友的提携辅导的热诚,以他的对金钱利益的淡薄,他绝不像个短寿的人。每逢我看见他的笑脸,握住他的柔软而戴着一个翡翠戒指的手,或听到他滔滔不断的讲说学问或故事的时候,我总会感到他必能活到八九十岁,而且相信若活到八九十岁,他必定还能像年轻的时候那样有说有笑,还能那样说干什么就干什么,永不驳回朋友的要求,或给朋友一点难堪。

地山竟自会死了——才将快到五十的边儿上吧。

他是我的好友。可是,我对于他的身世知道的并不十分详细。不错,他确是告诉过我许多关于他自己的事情;可是,大部分都被我忘掉了。一来是我的记性不好;二来是当我初次看见他的时候,我就觉得"这是个朋友",不必细问他什么;即使他原来是个强盗,我也只看他可爱;我只知道面前是个可爱的人,就是一点也不晓得他的历史,也没有任何关系!况且,我还深信他会活到八九十岁呢。让他讲那些有趣的故事吧,让他说些对种种学术的心得与研究方法吧;至于他自己的历史,忙什么呢?等他老年的时候再说给我听,也还不迟啊!

敬悼许地山先生

可是,他已经死了!

我知道他是福建人。他的父亲作过台湾的知府——说不定他就生在台湾。他有一位舅父,是个很有才而后来作了不十分规矩的和尚的。由这位舅父,他大概自幼就接近了佛说,读过不少的佛经。还许因为这位舅父的关系,他曾在仰光一带住过,给了他不少后来写小说的资料。他的妻早已死去,留下一个小女孩。他手上的翡翠戒指就是为纪念他的亡妻的。从英国回到北平,他续了弦。这位太太姓周,我曾在北平和青岛见到过。

以上这一点:事实恐怕还有说得不十分正确的地方,我的记性实在太坏了!记得我到牛津去访他的时候,他告诉了我为什么老戴着那个翡翠戒指;同时,他说了许许多多关于他的舅父的事。是的,清清楚楚的我记得他由述说这位舅父而谈到禅宗的长短,因为他老人家便是禅宗的和尚。可是,除了这一点,我把好些极有趣的事全忘得一干二净;后悔没把它们都笔记下来!

我认识地山,是在二十年前了。那时候,我的工作不多,所以常到一个教会去帮忙,作些"社会服务"的事情。地山不但常到那里去,而且有时候住在那里,因此我认识了他。我呢,只是个中学毕业生,什么学识也没有。可是地山在那时候已经在燕大毕业而留校教书,大家都说他是个很有学问的青年。初一认识他,我几乎不敢希望能与他为友,他是有学问的人哪!可是,他有学问而没有架子,他爱说笑话,村的雅的都有;他同我去吃八个铜板十只的水饺,一边吃一边说,不一定说什么,但总说得有趣。我不再怕他了。虽然不晓得他有多大的学问,可是的确知道他是个极天真可爱的人了。一来二去,我试着步去问他一些书本上的事;我生怕他不肯告诉我,因为我知道有些学者是有这样脾气的:他可以和你交往,不管你是怎样的人;但是一提到学问,他就不肯开口了;不是他不肯把学问白白送给人,便是不屑于与一个没学问的人谈学问——他的神态表示出来，跟你来往已是降格相从，至于学问之事，哈哈……但是，地山绝对不是这样的人。他愿意把他所知道的告诉人，正如同他愿给人讲故事。他不因为我向他请教而轻视我，而且也并不板起面孔表示他有学问。和谈笑话似的，他知道什么便告诉我什么，没有矜持，没有厌倦，教我佩服他的学识，而仍认他为好友。学问并没有毁坏了他的为人，像那些气焰千丈的"学者"那样。他对我如此，对别人也如此；在认识他的人中，我没有听到过背地里指摘他，说他不够个朋友的。

不错，朋友们也有时候背地里讲究他；谁能没有些毛病呢。可是，地山的毛病只是朋友们又气又笑的那一种，绝无损于他的人格。他不爱写信。你给他十封信，他也未见得答复一次；偶尔回答你一封，也只有几个奇形怪状的字，写在一张随手拾来的破纸上。我管他的字叫作鸡爪体，真是难看。这也许是他不愿写信的原因之一吧？另一毛病是不守时刻。口头的或书面的通知，何时开会或何时集齐，对他绝不发生作用。只要他在图书馆中坐下，或和友人谈起来，就不用再希望他还能看看钟表。所以，你设若不亲自拉他去赴会就约，那就是你的过错；他是永远不记着时刻的。

一九二四年初秋，我到了伦敦，地山已先我数日来到。他是在美国得了硕士学位，再到牛津继续研究他的比较宗教学的；还未开学，所以先在伦敦住几天，我和他住在了一处。他正用一本中国小商店里用的粗纸账本写小说。那时节，我对文艺还没发生什么兴趣，所以就没大注意他写的是哪一篇。几天的工夫，他带着我到城里城外玩耍，把伦敦看了一个大概。地山喜欢历史，对宗教有多年的研究，对古生物学有浓厚的兴趣。由他领着逛伦敦，是多么有趣、有益的事呢！同时，他绝对不是"月亮也是外国的好"的那种留学生。说真的，他有时候过火的厌恶外国人。因为要批判英国人，他甚至于连英国人有礼貌，守秩序，和什么喝汤不准出响声，都看成愚蠢可笑的事。因此，我一到伦敦，就借着他的眼睛看到那古城的许多宝物，也看到它那阴暗的一方面，而不至胡胡涂涂的断定伦敦的月亮比北平的好了。

不久，他到牛津去入学。暑假寒假中，他必到伦敦来玩几天。"玩"这个字，在这里，用得很妥当，又不很妥当。当他遇到朋友的时候，他就忘了自己：朋友们说怎样，他总不驳回。去到东伦敦买黄花木耳，大家作些中国饭吃？好！去逛动物园？好！玩扑克牌？好！他似乎永远没有忧郁，永远不会说"不"。不过，最好还是请他闲扯。据我所知道的，于各种宗教的研究而外，他还研究人学、民俗学、文学、考古学；他认识古代钱币，能鉴别古画，学过梵文与巴利文。请他闲扯，他就能——举个例说——由男女恋爱扯到中古的禁欲主义，再扯到原始时代的男女关系。他的故事多，书本上的佐证也丰富。他的话一会儿低降到贩夫走卒的俗野，一会儿高飞到学者的深刻高明。他谈一整天并无倦容，大家听一天也不感疲倦。

不过，你不要让他独自溜出去。他独自出去，不是到博物院，必是入图书馆。一进去，他就忘了出来。有一次，在上午八九点钟，我在东方学院的图书馆楼上发现了他。到吃午饭的时候，我去唤他，他不动。一直到下午五点，他才出来，还是因为图书馆已到关门的时间的原故。找到了我，他不住的喊"饿"；是啊，他已经饿了十点钟。在这种时节，"玩"字是用不得的。

牛津不承认他的美国的硕士学位，所以他须花二年的时光再考硕士。他的论文是《法华经》的介绍，在预备这本论文的时候，他还写了一篇相当长的文章，在世界基督教大会（？）上去宣读。这篇文章的内容是介绍道教。在一般的浮浅传教师心里，中国的佛教与道教不过是与非洲黑人或美洲红人所信的原始宗教差不多。地山这篇文章使他们闻所未闻，而且得到不少宗教学学者的称赞。

他得到牛津的硕士。假若他能继续住二年,他必能得到文学博士——最荣誉的学位。论文是不成问题的,他能于很短的期间预备好。但是,他必须再住二年;校规如此,不能变更。他没有住下去的钱,朋友们也不能帮助他。他只好以硕士为满意,而离开英国。

在他离英以前,我已试写小说。我没有一点自信心,而他又没工夫替我看看。我只能抓着机会给他朗读一两段。听过了几段,他说:"可以,往下写吧!"这,增多了我的勇气。他的文艺意见,在那时候,仿佛是偏重于风格与情调;他自己的作品都多少有些传奇的气息,他所喜爱的作品也差不多都是浪漫派的。他的家世,他的在南洋的经验,他的旧文学的修养,他的喜研究学问而又不忍放弃文艺的态度,和他自己的生活方式,我想,大概都使他倾向着浪漫主义。

单说:他的生活方式吧。我不相信他有什么宗教的信仰,虽然他对宗教有深刻的研究,可是,我也不敢说宗教对他完全没有影响。他的言谈举止都像个诗人。假若把"诗人"按照世俗的解释从他的生活中扩展起来,他就应当有很古怪奇特的行动与行为。但是,他并没作过什么怪事。他明明知道某某人对他不起,或是知道某某人的毛病,他仍然是一团和气,以朋友相待。他不会发脾气。在他的嘴里,有时候是乱扯一阵,可是他的私生活是很严肃的,他既是诗人,又是"俗"人。为了读书,他可以忘了吃饭。但一讲到吃饭,他却又不惜花钱。他并不孤高自赏。对于衣食住行他都有自己的主张,可是假若别人喜欢,他也不便固执己见。他能过很苦的日子。在我初认识他的几年中,他的饭食与衣服都是极简单朴俭。他结婚后,我到北平去看他,他的房屋衣服都相当讲究了。也许是为了家庭间的和美,他不便于坚持己见吧。虽然由破夏布褂子换为整齐的绫罗大衫,他的脱口而出的笑话与戏谑还完全是他,一点儿也没改。穿什么,吃什么,他仿佛都能随遇而安,无所不可。在这里,和在其他的好多地方,他似乎受佛教的影响较基督教的为多，虽然他是在神学系毕业，而且也常去作礼拜。他像个禅宗的居士，而绝不能成为一个清教徒。

不但亲戚朋友能影响他，就是不相识而偶然接触的人也能临时的左右他。有一次，我在"家"里，他到伦敦城里去干些什么。日落时，他回来了，进门便笑，而且不住的摸他的刚刚刮过的脸。我莫名其妙。他又笑了一阵。"教理发匠挣去两镑多！"我吃了一惊。那时候，在伦敦理发普通是八个便士，理发带刮脸也不过是一个先令，"怎能花两镑多呢？"原来是理发匠问他什么，他便答应什么，于是用香油香水洗了头，电气刮了脸，还不得用两镑多么？他绝想不起那样打扮自己，但是理发匠的建议是不能驳回的！

自从他到香港大学任事，我们没有会过面，也没有通过信；我知道他不喜欢写信，所以也就不写给他。抗战后，为了香港"文协"分会的事，我不能不写信给他了，仍然没有回信。可是，我准知道，信虽没来，事情可是必定办了。果然，从分会的报告和友人的函件中，我晓得了他是极热心会务的一员。我不能希望他按时回答我的信，可是我深信他必对分会卖力气，他是个极随便而又极不随便的人，我知道。

我自己没有学问，不能妥切的道出地山在学术上的成就何如。我只知道，他极用功，读书很多，这就值得钦佩，值得效法。对文艺，我没有什么高明的见解，所以不敢批评地山的作品。但是我晓得，他向来没有争过稿费，或恶意的批评过谁。这一点，不但使他能在香港"文协"分会以老大哥的身分德望去推动会务，而且在全国文艺界的团结上也有重大的作用。

是的，地山的死是学术界文艺界的极重大的损失！至于谈到他与我私人的关系，我只有落泪了；他既是我的"师"，又是我的好友！

啊，地山！你记得给我开的那张"佛学入门必读书"的单子吗？

你用功，也希望我用功；可是那张单子上的六十几部书，到如今我一部也没有读啊！

你记得给我打电报，教我到济南车站去接周校长①吗？多么有趣的电报啊！知道我不认识她，所以你教她穿了黑色旗袍，而电文是"×日×时到站接黑衫女"！当我和妻接到黑衫女的时候，我们都笑得闭不上口啊。朋友，你托好友作一件事，都是那样有风趣啊！啊，昔日的趣事都变成今日的泪源。你怎可以死呢！

不能再往下写了……

载 1941 年 8 月 17 日《大公报》

---

① 周校长，即许地山夫人的妹妹。

鲁迅先生逝世二周年纪念

我所认识的鲁迅先生,是从他的著作中见到的,我没有与他会过面。当鲁迅先生创造出阿 Q 的时候,我还没想到到文艺界来作一名小卒,所以就没有访问求教的机会与动机。及至先生住沪,我又不喜到上海去,故又难得相见。四年前的初秋,我到上海,朋友们约我吃饭,也约先生来谈谈。可是,先生的信须由一家书店转递;他第二天派人送来信,说:昨天的信送到的太晚了。我匆匆北返,二年的工夫没能再到上海,与先生见面的机会遂永远失掉!

在一本什么文学史中(书名与著者都想不起来了),有大意是这样的一句话:"鲁迅自成一家,后起摹拟者有老舍等人。"这话说得对,也不对。不对,因为我是读了些英国的文艺之后,才决定也来试试自己的笔,狄更斯是我在那时候最爱读的,下至于乌德豪司与哲扣布也都使我欣喜。这就难怪我一拿笔,便向幽默这边滑下来了。对,因为像阿 Q 那样的作品,后起的作家们简直没法不受他的影响;即使在文学与思想上不便去摹仿,可是至少也要得到一些启示与灵感。它的影响是普遍的。一个后起的作家,尽管说他有他自己的创作的路子,可是他良心上必定承认他欠鲁迅先生一笔债。鲁迅先生的短文与小说才真使新文艺站住了脚,能与旧文艺对抗。这样,有人说我是"鲁迅派",我当然不愿承认,可是决不肯昧着良心否认阿Q的作者的伟大,与其作品的影响的普遍。

我没见过鲁迅先生,只能就着他的著作去认识他,可是现在手中连一本书也没有!不能引证什么了,凭他所给我的印象来作这篇纪念文字吧。这当然不会精密,容或还有很大的错误,可是一个人的著作能给读者以极强极深的印象,即使其中有不尽妥确之处,是多么不容易呢!看了泰山的人,不一定就认识泰山,但是泰山的高伟是他毕生所不能忘记的,他所看错的几点,并无害于泰山的伟大。

看看《鲁迅全集》的目录,大概就没人敢说:这不是个渊博的人。可是渊博二字还不是对鲁迅先生的恰好的赞词。学问渊博并不见得必是幸福。有的人,正因其渊博,博览群籍,出经入史,所以他反倒不敢道出自己的意见与主张,而取着述而不作的态度。这种人好像博物院的看守者,只能保守,而无所施展。有的人,因为对某种学问或艺术的精究博览,就慢慢的摆出学者的架子,把自己所知的那些视为研究的至上品,此外别无他物,值得探讨,自己的心得是前无古人,后无来者;假若他也喜创作的话,他必是从他所阅览过的作品中,求字字句句有出处,有根据;他"作"而不"创"。他牺牲在研究中,而且牺牲得冤枉。让我们看看鲁迅先生吧。在文艺上,他博通古今中外,可是这些学问并没把他吓住。他写古文古诗写得极好,可并不尊唐或崇汉,把自己放在某派某宗里去,以自尊自限。古体的东西他能作,新的文艺无论在理论上与实验上,他又都站在最前面;他不以对旧物的探索而阻碍对新物的创造。他对什么都有研究的趣味,而永远不被任何东西迷住心。他随时研究,随时判断。他的判断力使他无论对旧学问或新知识都敢说话。他的话,不是学究的掉书袋,而是准确的指示给人们以继续研讨的道路。

学问比他更渊博的，以前有过，以后还有；像他这样把一时代治学的方法都抓住，左右逢源的随时随事都立在领导的地位，恐怕一个世纪也难见到一两位吧。吸收了"五四"运动的"从新估价"的精神，他疑古反古，把每时代的东西还给每时代。博览了东西洋的文艺，他从事翻译与创作。他疑古，他也首创，他能写极好的古体诗文，也热烈的拥护新文艺，并且牵引着它前进。他是这一时代的纪念碑。在文艺上，事事他关心，事事他有很高的成就。天才比他小一点的，努力比他少一点的，只能循着一条路线前进，或精于古，或专于新；他却像十字路口的警察，指挥着全部交通。在某一点上，有人能突破他的纪录，可是有谁敢和他比比"全能"比赛呢！

也许有人会说：在文艺理论方面，鲁迅先生只尽了介绍的责任，并未曾建设出他自己的有系统的学说；而且所介绍的也显着杂乱不纯。假若这话是对的，就请想想看吧：批判别人的时候，不是往往忘却别人的努力，而老嫌人家作得不够吗？设若能看到这一点，我们不是应当看看自己，我们自己假如也把研究、创作、翻译，同时并作，像鲁迅先生那样，我们的成绩又能有多少呢？我们就是对于一位圣人，也应不客气的批评，可是我们也应当晓得批评不仅是发威，而是于批评中，取得被批评者的最良最崇高的精神，以自策自励。鲁迅先生能于整理国故而外，去介绍，去翻译，就已经是难能可贵的事。一个人的精力与天才永远不能完全与他的志愿与计划相配合，人生最大的苦痛啊！只有明知这苦痛是越来越深，而杀上前去，以身殉志的，才是英雄。鲁迅先生的精神便是永远不屈不挠，不自满，不自馁。鲁迅先生的精神能以不死，那就靠后起者也能死而后已的继续努力。抓住一位英雄的弱点以开心自慰，既无损于英雄，又无益于自己，何苦来呢！

还有人也许说，鲁迅先生的后期著作，只是一些小品文，未免可惜，假若他能闭户写作，不问外间的事，也许能写出比阿Q更伟大的东西，岂不更好？

是的，鲁迅先生也许能那样的写出更伟大的作品。可是，那就不成其为鲁迅先生了。希望鲁迅先生去专心著作的人，虽然用着惋惜的语调，可是心中实在暗暗的不满意！不满意他因爱护青年，帮忙青年，而用去许多时间；不满意他因好管闲事而浪费了许多笔墨。

我不晓得假若鲁迅先生关上屋门，立志写伟大的作品，能够有什么贡献；我不喜猜想。我却准知道鲁迅先生的爱护青年与好管闲事是值得钦佩的事，他有颗纯洁的心，能接近青年；他有奋斗的怒火，去管闲事。是的，先生的爱护青年，有时候近于溺爱了；可是佛连一个蚂蚁也爱呢！母亲的伟大往往使她溺爱儿女；这只有母亲自己晓得其中的意义，旁观者只能表示惋惜与不满，因为旁观者不是母亲，也就代替不了母亲，明白不了母亲，自己不是母亲，没有慈心，觉得青年们都应该严加管束，把青年们管束得像羊羔一样老实，长者才可逍遥自在的为所欲为。为长者计，这实在是不错的办法。可是，青年呢？长者的聪明往往把"将来"带到自己的棺材里去，青年成了殉葬者。鲁迅先生不是这样的长者，他宁可少写些文章，而替青年们看稿子；他宁可少享受一些，而替青年们掏钱印书，他提拔青年，因为他不肯只为自己的不朽，而把青年们活埋了。这也许是很傻的事吧？可是最智慧的人似乎都有点傻气。

至于爱管闲事，的确使鲁迅先生得罪了不少的人。他的不留情的讽刺讥骂，实在使长者们难堪，因此也就要不得。中国人不会愤怒，也不喜别人挂火，而鲁迅先生却是最会挂火的人。假若他活到今日，我想他必不会老老实实的住在上海，而必定用他的笔时时刺着那些不会怒，不肯牺牲的人们的心。在长者们，也许暗中说句："幸而那个家伙死了。"可是，我们上哪里去找另一个鲁迅呢？我们自惭；自惭假若没有多少用处，让我们在纪念鲁迅先生的时候，挺起我们的胸来吧！

只写了些小品文吗？据我看，鲁迅先生的最大成就便是小品文。我敢说，他的学问限制不了后起者的更进一步，他的小说也拦不住后起者的猛进直前。小品文，在五十年内恐怕没有第二把手，来与他争光。他会怒，越怒，文字越好。文字容易摹仿，怒火可是不易借来。他的旧学问好，新知识广博，他能由旧而新，随手拾掇极精确的字与词，得到惊人的效果。你只能摘用他所用过的，而不易像他那样把新旧的工具都搬来应用，用创造的能力把古今的距离缩短，而成为他独有的东西。他长于古文古诗，又博览东西的文艺，所以他会把最简单的言语（中国话），调动得（极难调动）跌宕多姿，永远新鲜，永远清晰，永远软中透硬，永远厉害而不粗鄙。他以最大的力量，把感情、思想、文字，容纳在一两千字里，像块玲珑的瘦石，而有手榴弹的作用。只写了些短文么？啊，这是前无古人，恐怕也是后无来者的，文艺建设！

燃起我们的怒火吧，青年！以学识，以正义感，以最有力的文字，尽力于抗战建国的事业吧！在抗战中纪念鲁迅先生，我们必须有这个决心！

载 1938 年 10 月 22 日《抗战文艺》第 2 卷第 7 期

抬头见喜

梅兰芳同志千古

我们正在大兴安岭上游览访问，忽然听到梅兰芳同志病逝的消息。我们都黯然者久之，热泪欲坠！我们之中，有的是梅大师的朋友，有的只看过他的表演，伤心却是一致的。谁都知道这是全国戏曲界的一个重大损失！

我有许多话要说，但是心中悲痛，无法安排好我的话语。我只好想到什么就说什么。在这心酸意乱的时刻中，我已控制不住自己的感情，无法有条有理的讲话！

我与梅大师一同出国访问过两次，一次到朝鲜，一次到苏联。在行旅中，我们行则同车，宿则同室。在同车时，他总是把下铺让给我，他睡上铺。他知道我的腰腿有病。同时，他虽年过花甲，但因幼工结实，仍矫健如青年人。看到他上去下来，那么轻便敏捷，我常常对友人们说：大师一定长寿，活到百龄是很可能的！是呀，噩耗乍来，我许久不能信以为真！

不论是在车上，还是在旅舍中，他总是早起早睡，劳逸结合。起来，他便收拾车厢或房间：不仅把被子叠得整整齐齐，而且不许被单上有一些皱纹。收拾完自己的，他还过来帮助我，他不许桌上有一点烟灰，衣上有点尘土。他的手不会闲着。他在行旅中，正如在舞台上，都一丝不苟地处理一切。他到哪里，哪里就得清清爽爽，有条有理，开辟个生活纪律发着光彩的境地。

在闲谈的时候，他知道的便源源本本地告诉我；他不知道的就又追问到底。他诲人不倦，又肯广问求知。他不叫已有的成就限制住明日的发展。这就难怪，他在中年已名播全世，而在晚年还有新的贡献。他的确是活到老、学到老的人。

每逢他有演出任务的时候，在登台前好几小时就去静坐或静卧不语。我赶紧躲开他。他要演的也许是《醉酒》，也许是《别姬》。这些戏，他已演过不知多少次了。可是，他仍然要用半天的时间去准备。不，不仅准备，他还思索在哪一个身段，或某一句的行腔上，有所改进。艺术的锤炼是没有休止的！

他很早就到后台去，检查一切。记得：有一次，他演《醉酒》，几个宫娥是现由文工团调来的。他就耐心地给她们讲解一切，并帮助她们化装。他发现有一位宫娥，面部的化装很好，而耳后略欠明洁，他马上代她重新敷粉。他不许舞台上有任何敷衍的地方，任何对不起观众的地方。舞台是一幅图画，一首诗，必须一笔不苟！

在我这次离京以前，他告诉我：将到西北去演戏，十分高兴。他热爱祖国，要走遍各省，叫全国人民看见他，听到他，并向各种地方戏学习。他总是这样热情地愿献出自己的劳动，同时吸收别人的长处。五十多年的舞台生活，他给我们创造了多少新的东西啊！这些创造正是他随时随地学习，力除偏见与自满的结果。

他不仅是京剧界的一代宗师，继往开来，风格独创，他的勤学苦练，自强不息的精神，他的爱国爱党，为民族争光的热情，也是我们一般人都应学习的！

在朝鲜时，我们饭后散步，听见一间小屋里有琴声与笑语，我们便走了进去。一位志愿军的炊事员正在拉胡琴，几位战士在休息谈笑。他就烦炊事员同志操琴，唱了一段。唱罢，我向大家介绍他，屋中忽然静寂下来。待了好一会儿，那位炊事员上前拉住他的双手，久久不放，口中连说：梅兰芳同志！梅兰芳同志！这位同志想不起别的话来！

今天我在兴安岭中，大草原上，也只能南望悲呼：梅兰芳同志！梅兰芳同志！梅兰芳同志离开我们了，梅兰芳同志永垂不朽！

载 1961 年《北京文艺》9 月号

 二　考而不死是为神

婆婆话

一位友人从远道而来看我,已七八年没见面,谈起来所以非常高兴。一来二去,我问他有了几个小孩?他连连摇头,答以尚未有妻。他已三十五六,还作光棍儿,倒也有些意思;引起我的话来,大致如下:

我结婚也不算早,作新郎时已三十四岁了。为什么不肯早些办这桩事呢?最大的原因是自己挣钱不多,而负担很大,所以不愿再套上一份麻烦,作双重的马牛。人生本来是非马即牛,不管是贵是贱,谁也逃不出衣食住行,与那油盐酱醋。不过,牛马之中也有些性子刚硬的,挨了一鞭,也敢回敬一个别扭。合则留,不合则去,我不能在以劳力换金钱之外,还赔上狗事巴结人,由马牛调作走狗。这么一来,随时有卷起铺盖滚蛋的可能,也就得有些准备:积极的是储蓄俩钱,以备长期抵抗;消极的是即使挨饿,独身一个总不致灾情扩大。所以我不肯结婚。卖国贼很可以是慈父良夫,错处是只尽了家庭中的责任,而忘了社会国家。我的不婚,越想越有理。

及至过了三十而立,虽有桌椅板凳亦不敢坐,时觉四顾茫然。第一个是老母亲的劝告,虽然不明说:"为了养活我,你牺牲了自己,我是怎样的难过！"可是再说硬话实在使老人难堪；只好告诉母亲：不久即有好消息。君子一言，驷马难追；一透口话，就满城风雨。朋友们不论老少男女，立刻都觉得有作媒的资格，而且说得也确是近情近理；平日真没想到他们能如此高明。还普遍而且最动听的——不晓得他们都是从哪儿学来的这一套？——是：老光棍儿正如老姑娘。独居惯了就慢慢养成绝户脾气——万要不得的脾气！一个人，他们说，总得活泼泼的，各尽所长，快活的忙一辈子。因不婚而弄得脾气古怪，自己苦恼，大家不痛快，这是何苦？这个，的确足以打动一个卅多岁，对世事有些经验的人！即使我不希望升官发财，我也不甘成为一个老别扭鬼。

那么经济问题呢？我问他们。我以为这必能问住他们，因为他们必不会因为怕我成了老绝户而愿每月津贴我多少钱。哼，他们的话更多了。第一，两个人的花销不必比一个人多到哪里去；第二，即使多花一些，可是苦乐相抵，也不算吃亏；第三，找位能挣些钱的女子，共同合作，也许从此就富裕起来；第四，就说她不能挣钱，而且多花一些，人生本来是经验与努力，不能永远消极的防备，而当努力前进。

说到这里，他们不管我相信这些与否，马上就给我介绍女友了。仿佛是我决不会去自己找到似的。可是，他们又有文章。恋爱本无须找人帮忙，他们晓得；不过，在恋爱期间，理智往往弱于感情；一旦造成了将错就错的局面，必会将恩作怨，糟糕到底。反之，经友人介绍，旁观者清，即使未必准是半斤八两，到底是过了磅的有个准数。多一番理智的考核，便少一些感情的瞎碰。双方既都到了男大当娶，女大当聘之年，而且都愿结婚，一经介绍，必定郑重其事的为结婚而结婚，不是过过恋爱的瘾，况且结婚就是结婚；所谓同居，所谓试婚，所谓解决性欲问题，原来都是这一套。同居而不婚，也得两人吃饭，也得生儿养女；并不因为思想高明，而可以专接吻，不用吃饭！

我没了办法。你一言，我一语，说得我心中闹得慌。似乎只有结婚才能心静，别无办法。于是我就结了婚。

到如今，结婚已有五年，有了一儿一女。把五年的经验和婚前所听到的理论相证，倒也怪有个味儿。

第一该说脾气。不错，朋友们说对了：有了家，脾气确是柔和了一些。我必定得说，这是结婚的好处。打算平安的过活必须采纳对方的意见，阳纲或阴纲独振全得出毛病；男女同居，根本需要民治精神，独裁必引起革命；努力于此种革命并不足以升官发财，而打得头破血出倒颇悲壮而泄气。彼此非纳着点气儿不可，久而久之都感到精神的胜利，凡事可以和平解决，夫妇而可成圣矣。

这个，可并不能完全打倒我在婚前的主张：独身气壮，天不怕地不怕；结婚气馁，该瞅着的就得低头。我的顾虑一点不算多此一举。结了婚，脾气确是柔和了，心气可也跟着软下来。为两个人打算，绝不会像一人吃饱天下太平那么干脆。于是该将就者便须将就，不便挺起胸来大吹浩然之气，恋爱可以自由，结婚无自由。

朋友们说对了。我也并没说错。这个，请老兄自己去判断，假如你想结婚的话。

第二该说经济。现在，如果再有人对我说，俩人花钱不见得比一人多，我一定毫不迟疑的敬他一个嘴巴子。俩人是俩人，多数加S，钱也得随着加S。是的，太太可以去挣钱，俩人比一人挣的多；可是花得也多呀。公园，电影场，绝不会有"太太免票"的办法，别的就不用说了。及至有了小孩，简直就不能再有什么预算决算，小孩比皇上还会花钱。太太的事不能再作，顾了挣钱就顾不了小孩，因挣钱而把小孩养坏，照样的不上算；好，太太专看小孩，老爷专去挣钱，小孩专管花钱，不破产者鲜矣。

自然小孩会带来许多快乐，作了父母的夫妻特别的能彼此原谅，而小胖孩子又是那么天真可爱。单单的伸出一个胖手指已足使人笑上半天。可是，小胖子可别生病；一生病，爸的表，娘的戒指，全得暂入当铺，而且昼夜吃不好，睡不安，不亚于国难当前。割割扁桃腺，得一百块！幸亏正是扁桃腺，这要是整个的圆桃，说不定就得上万！以我自己说，我对儿女总算不肯溺爱，可是只就医药费一项来说，已经使我的肩背又弯了许多。有病难道不给治么？小孩真是金子堆成的。这还没提到将来的教育费——谁敢去想，闭着眼瞎混吧！

有人会说喽，结婚之后顶好不要小孩呀。不用听那一套。我看见不少了，夫妻因为没有小孩而感情越来越坏，甚至去抱来个娃娃，暂时敷衍一下。有小孩才像家庭；不然，家庭便和旅馆一样。要有小孩，还是早些有的为是。一来，妇女岁数稍大，生产就更多危险；二来，早些有子女，虽然花费很多，可是多少能早些有个打算，即便计划不能实现，究竟想有个准备；一想到将来，便想到子女，多少心中要思索一番，对于作事花钱就不能不小心。这样，夫妇自自然然的会老成一些了。要按着老法子说呢，父母养活子女，赶到子女长大便倒过头来养活父母。假如此法还能适用，那么早有小孩，更为上算。假如父亲在四十岁上才有了儿子，儿子到二十的时候，父亲已经六十了；说不定，也许活不到六十的；即使儿子应用古法，想养活父亲，而父亲已入了棺材，哪能喝酒吃饭？

这个，朋友，假若你想结婚的话，又该去思索一番。娶妻需花钱，生儿养女需花钱，负担日大，肩背日弯，好不伤心；同时，结婚有益，有子也有乐趣，即使乐不抵苦，可是生命至少不显着空虚。如何之处，统希鉴裁！

至于娶什么样的太太，问题太大，一言难尽。不过，我看出这么点来：美不是一切。太太不是图画与雕刻，可以用审美的态度去鉴赏。人的美还有品德体格的成分在内。健壮比美更重要。一位爱生病的太太不大容易使家庭快乐可爱。学问也不是顶要紧的，因为有钱可以自己立个图书馆，何必一定等太太来丰富你的或任何人的学问？据我看，结婚是关系于人生的根本问题的；即使高调很受听，可是我不能不本着良心说话，吃，喝，性欲，繁殖，在结婚问题中比什么理想与学问也更要紧。我并不是说妇人应当只管洗衣作饭抱孩子，不应读书作事。我是说，既来到婚姻问题上，既来到家庭快乐上，就乘早不必唱高调，说那些闲盘儿。这是个实际问题，是解决生命的根源上的几项问题，那么，说真实的吧，不必弄一套之乎者也。一个美的摆设，正如一个有学问的摆设，都是很好的摆设，可是未见得是位好的太太。假若你是富家翁呢，那就随便的弄什么摆设也好。不幸，你只是个普通的人，那么，一个会操持家务的太太实在是必要的。假如说吧，你娶了一位哲学博士，长得也顶美，可是一进厨房便觉恶心，夜里和你讨论康德的哲学，力主生育节制，即使有了小孩也不会抱着，你怎办？听我的话，要娶，就娶个能作贤妻良母的。尽管大家高喊打倒贤妻良母主义，你的快乐你知道。这并不完全是自私，因为一位不希望作贤妻良母的满可以不嫁而专为社会服务呀。假如一位反抗贤妻良母的而又偏偏去嫁人，嫁了人又连自己的袜子都不会或不肯洗，那才是自私呢。不想结婚，好，什么主义也可以喊；既要结婚，须承认这是个实际问题，不必弄玄虚。夫妻怎不可以谈学问呢；可是有了五个小孩，欠着五百元债，明天的房钱还没指望，要能谈学问才怪！两个帮手，彼此帮忙，是上等婚姻。

有人根本不承认家庭为合理的组织，于是结婚也就成为可笑之举。这，另有说法，不是咱们所要谈的。咱们谈的是结婚与组织家庭，那么，这套婆婆话也许有一点点用，多少的备你参考吧。

载 1936 年 9 月 5 日《中流》第 1 卷第 1 期

抬头见喜

我的"话"

二十岁以前，我说纯粹的北平话。二十岁以后，糊口四方，虽然并不很热心去学各地的方言，可是自己的言语渐渐有了变动：一来是久离北平，忘记了许多北平人特有的语调词汇；二来是听到别处的语言，感觉到北平话，特别是在腔调上，有些太飘浮的地方，就故意的去避免。于是，一来二去，我的话就变成一种稍稍忘记过、矫正过的北平话了。大体上说，我说的是北平话，而且相当的喜爱它。

三十岁左右的五年中，住在英国。因为岁数稍大，和没有学习语文的天才，所以并没能把英语学习好。有一个时期，还学习了一点拉丁和法文，也因脑子太笨而没有任何成绩。不过，我总算与外国语言接触过了。在上一段中，我说明了怎样因与国内的方言接触，而稍稍改变了自己的北平话；在这里，就是与外国语接触之后，我便拿北平话——因为我只会讲北平话——去代表中国话，而与外国话比较了。

最初，因英语中词汇的丰富，文法的复杂，我感到华语的枯窘简陋。在偶尔练习一点翻译的时候，特别使我痛苦：找不着适当的字啊！把完好的句子都拆毁了啊！我鄙视我的北平话了！

后来，稍稍学了一点拉丁及法文，我就更爱英文，也就翻回头来更爱华语了，因为以英文和拉丁或法文比较，才知道英文的简单正是语言的进步，而不是退化；那么以华语和英语比较，华语的惊人的简单，也正是它的极大的进步。

及至我读了些英文文艺名著之后，我更明白了文艺风格的劲美，正是仗着简单自然的文字来支持，而不必要花枝招展，华丽辉煌。英文《圣经》，与狄福、斯威夫特等名家的作品，都是用了最简劲自然的，也是最好的文字。

这时候，正是我开始学习写小说的时候；所以，我一下手便拿出我自幼儿用惯了的北平话。在第一二本小说中，我还有时候舍不得那文雅的华贵的词汇；在文法上，有时候也不由得写出一二略为欧化的句子来。及至我读了《艾丽司漫游奇境记》等作品之后，我才明白了用儿童的语言，只要运用得好，也可以成为文艺佳作。我还听说，有人曾用"基本英文"改写文艺杰作，虽然用字极少，也还能保持住不少的文艺性；这使我有了更大的胆量，脱去了华艳的衣衫，而露出文字的裸体美来。在当代的名著中，英国写家们时常利用方言；按照正规的英文法程来判断这些方言，它们的文法是不对的，可是这些语言放在文艺作品中，自有它们的不可忽视的力量，绝对不是任何其他语言可以代替的。是的，它们的确与正规文法不合，可是它们原本有自己的文法啊！你要用它，就得承认它的独立与自由，因为它自有它自己的生命。假若你只采取它一两个现成的字，而不肯用它的文法，你就只能得到它的一点小零碎来作装饰，而得不到它的全部生命的力量。因此，我自己的笔也逐渐的、日深一日的，去沾那活的、自然的、北平话的血汁，不想借用别人的文法来装饰自己了。我不知道这合理与否，我只觉得这个作法给我不少的欣喜，使我领略到一点创作的乐趣。看，这是我自己的想象，也是我自己的语言哪！

避免欧化的句子是不容易的。我们自己的文法是那么简单，简直

抬头见喜

没有法子把一句含意复杂的话说得圆满呀！可是，我还是设法去避免，我会把一长句拆开来说，还教它好听，明白，生动。把含意复杂的一个长句拆开来说，恐怕就不能完全传达那个长句所要表现的意思了，句子的形式既变，意思恐怕也就或多或少总有些变动；即使能够不多不少的恰如原意，那句子形式的变动也会使情调语气随着改变。于此，欧化的语句有时候是必不能舍弃的，特别是在说理的文章里。不过，我自己不大写说理的文章，我所写的大多数是诗歌小说之类的东西。这类的东西需要写得美好，简劲，有感动力。那么，语言之美是独特的无法借用，有不得不在自己的语言中探索其美点者。谈到简劲，中国言语恰恰天然的不会把句子拉长；强使之长，一句中有若干"底"，"地"，与"的"，或许能于一句中表达迂回复杂的意念，有如上述；但在文艺作品中这必然的会使气势衰沉，而且只能看而不能读，给诗歌与戏剧中的对话一个致命伤。在一个哲学家口中，他也许只求他的话能使人作深思，而不管它是多么别扭、生硬、冗长，文艺家便不敢这么冒险，因为他虽然也愿使人深思细想，可是他必定是用从心眼中发出来的最有力、最扼要、最动人的言语，使人咂摸着人情世态，含泪或微笑着去作深思。他要先感动人。这从心眼中掏出来的言语，必是极简单、极自然、极通俗的。媳妇哭婆婆，或许用点儿修辞；当她哭自己的儿女的时候，她只叫一两声"我的肉"，而昏倒了！文字的感动力是来自在某个场合中必然的说某种话——这个话是最普遍常用的，绝难借用外国文法的。一个哲学家，与一个工友，在他痛苦的时节，是同样的只会叫"妈"的。

我明白了上述的一点道理——对不对，我可不敢说——我就决定放弃了翻译工作。这工作是极要紧的，但是它使我太痛苦——顾了自己，便损害了别人；顾及别人，便失落了自己。言语的不同没法使彼此尽欢而散。同时，我写作小说也就更求与口语相合，把修辞看成怎样能从最通俗的浅近的词汇去描写,而不是找些漂亮文雅的字来漆饰。用字如此,句子也力求自然,在自然中求其悦耳生动。我愿在纸上写的和从口中说的差不多。到了这个地步,有时候我颇后悔我曾经矫正过自己的北平话了:有许多好的词汇,好的句法,因为怕别人不懂而不用,乃至渐渐的忘记了。是的,中国话确是太简单了,词与字真是太不够用了;把文言与白话掺和起来用,或者还能勉强应付;可是我立志要写白话,不借助于文言,岂不是自找苦吃?况且,我又忘了许多北平话呢!

我要恢复我的北平话。它怎样说,我便怎样写。怕别人不懂吗?加注解呀。无论怎说,地方语言运用得好,总比勉强的用四不像的、毫无精力的、普通官话强得多。至于借用外国文法,我不反对别人去试验,我自己可是还无暇及此,因为我还没能把自己的语言运用得很好哇!先把握住自己的话,而后再添加外来的材料,也许更牢靠一些。

近来有件伤心的事:我练习着写诗,把自己憋得半死!我知道,诗是语言的结晶。我写的是白话诗,自然须是白话的结晶。可是,这晶结不成;知道的白话是那么少啊!而且所知道的那一些,又运用得那么拙笨啊!我还是不敢多向外国语求救,可是文言不住的对我招手。我本想置之不理,给它个冷肩膀吃。但是,没了米,也只好吃面粉了,还能饿着吗?唉,对白话我有点不忠之罪!是白话不够用吗?是白话不配上诗的园里去吗?都不是!是自己无才,而且有点偷懒啊!我以为,从诗的言语上说,假若"刁骚"、"歧路"、"原野"、"涟漪"等无聊的词汇不被铲除了去,白话诗或者老是一片草地,而排列着许多坟头儿,永远成不了美丽的林园。

不过,近来也有桩可喜的事:我在练习写话剧。话剧太难写了,我当然不会一蹴而成功。但是,且不管剧中旁的一切,单就对话来说,实在使我快活。我没有统计过,在一出三幕或四幕剧中,用过多少个字。我可是直觉的感到，我用字很少，因为在写剧的时节，我可以充分地去想象：某个人在某时某地须说什么话，而这些话必定要立竿见影的发生某种效果；用不着转文，也用不着多加修饰，言语是心之声，发出心声，则一呼一嗽都能感人。在这里，我留神语言的自然流露，远过于文法的完整；留神音调的美妙，远过于修辞的选择。剧中人口里的一个"哪"或"吗"，安排得当，比完整而无力的一大句话，要收更多的效果。在这里，才真真的不是作文，而是讲话。话语的本来的文法，在此万不能移动；话语的音节腔调之美，在此须充分的发扬。剧中人所讲的是生命与生活中的话语，不是在背诵文章。

我没有学习语言的天才，故对语言的比较也就没有任何研究。我也没研究过文法，而只知道自己口中所说的话自有文法，很难改创。对语文既无所知，可是还要谈论到它们，不过是本着自己学习写作的经验说说实话而已，说不定就是一片胡言啊！

载 1941 年 6 月 16 日《文艺月刊》第 11 年 6 月号

买彩票

在我们那村里，抓会赌彩是自古有之。航空奖券，自然的，大受欢迎。头彩五十万，听听！二姐发起集股合作，首先拿出大洋二角。我自己先算了一卦，上吉，于是拿了四角。和二姐算计了好大半天，原来还短着九元四才够买一张的。我和她分头去宣传，五十万，五十万，五十个人分，每人还落一万，二角钱弄一万！举村若狂，连狗都听熟了"五十万"，凡是说"五十万"的，哪怕是生人，也立刻摇尾而不上前一口把腿咬住。闹了整一个星期；十元算是凑齐；我是最大的股员。三姥姥才拿了五分，和四姨五姨共同凑了一股；她们还立了一本账簿。

上哪里去买呢？还得算卦。二姐不信任我的诸葛金钱课，花了五大枚请王瞎子占了个马前神课……利东北。城里有四家代售处；利成记在城之东北；决议，到利成记去买。可是，利成是四家买卖中最小的一号，只卖卷烟煤油，万一把十元拐去，或是卖假券呢！又送了王瞎子五大枚，从新另占。西北也行，他说；不但是行，他细掐过手指，还比东北好呢！西北是恒祥记，大买卖，二姐出阁时的缎子红被还是那儿买的呢。

抬头见喜

谁去买？又是个问题。按说我是头号股员，我应当跑一趟。可是我是属牛的，今年是鸡年，总得找属鸡的，还得是男性，女性丧气。只有李家小三是鸡年生的，平日那些属鸡的好像都变了，找不着一个。小三自己去太不放心啊，于是决定另派二员金命的男人妥为保护。挑了吉日，三位进城买票。

票买来了，谁拿着呢？我们村里的合作事业有个特点，谁也不信任谁。经过三天三夜的讨论，还是交给了三姥姥，年高虽不见得必有德，可是到底手脚不利落，不至私自逃跑。

直到开彩那天，大家谁也没睡好觉。以我自己说，得了头彩——还能不是我们得吗?!——就分两万，这两万怎么花？买处小房，好，房的地点、样式，怎么布置，想了半夜。不，不买房子，还是作买卖好，于是铺子的地点、形式、种类，怎么赚钱，赚了钱以后怎样发展，又是半夜。天上的星星，河边的水泡，都看着像洋钱。清晨的鸟鸣，夜半的虫声，都说着"五十万"。偶尔睡着，手按在胸上，梦见一堆现洋压在身上，连气也出不得！特意买了一付骨牌，为是随时打卦。打了坏卦，不算，另打；于是打的都是好卦，财是发准了。

开奖了。报上登出前五彩，没有我们背熟了的那一号。房子，铺子……随着汗全走了。等六彩七彩吧，头五奖没有，难道还不中个小六彩？又算了一卦，上吉；六彩是五百，弄几块作件夏布大衫也不坏。于是一边等着六彩七彩的揭露，一边重读前五彩的号数，替得奖的人们想着怎么花用的方法，未免有些羡妒，所以想着想着便想到得奖人的乐极生悲，也许被钱烧死；自己没得也好；自然自己得奖也不见得就烧死。无论怎说，心中有点发堵。

六彩七彩也登出来了，还是没咱们的事，这才想起对尾子，连尾子都和我们开玩笑，我们的是个"三"，大奖的偏偏是个"二"。没办法！

二姐和我是发起人呀！三姥姥向我们俩要索她的五分。没法不赔她。赔了她，别人的二角也无意虚掷。二姐这两天生病，她就是有这个本事，心里一想就会生病。剩下我自己打发大家的二角。打发完了，二姐的病也好了，我呢，昨天夜里睡得很清甜。

载《论语》第 24 期

抬头见喜

观画记

　　看我们看不懂的事物，是很有趣的；看完而大发议论，更有趣。幽默就在这里。怎么说呢？去看我们不懂得的东西，心里自知是外行，可偏要装出很懂行的样子。譬如文盲看街上的告示，也歪头，也动嘴唇，也背着手；及至有人问他，告示上说的什么，他答以正在数字数。这足以使他自己和别人都感到笑的神秘，而皆大开心。看完再对人讲论一番便更有意思了。譬如文盲看罢告示，回家对老婆大谈政治，甚至因意见不同，而与老婆干起架来，则更热闹而紧张。
　　新年前，我去看王绍洛先生个人展览的西画。济南这个地方，艺术的空气不像北平那么浓厚。可是近来实在有起色，书画展览会一个接着一个的开起来。王先生这次个展是在十二月二十三日到二十五日。只要有图画看，我总得去看看。因为我对于图画是半点不懂，所以我必须去看，表示我的腿并不外行，能走到会场里去。一到会场，我很会表演。先在签到簿上写上姓名，写得个儿不小，以便引起注意而或者能骗碗茶喝。要作品目录，先数作品的号码，再看标价若干，而且算清价格的总积：假如作品都售出去，能发多大的财。我管这个叫作"艺术的经济"。然后我去看画。设若是中国画，我便靠近些看，细看笔道如何，题款如何，图章如何，裱的绫子厚薄如何。每看一项，或点点头，或摇摇首，好像要给画儿催眠似的。设若是西洋画，我便站得远些看，头部的运动很灵活，有时为看一处的光线，能把耳朵放在肩膀上，如小鸡蹭痒痒然。这么看了一遍，已觉有点累得慌，就找个椅子坐下，眼睛还盯着一张画死看，不管画的好坏，而是因为它恰巧对着那把椅子。这样死盯，不久就招来许多人，都要看出这张图中的一点奥秘。如看不出，便转回头来看我，似欲领教者。我微笑不语，暂且不便泄露天机。如遇上熟人过来问，我才低声的说："印象派，可还不到后期，至多也不过中期。"或是："仿宋，还好；就是笔道笨些！"我低声的说，因为怕叫画家自己听见；他听不见呢，我得虎就虎，心中怪舒服的。

其实，什么叫印象派，我和印度的大象一样不懂。我自己的绘画本事限于画"你是王八"的王八，与平面的小人。说什么我也画不上来个偏脸的人，或有四条腿的椅子。可是我不因此而小看自己；鉴别图画的好坏，不能专靠"像不像"；图画是艺术的一支，不是照相。呼之为牛则牛，呼之为马则马；不管画的是什么，你总得"呼"它一下。这恐怕不单是我这样，有许多画家也是如此。我曾看见一位画家在纸上涂了几个黑蛋，而标题曰"群雏"。他大概是我的同路人。他既然能这么干，怎么我就不可以自视为天才呢？那么，去看图画；看完还要说说，是当然的。说得对与不对，我既不负责任，你干吗多管闲事？这不是很逻辑的说法吗？

我不认识王绍洛先生。可是很希望认识他。他画得真好。我说好，就是好，不管别人怎么说。我爱什么，什么就好，没有客观的标准。"客观"，顶不通。你不自己去看，而派一位代表去，叫作客观；你不自己去上电影院，而托你哥哥去看贾波林，叫作客观；都是傻事，我不这么干。我自己去看，而后说自己的话；等打架的时候，才找我哥哥来揍你。

王先生展览的作品：油画七十，素描二十四，木刻七。在量上说，真算不少。对于木刻，我不说什么。不管它们怎样好，反正我不喜爱它们。大概我是有点野蛮劲，爱花红柳绿，不爱黑地白空的东西。我爱西洋中古书籍上那种绘图，因为颜色鲜艳。一看黑漆漆的一片，我就觉得不好受。木刻，对于我，好像黑煤球上放着几个白元宵，不爱！有人给我讲过相对论，我没好意思不听，可是始终不往心里去；不论它怎样相对，反正我觉得它不对。对木刻也是如此，你就是说得天花乱坠，还是黑煤球上放白元宵。对于素描，也不爱看，不过瘾；七道子八道子的！

我爱那些画。特别是那些风景画。对于风景画，我爱水彩的和油的，不爱中国的山水。中国的山水，一看便看出是画家在那儿作八股，弄了些个起承转合，结果还是那一套。水彩与油画的风景真使我接近了自然，不但是景在那里，光也在那里，色也在那里，它们使我永远喜悦，不像中国山水画那样使我离开自然，而细看笔道与图章。这回对了我的劲，王先生的是油画。他的颜色用得真漂亮，最使我快活的是绿瓦上的那一层嫩绿——有光的那一块儿。他有不少张风景画，我因为看出了神，不大记得哪张是哪张了。我也不记得哪张太刺眼，这就是说都不坏，除了那张《汇泉浴场》似乎有点俗气。那张《断墙残壁》很好，不过着色太火气了些；我提出这个，为是证明他喜欢用鲜明的色彩。他是宜于画春夏景物的，据我看。他能画得干净而活泼；我就怕看抹布颜色的画儿。

关于人物，《难民》与《忏悔》是最惹人注意的。我不大爱那三口儿难民，觉得还少点憔悴的样子。我倒爱难民背后的设景：树，远远的是城，城上有云；城和难民是安定与漂流的对照，云树引起渺茫与穷无所归之感。《官邸与民房》也是用这个结构——至少是在立意上。最爱《忏悔》。裸体的男人，用手捧着头，头低着。全身没有一点用力的地方，而又没一点不在紧缩着，是忏悔。此外还有好几幅裸体人形，都不如这张可喜。永不喜看光身的大胖女人，不管在技术上有什么讲究，我是不爱看"河漂子"的。

花了两点钟的工夫，还能不说几句么？于是大发议论，大概是很臭。不管臭不臭吧，的确是很佩服王先生。这决不是捧场；他并没见着我，也没送给我一张画。我说他好歹，与他无关，或只足以露出我的臭味。说我臭，我也不怕，议论总是要发的。伟人们不是都喜欢大发议论么？

载 1934 年 2 月《青年界》第 5 卷第 2 期

抬头见喜

读 书

若是学者才准念书,我就什么也不要说了。大概书不是专为学者预备的;那么,我可要多嘴了。

从我一生下来直到如今,没人盼望我成个学者;我永远喜欢服从多数人的意见。可是我爱念书。

书的种类很多,能和我有交情的可很少。我有决定念什么的全权;自幼儿我就会逃学,愣挨板子也不肯说我爱《三字经》和《百家姓》。对,《三字经》便可以代表一类——这类书,据我看,顶好在判了无期徒刑后去念,反正活着也没多大味儿。这类书可真不少,不知道为什么;也许是犯无期徒刑罪的太多;要不然便是太少——我自己就常想杀些写这类书的人。我可是还没杀过一个,一来是因为——我才明白过来——写这样书的人敢情有好些已经死了,比如写《尚书》的那位李二哥。二来是因为现在还有些人专爱念这类书,我不便得罪人太多了。顶好,我看是不管别人;我不爱念的就不动好了。好在,我爸爸没希望我成个学者。

第二类书也与咱无缘:书上满是公式,没有一个"然而"和"所以"。据说,这类书里藏着打开宇宙秘密的小金钥匙。我倒久想明白点真理，如地是圆的之类；可是这种书别扭，它老瞪着我。书不老老实实的当本书，瞪人干吗呀？我不能受这个气！有一回，一位朋友给我一本《相对论原理》，他说：明白这个就什么都明白了。我下了决心去念这本宝贝书。读了两个"配纸"，我遇上了一个公式。我跟它"相对"了两点多钟！往后边一看，公式还多了去啦！我知道和它们"相对"下去，它们也许不在乎，我还活着不呢？

可是我对这类书，老有点敬意。这类书和第一类有些不同，我看得出。第一类书不是没法懂，而是懂了以后使我更糊涂。以我现在的理解力——比上我七岁的时候，我现在满可以作圣人了——我能明白"人之初，性本善"。明白完了，紧跟着就糊涂了；昨儿个晚上，我还挨了小女儿——玫瑰唇的小天使——一个嘴巴。我知道这个小天使性本不善，她才两岁。第二类书根本就看不懂，可是人家的纸上没印着一句废话；懂不懂的，人家不闹玄虚，它瞪我，或者我是该瞪。我的心这么一软，便把它好好放在书架上；好打好散，别太伤了和气。

这要说到第三类书了。其实这不该算一类；就这么算吧，顺嘴。这类书是这样的：名气挺大，念过的人总不肯说它坏，没念过的人老怪害羞的说将要念。譬如说《元曲》，太炎"先生"的文章，罗马的悲剧，辛克莱的小说，《大公报》——不知是哪儿出版的一本书——都算在这类里，这些书我也都拿起来过，随手便又放下了。这里还就属那本《大公报》有点劲。我不害羞，永远不说将要念。好些书的广告与威风是很大的，我只能承认那些广告作得不错，谁管它威风不威风呢。

"类"还多着呢，不便再说；有上面的三项也就足以证明我怎样的不高明了。该说读的方法。

怎样读书,在这里,是个自决的问题;我说我的,没勉强谁跟我学。第一,我读书没系统。借着什么,买着什么,遇着什么,就读什么。不懂的放下,使我糊涂的放下,没趣味的放下,不客气。我不能叫书管着我。

第二,读得很快,而不记住。书要都叫我记住,还要书干吗?书应该记住自己。对我,最讨厌的发问是:"那个典故是哪儿的呢?""那句书是怎么来着?"我永不回答这样的考问,即使我记得。我又不是印刷机器养的,管你这一套!

读得快,因为我有时候跳过几页去。不合我的意,我就练习跳远。书要是不服气的话,来跳我呀!看侦探小说的时候,我先看最后的几页,省事。

第三,读完一本书,没有批评,谁也不告诉。一告诉就糟:"嘿,你读《啼笑因缘》?"要大家都不读《啼笑因缘》,人家写它干吗呢?一批评就糟:"尊家这点意见?"我不惹气。读完一本书再打通儿架,不上算。我有我的爱与不爱,存在我自己心里。我爱念什么就念,有什么心得我自己知道,这是种享受,虽然显得自私一点。

再说呢,我读书似乎只要求一点灵感。"印象甚佳"便是好书,我没工夫去细细分析它,所以根本便不能批评。"印象甚佳"有时候并不是全书的,而是书中的一段最入我的味;因为这一段使我对这全书有了好感;其实这一段的美或者正足以破坏了全体的美,但是我不去管;有一段叫我喜欢两天的,我就感谢不尽。因此,设若我真去批评,大概是高明不了。

第四,我不读自己的书,不愿谈论自己的书。"儿子是自己的好",我还不晓得,因为自己还没有过儿子。有个小女儿,女儿能不能代表儿子,就不得而知。"老婆是别人的好",我也不敢加以拥护,特别是在家里。但是我准知道,书是别人的好。别人的书自然未必都好，可是至少给我一点我不知道的东西。自己的，一提都头疼！自己的书，和自己的运气，好像永远是一对儿累赘。

第五，哼，算了吧。

载 1934 年 12 月《太白》第 1 卷第 7 期

抬头见喜

怎样读小说

　　写一本小说不容易,读一本小说也不容易。平常人读小说,往往以为既是"小"说,必无关宏旨,所以就随便一看,看完了顺手一扔,有无心得,全不过问。这个态度,据我看,是不大对的。光阴是宝贵的,我们既破工夫去念一本书,而又不问有无心得,岂不是浪费了光阴么?我们要这样去读小说,何不去玩玩球,练练武术,倒还有益于身体呀?再说,小说之所以能够存在,并不是完全因为它"小"而易读,可供消遣。反之,它之所以能够存在,正因为它有它特具的作用,不是别的书籍所能替代的。化学不能代替心理学,物理学不能代替历史;同样的,别的任何书籍也都不能代替小说。小说是讲人生经验的。我们读了小说,才会明白人间,才会知道处身涉世的道理。这一点好处不是别的书籍所能供给我们的。哲学能教咱们"明白",但是它不如小说说得那么有趣,那么亲切,那么感动人,因为哲学太板着面孔说话,而小说则生龙活虎的去描写,使人感到兴趣,因而也就不知不觉地发生了潜移默化的作用。历史也写人间,似乎与小说相同。可是,一般的说,历史往往缺乏着文艺性,使人念了头疼;即使含有文艺性,也不能像小说那样圆满生动,活龙活现。历史可以近乎小说，但代替不了小说。世间恐怕只有小说能源源本本、头头是道的描画人世生活，并且能暗示出人生意义。就是戏剧也没有这么大的本事，因为戏剧须摆在舞台上去，而舞台的限制就往往教剧本不能像小说那样自由描画。于此，我们知道了，小说是在书籍里另成一格，也就与别种书籍同样的有它独立的、无可代替的价值与使命。它不是仅供我们念着"玩"的。

读小说，第一能教我们得到益处的，便是小说的文字。世界上虽然也有文字不甚好的伟大小说，但是一般的来说，好的小说大多数是有好文字的。所以，我们读小说时，不应只注意它的内容，也须学习它的文字：看它怎么以最少的文字，形容出复杂的心态物态来；看它怎样用最恰当的文字，把人情物状一下子形容出来，活生生的立在我们的眼前。况且一部小说中，又是有人有景有对话，千状万态，包罗万象，更是使我们心宽眼亮，多见多闻；假若我们细心去读的话，它简直就是一部最好的最丰富的模范文。反之，假若我们读到一部文字不甚好的小说，即使它有些内容，我们也就知道这部小说是不甚完美的，因为它有个文字拙劣的缺点。在我们读过一段描写人，或描写事物的文字以后，试把小说放在一边，而自己拟作一段，我们便得到很不小的好处，因为拿我们自己的拟作与原文一比，就看出来人家的是何等简洁有力，或委宛多姿。而且还可以看出来，人家之所以能体贴入微者，必是由真正的经验而来，并不是先写好了"人生丁世"而后敷衍成章的。假若我们也要写好文章，我们便也应该去细心观察人生与事物，观察之后，加以揣摩，而后我们才能把其中的精彩部分捉到，下笔如有神矣。闭着眼瞎想是写不出来东西的。

文字以外，我们该注意的是小说的内容。要断定一本小说内容的好坏，颇不容易，因为世间的任何一件事都可以作为小说的材料，实在不容易分别好坏。不过，大概的说，我们可以这样来决定：关心社会的便好，不关心社会的便坏。这似乎是说，要看作者的态度如何了。同一件事，在甲作家手里便当作一个社会问题而提出之，在乙作家手里或者就当作一件好玩的事来说。前者的态度严肃，关切人生；后者的态度随便，不关切人生。那么，前者就给我们一些知识，一点教训，所以好；后者只是供我们消遣，白费了我们的光阴，所以不好。青年们读小说，往往喜爱剑侠小说。行侠仗义，好打不平，本是一个黑暗社会中应有的好事。倘若作者专向着"侠"字这一方面去讲，他多少必能激动我们的正义感，使我们也要有除暴安良的抱负。反之，倘若作者专注意到"剑"字上去，说什么口吐白光，斗了三天三夜的法而不分胜负，便离题太远，而使我们渐渐走入魔道了。青年们没有多少判断能力，而且又血气方刚，喜欢热闹，故每每以惊奇与否断定小说的好歹，而不知惊奇的事未必有什么道理，我们费了许多光阴去阅读，并不见得有丝毫的好处。同样的，小说的穿插若专为故作惊奇，并不见得就是好作品，因为卖关子，耍笔调，都是低卑的技巧；而好的小说，虽然没有这些花样，也自能引人入胜。一部好的小说，必是真有的说，真值的说；它决不求助于小小的技巧来支持门面。作者要怎样说，自然有个打算，但是这个打算是想把故事如何表现得更圆满更生动更经济，绝不是多绕几个圈子把故事拉得长长的，好多赚几个钱。所以，我们读一本小说，绝不该以内容与穿插的惊奇与否而定去取，而是要以作者怎样处理内容的态度，和怎样设计去表现，去定好坏。假若我们能这样去读小说，则小说一定不是只供消遣的东西，而是对我们的文学修养，与处世的道理，都大有裨益的。

载 1943 年 3 月 10 日《国文杂志》第 1 卷 4、5 期合刊号

文 牛

干哪一行的总抱怨哪一行不好。在这个年月能在银行里,大小有个事儿,总该满意了,可是我的在银行作事的朋友们,当和我闲谈起来,没有一个不觉得怪委屈的。真的,我几乎没有见过一个满意、夸赞他的职业的。我想,世界上也许有几位满意于他们的职业的人,而这几位人必定是英雄好汉。拿破仑、牛顿、爱因司坦、罗斯福,大概都不抱怨他们的行业"没意思"。虽然不自居拿破仑与牛顿,我自己可是一向满意我的职业。我的职业多么自由啊!我用不着天天按时候上课或上公事房,我不必等七天才到星期日;只要我愿意,我可连着有一个星期的星期日!

我的资本很小,纸笔墨砚而已。我的生活可以按照自己的意思安排,白天睡,夜里醒着也好,昼夜都不睡也可以;一日三餐也好,八餐也好!反正我是在我自己的屋里操作,别人也不能敲门进来,禁止我把脚放在桌子上。专凭这一点自由,我就不能不满意我的职业。况且,写得好吧歹吧,大致都能卖出去,喝粥不成问题,倒也逍遥自在;虽然因此而把妒忌我的先生们鼻子气歪,我也没法子代他们去搬正!

可是，在近几个月来，也不知怎么我也失去了自信，而时时不满意我的职业了。这是吉是凶，且不去管，我只觉得"不大是味儿"！心里很不好过！

我的职业是"写"。只要能写，就万事亨通，可是，近来我写不上来了！问题严重得很，我不晓得生了娃娃而没有奶的母亲怎样痛苦，我可是晓得我比她还更痛苦。没有奶，她可以雇乳娘，或买代乳粉，我没有这些便利。写不出就是写不出，找不到代替品与代替的人。

天天能写一点，确实能觉得很自由自在，赶到了一点也写不出的时节呀，哈哈，你便变成世界上最痛苦的人！你的自由，闲在，正是对你的刑罚；你一分钟一分钟无结果的度过，也就每一分钟都如坐针毡！你不但失去工作与报酬，你简直失去了你自己！

一夏天除了阴雨，我的卧室兼客厅兼饭厅兼浴室兼书房的书房，热得老像一只大火炉。夜间一点钟以后，我才能勉强的进去睡。睡不到四个小时，我就必须起来，好乘早凉儿工作一会儿；一过午，屋内即又成烤炉。一夏天，我没有睡足。睡不足，写的也就不多，一拿笔就觉得困啊。我很着急，但是想不出办法，缙云山上必定凉快，谁去得起呢！

入秋，我本想要"好好"的工作一番，可是天又霉，纸烟的价钱好像疯了似的往上涨。只好戒烟。我曾经声明过："先上吊，后戒烟！"以示至死不戒烟的决心。现在，自己打了嘴巴。最坏的烟卖到一百元一包（二十枝；我一天须吸三十枝），我没法不先戒烟，以延缓上吊之期了；人都惜命呀！没有烟，我只会流汗，一个字也写不出！戒烟就是自己跟自己摔跤，我怎能写字呢？半个月，没写出一个字！

烟瘾稍杀，又打摆子，本来贫血，摆子使血更贫。于是，头又昏起来。不留神，猛一抬头，或猛一低头，眼前就黑那么一下，老使人有"又要停电"之感！每天早上，总盼着头不大昏，幸而真的比较清爽，我就赶快的高高兴兴去研墨，期望今天一下子能写出两三千字来。墨研好了，笔也拿在手中，也不知怎么的，头中轰的一下，生命成了空白，什么也没有了，除了一点轻微的嗡嗡的响声。这一阵好容易过去了，脑中开始抽着疼，心中烦躁得要狂喊几声！只好把笔放下——文人缴械！一天如此，两天如此，忍心的、耐性的敷衍自己："明天会好些的！"第三天还是如此，我开始觉得："我完了！"放下笔，我不会干别的！是的，我晓得我应当休息，并且应当吃点补血的东西——豆腐、猪肝、猪脑、菠菜、红萝卜等。但是，这年月谁休息得起呢？紧写慢写还写不出香烟钱怎敢休息呢？至于补品，猪肝岂是好惹的东西，而豆腐又一见双眉紧皱，就是菠菜也不便宜啊！如此说来，理应赶快服点药，使身体从速好起来。可是西药贵如金，而中药又无特效。怎办呢？到了这般地步，我不能不后悔当初为什么单单选择这一门职业了！唱须生的倒了嗓子，唱花旦的损了面容，大概都会明白我的苦痛；这苦痛是来自希望与失望的相触，天天希望，天天失望，而生命就那么一天天的白白的摆过去，摆向绝望与毁灭！

最痛苦是接到朋友征稿的函信的时节。

朋友不仅拿你当作个友人，而且是认为你是会写点什么的人。可是，你须向友人们道歉；你还是你，你也已经不是你——你已不能够作了！

吃的是草，挤出的是牛奶；可是，文人的身体并不和牛一样壮，怎办呢？

青年朋友们，假使你没有变成一头牛的把握，请不要干我这一行事吧；当你写不出字来的时候，你比谁的苦痛都更大！我是永不怨天尤人的人，今天我只后悔自己选错了职业——完全是我自己的事，与别人毫不相干。我后悔作了写家的正如我后悔"没"作生意，或税吏一样；假若我起初就作着囤积居奇，与暗中拿钱的事，我现在岂不正兴高采烈的自庆前程远大么？啊，青年朋友们，假使你健壮如牛，也还要细想一想再决定吧，即在此处，牛恐怕是永远没有希望的动物，管你，和我一样的，不怨天尤人。

载 1944 年 11 月《华声》第 1 卷第 1 期

文艺与木匠

一位木匠的态度,据我看:(一)要作个好木匠;(二)虽然自己已成为好木匠,可是绝不轻看皮匠、鞋匠、泥水匠,和一切的匠。

此态度适用于木匠,也适用于文艺写家。我想,一位写家既已成为写家,就该不管怎么苦,工作怎样繁重,还要继续努力,以期成为好的写家,更好的写家,最好的写家。同时,他须认清:一个写家既不能兼作木匠、瓦匠,他便该承认五行八作的地位与价值,不该把自己视为至高无上,而把别人踩在脚底下。

我有三个小孩。除非他们自己愿意,而且极肯努力,作文艺写家,我决不鼓励他们;因为我看他们作木匠,瓦匠,或作写家,是同样有意义的,没有高低贵贱之别。

假若我的一个小孩决定作木匠去,除了劝告他要成为一个好木匠之外,我大概不会絮絮叨叨的再多讲什么,因为我自己并不会木工,无须多说废话。

假若他决定去作文艺写家,我的话必然的要多了一些,因为我自己知道一点此中甘苦。

第一,我要问他:你有了什么准备?假若他回答不出,我便善意的，虽然未必正确的，向他建议：你先要把中文写通顺了。所谓通顺者，即字字妥当，句句清楚。假若你还不能作到通顺，请你先去练习文字吧，不要开口文艺，闭口文艺。文字写通顺了，你要"至少"学会一种外国语，给自己多添上一双眼睛。这样，中文能写通顺，外国书能念，你还须去生活。我看，你到三十岁左右再写东西，绝不算晚。

第二，我要问他：你是不是以为作家高贵，木匠卑贱，所以才舍木工而取文艺呢？假若你存着这个心思，我就要毫不客气的说：你的头脑还是科举时代的，根本要不得！况且，去学木工手艺，即使不能成为第一流的木匠，也还可以成为一个平常的木匠；即使不能有所创造，还能不失规矩的仿制；即使供献不多，也还不至于糟蹋东西。至于文艺呢，假若你弄不好的话，你便糟践不知多少纸笔，多少时间——你自己的，印刷人的，和读者的；罪莫大焉！你看我，已经写作了快二十年，可有什么成绩？我只感到愧悔，没有给人盖成过一间小屋，作成过一张茶几，而只是浪费了多少纸笔，谁也不曾得到我一点好处！高贵吗？啊，世上还有高贵的废物吗？

第三，我要问他：你是不是以为作写家比作别的更轻而易举呢？比如说，作木匠，须学好几年的徒，出师以后，即使技艺出众，也还不过是个默默无闻的匠人；治文艺呢，你可以用一首诗，一篇小说，而成名呢？我告诉你，你这是有意取巧，避重就轻。你要知道，你心中若没有什么东西，而轻巧的以一诗一文成了名，名适足以害了你！名使你狂傲，狂傲即近于自弃。名使你轻浮、虚伪。文艺不是轻而易举的东西，你若想借它的光得点虚名，它会极厉害的报复，使你不但挨不近它的身，而且会把你一脚踢倒在尘土上！得了虚名，而丢失了自己，最不上算。

第四，我要问他：你若干文艺，是不是要干一辈子呢？假若你只干一年半载，得点虚名便闪躲开，借着虚名去另谋高就，你便根本是骗子！我宁愿你死了，也不忍看你作骗子！你须认定：干文艺并不比作木匠高贵，可是比作木匠还更艰苦。在文艺里找慈心美人，你算是看错了地方！

第五，我要告诉他：你别以为我干这一行，所以你也必须来个"家传"。世上有用的事多得很，你有择取的自由。我并不轻看文艺，正如同我不轻看木匠。我可是也不过于重视文艺，因为只有文艺而没有木匠也成不了世界。我不后悔干了这些年的笔墨生涯，而只恨我没能成为好的写家。作官教书都可以辞职，我可不能向文艺递辞呈，因为除了写作，我不会干别的；已到中年，又极难另学会些别的。这是我的痛苦，我希望你别再来一回。不过，你一定非作写家不可呢，你便须按着前面的话去准备，我也不便绝对不同意，你有你的自由。你可得认真的去准备啊！

载 1942 年 8 月 16 日《时事新报》

抬头见喜

考而不死是为神

考试制度是一切制度里最好的，它能把人支使得不像人了，而把脑子严格的分成若干小块块。一块装历史，一块装化学，一块……

比如早半天考代数，下午考历史，在午饭的前后你得把脑子放在两个抽屉里，中间连一点缝子也没有才行。设若你把 X+Y 和一八二八弄到一处，或者找唐朝的指数，你的分数恐怕是要在二十上下。你要晓得，状元得来个一百分呀。得这么着：上午，你的一切得是代数，仿佛连你是黄帝的子孙，和姓字名谁，全根本不晓得。你就像刚由方程式里钻出来，全身的血脉都是 X 和 Y。赶到刚一交卷，你立刻成了历史，向来没听说过代数是什么。亚力山大，秦始皇等就是你的爱人，连他们的生日是某年某月某时都知道。代数与历史千万别联宗，也别默想二者的有无关系，你是赴考呀，赴考的期间你别自居为人，你是个会吐代数，吐历史的机器。

这样考下去，你把各样功课都吐个不大离，好了，你可以现原形了；睡上一天一夜，醒来一切茫然，代数历史化学诸般武艺通通忘掉，你这才想起"妹妹我爱你"。这是种蛇脱皮的工作，旧皮脱尽才能自由；不然，你这条蛇不会得到文凭，就是你爱妹妹，妹妹也不爱你，准的。

　　最难的是考作文。在化学与物理中间，忽然叫你"人生于世"。你的脑子本来已分成若干小块，分得四四方方，清清楚楚，忽然来了个没有准地方的东西，东扑扑个空，西扑扑个空，除了出汗没有合适的办法。你的心已冷两三天，忽然叫你拿出情绪作用，要痛快淋漓，慷慨激昂，假如题目是"爱国论"，或"天下兴亡匹夫有责"；你的心要是不跳吧，笔下便无血无泪；跳吧，下午还考物理呢。把定律们都跳出去，或是跳个乱七八糟，爱国是爱了，而定律一乱则没有人替你整理，怎办？幸而不是爱国论，是山中消夏记，心无须跳了。可是，得有诗意呀。仿佛考完代数你更文雅了似的！假如你能逃出这一关去，你便大有希望了，够分不够的，反正你死不了了。被"人生于世"憋死，不是什么稀罕的事。

　　说回来，考试制度还是最好的制度。被考死的自然无须再提。假若考而不死，你放胆活下去吧，这已明明告诉你，你是十世童男转身。

载 1934 年 7 月 1 日《论语》第 44 期

抬头见喜

习 惯

不管别位，以我自己说，思想是比习惯容易变动的。每读一本书，听一套议论，甚至看一回电影，都能使我的脑子转一下。脑子的转法像螺丝钉，虽然是转，却也往前进。所以，每转一回，思想不仅变动，而且多少有点进步。记得小的时候，有一阵子很想当"黄天霸"。每逢四顾无人，便掏出瓦块或碎砖，回头轻喊：看镖！有一天，把醋瓶也这样出了手，几乎挨了顿打。这是听《五女七贞》的结果。及至后来读了托尔斯泰等人的作品，就是看了杨小楼扮演的"黄天霸"，也不会再扔醋瓶了。你看，这不仅是思想老在变动，而好歹的还高了一二分呢。

习惯可不能这样。拿吸烟说吧，读什么，看什么，听什么，都吸着烟。图书馆里不准吸烟，干脆就不去。书里告诉我，吸烟有害，于是想戒烟，可是想完了，照样点上一支。医院里陈列着"烟肺"也看见过，颇觉恐慌，我也是有肺动物啊！这点嗜好都去不掉，连肺也对不起呀，怎能成为英雄呢?！思想很高伟了；乃至吃过饭，高伟的思想又随着蓝烟上了天。有的时候确是坚决，半天儿不动些小白纸卷儿，而且自号为理智的人——对面是习惯的人。后来也不是怎么一股劲，连吸三支，合着并未吃亏。肺也许又黑了许多，可是心还跳着，大概一时还不至于死，这很足自慰。什么都这样。按说一个自居"摩登"的人，总该常常携着夫人在街上走走了。我也这么想过，可是做不到。大家一看，我就毛咕，"你慢慢走着，咱们家里见吧！"把夫人落在后边，我自己迈开了大步。什么"尖头曼""方头曼"的，不管这一套。虽然这么说，到底觉得差一点。从此再不双双走街。

明知电影比京戏文明一些，明知京戏的锣鼓专会供给头疼，可是嘉宝或红发女郎总胜不过杨小楼去。锣鼓使人头疼得舒服，仿佛是。同样，冰激凌、咖啡、青岛洗海澡、美国桔子，都使我摇头。酸梅汤、香片茶、裕德池、肥城桃，老有种知己的好感。这与提倡国货无关，而是自幼儿养成的习惯。年纪虽然不大，可是我的幼年还赶上了野蛮时代。那时候连皇上都不坐汽车，可想见那是多么野蛮了。

跳舞是多么文明的事呢，我也没份儿。人家印度青年与日本青年，在巴黎或伦敦看见跳舞，都讲究馋得咽唾沫。有一次，在艾丁堡，跳舞场拒绝印度学生进去，有几位差点上了吊。还有一次在海船上举行跳舞会，一个日本青年气得直哭，因为没人招呼他去跳。有人管这种好热闹叫作猴子的摹仿，我倒并不这么想。在我的脑子里，我看这并不成什么问题，跳不能叫印度登时独立，也不能叫日本灭亡。不跳呢，更不会就怎样了不得。可是我不跳。一个人吃饱了没事，独自跳跳，还倒怪好。叫我和位女郎来回的拉扯，无论说什么也来不得。看着就是不顺眼，不用说真去跳了。这和吃冰激凌一样，我没有这个胃口。舌头一凉，马上联想到泻肚，其实心里准知道没有危险。

还有吃西餐呢。干净，有一定份量，好消化，这些我全知道。不过吃完西餐要不补充上一碗馄饨两个烧饼，总觉得怪委屈的。吃了带血的牛肉，喝凉水，我一定跑肚。想象的作用。这就没有办法了，想象真会叫肚子山响！

抬头见喜

对于朋友，我永远爱交老粗儿。长发的诗人，洋装的女郎，打高尔夫的男性女性，咬言咂字的学者，满跟我没缘。看不惯。老粗儿的言谈举止是咱自幼听惯看惯的。一看见长发诗人，我老是要告诉他先去理发；即使我十二分佩服他的诗才，他那些长发使我堵的慌。家兄永远到"推剃两从便"的地方去"剃"，亮堂堂的很悦目。女子也剪发，在理论上我极同意，可是看着别扭。问我女子该梳什么"头"，我也答不出，我总以为女性应留着头发。我的母亲，我的大姐，不都是世界上最好的女人么？她们都没剪发。

行难知易，有如是者。

载 1934 年 9 月 5 日《人间世》第 11 期

我的理想家庭

　　一个二十多岁的小伙子，讲恋爱，讲革命，讲志愿，似乎天地之间，唯我独尊，简直想不到组织家庭——结婚既是爱的坟墓，家庭根本上是英雄好汉的累赘。及至过了三十，革命成功与否，事情好歹不论，反正领略够了人情世故，壮气就差点事儿了。虽然明知家庭之累，等于投胎为马为牛，可是人生总不过如此，多少也都得经验一番，既不坚持独身，结婚倒也还容易。于是发帖子请客，笑着开驶倒车，苦乐容或相抵，反正至少凑个热闹。到了四十，儿女已有二三，贫也好富也好，自己认头苦曳，对于年轻的朋友已经有好些个事儿说不到一处，而劝告他们老老实实的结婚，好早生儿养女，即是话不投缘的一例。到了这个年纪，设若还有理想，必是理想的家庭。倒退二十年，连这么一想也觉泄气。人生的矛盾可笑即在于此，年轻力壮，力求事事出轨，决不甘为火车；及至中年，心理的，生理的，种种理的什么什么，都使他不但非作火车不可，且作货车焉。把当初与现在一比较，判若两人，足够自己笑半天的！或有例外，实不多见。

　　明年我就四十了，已具说理想家庭的资格：大不必吹，盖亦自嘲。我的理想家庭要有七间小平房：一间是客厅，古玩字画全非必要，

抬头见喜

只要几张很舒服宽松的椅子，一二小桌。一间书房，书籍不少，不管什么头版与古本，而都是我所爱读的。一张书桌，桌面是中国漆的，放上热茶杯不至烫成个圆白印儿。文具不讲究，可是都很好用。桌上老有一两枝鲜花，插在小瓶里。两间卧室，我独据一间，没有臭虫，而有一张极大极软的床。在这个床上，横睡直睡都可以，不论怎睡都一躺下就舒服合适，好像陷在棉花堆里，一点也不硬碰骨头。还有一间，是预备给客人住的。此外是一间厨房，一个厕所，没有下房，因为根本不预备用仆人。家中不要电话，不要播音机，不要留声机，不要麻将牌，不要风扇，不要保险柜。缺乏的东西本来很多，不过这几项是故意不要的，有人白送给我也不要。

院子必须很大。靠墙有几株小果木树。除了一块长方的土地，平坦无草，足够打开太极拳的，其他的地方就都种着花草——没有一种珍贵费事的，只求昌茂多花。屋中至少有一只花猫，院中至少也有一两盆金鱼；小树上悬着小笼，二三绿蝈蝈随意地鸣着。

这就该说到人了。屋子不多，又不要仆人，人口自然不能很多：一妻和一儿一女就正合适。先生管擦地板与玻璃，打扫院子，收拾花木，给鱼换水，给蝈蝈一两块绿黄瓜或几个毛豆；并管上街送信买书等事宜。太太管做饭，女儿任助手——顶好是十二三岁，不准小也不准大，老是十二三岁。儿子顶好是三岁，既会讲话，又胖胖的会淘气。母女于做饭之外，就做点针线，看小弟弟。大件衣服拿到外边去洗，小件的随时自己涮一涮。

既然有这么多工作，自然就没有多少工夫去听戏看电影。不过在过生日的时候，全家就出去玩半天；接一位亲或友的老太太给看家。过生日什么的永远不请客受礼，亲友家送来的红白帖子，就一概扔在字纸篓里，除非那真需要帮助的，才送一些干礼去。到过节过年的时候，吃食从丰，而且可以买一通纸牌，大家打打"索儿胡"，赌铁蚕豆或花生米。

男的没有固定的职业；只是每天写点诗或小说，每千字卖上四五十元钱。女的也没事做，除了家务就读些书。儿女永不上学，由父母教给画图，唱歌，跳舞——乱蹦也算一种舞法——和文字，手工之类。等到他们长大，或者也会仗着绘画或写文章卖一点钱吃饭；不过这是后话，顶好暂且不提。

这一家子人，因为吃得简单干净，而一天到晚又不闲着，所以身体都很不坏。因为身体好，所以没有肝火，大家都不爱闹脾气。除了为小猫上房，金鱼甩子等事着急之外，谁也不急叱白脸的。

大家的相貌也都很体面，不令人望而生厌。衣服可并不讲究，都做得很结实朴素；永远不穿又臭又硬的皮鞋。男的很体面，可不露电影明星气；女的很健美，可不红唇卷毛的鼻子朝着天。孩子们都不卷着舌头说话，淘气而不讨厌。

这个家庭顶好是在北平，其次是成都或青岛，至坏也得在苏州。无论怎样吧，反正必须在中国，因为中国是顶文明顶平安的国家；理想的家庭必在理想的国内也。

载 1936 年 11 月 16 日《论语》第 100 期

抬头见喜

对于时节，我向来不特别的注意。拿清明说吧，上坟烧纸不必非我去不可，又搭着不常住在家乡，所以每逢看见柳枝发青便晓得快到了清明，或者是已经过去。对重阳也是这样，生平没在九月九登过高，于是重阳和清明一样的没有多大作用。

端阳，中秋，新年，三个大节可不能这么马虎过去。即使我故意躲着它们，账条是不会忘记了我的。也奇怪，一个无名之辈，到了三节会有许多人惦记着，不但来信，送账条，而且要找上门来！

设若故意躲着借款，着急，设计自杀等等，而专讲三节的热闹有趣那一面儿，我似乎是最喜爱中秋。"似乎"，因为我实在不敢说准了。幼年时，中秋是个很可喜的节，要不然我怎么还记得清清楚楚那些"兔儿爷"的样子呢？有"兔儿爷"玩，这个节必是过得十二分有劲。可是从另一方面说，至少有三次喝醉是在中秋；酒入愁肠呀！所以说"似乎"最喜爱中秋。

事真凑巧，这三次"非杨贵妃式"的醉酒我还都记得很清楚。那么，就说上一说呀。第一次是在北平，我正住在翊教寺一家公寓里。好友卢嵩庵从柳泉居运来一坛子"竹叶青"，又约来两位朋友——内中有一位是不会喝的——大家就抄起茶碗来。坛子虽大,架不住茶碗一个劲进攻;月亮还没上来,坛子已空。干什么去呢?打牌玩吧。各拿出铜元百枚,约合大洋七角多,因这是古时候的事了。第一把牌将立起来,不晓得——至今还不晓得——我怎么上了床。牌必是没打成,因为我一睁眼已经红日东升了。

第二次是在天津,和朱荫棠在同福楼吃饭,各饮绿茵陈二两。吃完饭,到一家茶肆去品茗。我朝窗坐着,看见了一轮明月,我就吐了。这回决不是酒的作用,毛病是在月亮。

第三次是在伦敦。那里的秋月是什么样子,我说不上来——也许根本没有月亮其物。中国工人俱乐部里有多人凑热闹,我和沈刚伯也去喝酒。我们俩喝了两瓶葡萄酒。酒是用葡萄还是葡萄叶儿酿的,不可得而知,反正价钱很便宜;我们俩自古至今总没作过财主。喝完,各自回寓所。一上公众汽车,我的脚忽然长了眼睛,专找别人的脚尖去踩。这回可不是月亮的毛病。

对于中秋,大致如此——无论如何也不能说它坏。就此打住。

至若端阳,似乎可有可无。粽子,不爱吃。城隍爷现在也不出巡;即使再出巡,大概也没有跟随着走几里路的兴趣。樱桃真是好东西,可惜被黑白桑葚给带累坏了。

新年最热闹,也最没劲,我对它老是冷淡的。自从一记事儿起,家中就似乎很穷。爆竹总是听别人放,我们自己是静寂无哗。记得最真的是家中一张《王羲之换鹅》图。每逢除夕,母亲必把它从个神秘的地方找出来,挂在堂屋里。姑母就给说那个故事;到如今还不十分明白这故事到底有什么意思,只觉得"王羲之"三个字倒很响亮好听。后来入学,读了《兰亭序》,我告诉先生,王羲之是在我的家里。

长大了些,记得有一年的除夕,大概是光绪三十年前的一、二年,母亲在院中接神,雪已下了一尺多厚。高香烧起,雪片由漆黑的空中落下,落到火光的圈里,非常的白,紧接着飞到火苗的附近,舞出些

抬头见喜

金光，即行消灭；先下来的灭了，上面又紧跟着下来许多，像一把"太平花"倒放。我还记着这个。我也的确感觉到，那年的神仙一定是真由天上回到世间。

中学的时期是最忧郁的，四、五个新年中只记得一个，最凄凉的一个。那是头一次改用阳历，旧历的除夕必须回学校去，不准请假。姑母刚死两个多月，她和我们同住了三十年的样子。她有时候很厉害，但大体上说，她很爱我。哥哥当差，不能回来。家中只剩母亲一人。我在四点多钟回到家中，母亲并没有把"王羲之"找出来。吃过晚饭，我不能不告诉母亲了——我还得回校。她愣了半天，没说什么。我慢慢的走出去，她跟着走到街门。摸着袋中的几个铜子，我不知道走了多少时候，才走到学校。路上必是很热闹，可是我并没看见，我似乎失了感觉。到了学校，学监先生正在学监室门口站着。他先问我："回来了？"我行了个礼。他点了点头，笑着叫了我一声："你还回去吧。"这一笑，永远印在我心中。假如我将来死后能入天堂，我必把这一笑带给上帝去看。

我好像没走就又到了家，母亲正对着一枝红烛坐着呢。她的泪不轻易落，她又慈善又刚强。见我回来了，她脸上有了笑容，拿出一个细草纸包儿来："给你买的杂拌儿，刚才一忙，也忘了给你。"母子好像有千言万语，只是没精神说。早早的就睡了。母亲也没精神。

中学毕业以后，新年，除了为还债着急，似乎已和我不发生关系。我在哪里，除夕便由我照管着哪里。别人都回家去过年，我老是早早关上门，在床上听着爆竹响。平日我也好吃个嘴儿，到了新年反倒想不起弄点什么吃，连酒也不喝。在爆竹稍静了些的时节，我老看见些过去的苦境。可是我既不落泪，也不狂歌，我只静静的躺着。躺着躺着，多咱烛光在壁上幻出一个"抬头见喜"，那就快睡去了。

载 1934 年 1 月《良友》（画报）第 4 卷第 8 期

快活得要飞了

从二十八岁起练习写作，至今已有整十二年。在这十二年里，有三次真的快活——快活得连话也说不出，心里笑而泪在眼圈中。第一次是看到自己的第一本书印了出来。几个月的心血，满稿纸的钩抹点画，忽然变成一本很齐整的小书！每个铅字都静静的、黑黑的，在那儿排立着，一定与我无关，而又颇面善！生命的一部分变成了一本书！我与它似乎并没有多大关系，因为我决不会排字与钉书，或像产生小孩似的从身体里降落下八开本或十二开本。可是，我又与它极有关系，像我的耳目口鼻那样绝对属于我自己，丑俊大小都没法再改，而自己的鼻子虽歪，也要对镜找出它的美点来呀！

第二次是当我的小女刚学会走路的时候，我离家两三天；回来，我刚一进门，她便晃晃悠悠的走来了，抱住我的腿不放。她没说什么——事实上她还没学会多少话；我也无言——我的话太多了，所以反倒不知说什么好。默默的，我与她都表现了父与女所能有的亲热与快乐。

第三次是在汉口，全国文艺界抗敌协会开筹备会的那一天。未到

抬头见喜

汉口之前,我一向不大出门,所以见到文艺界朋友的机会就很少。这次,一会到便是几十位!他们的笔名,我知道;他们的作品,我读过。今天,我看了他们的脸,握了他们的手。笔名,著作,写家,一齐联系起来,我仿佛是看着许多的星,哪一颗都在样子上差不多,可是都自成一个世界。这些小世界里的人物的创造者,和咱们这世界里的读众的崇拜者,就是坐在我面前的这些人!

可是,这还不足使我狂喜。几十个人都说了话,每个人的话都是那么坦白诚恳,啊,这才到了我喜得落泪的时候。这些人,每个人有他特别的脾气,独具的见解,个人的爱恶,特有的作风。因此,在平日他们就很难免除自是与自傲。自己的努力使每个人孤高自赏,自己的成就产生了自信;文人相轻,与其说是一点毛病,还不如说是因努力而自信的必然结果。可是,这一天,得见大家的脸,听到大家的话。在他们的脸上,我找到了为国家为民族的悲愤;在他们的话中,我听出团结与互助的消息。在国旗前,他们低首降心,自认藐小;把平日个人的自是改为团结的信赖,把平日个人的好尚改作共同的爱恶——全民族的爱恶。在这种情感中,大家亲爱的握手,不客气地说出彼此的短长,真诚演为谅解。这是何等的胸襟与气度呢!

在全部的中国史里,要找到与这类似的事实,恐怕很不容易吧?因为在没有认清文艺是民族的呼声以前,文人只能为自己道出苦情,或进一步而嗟悼——是嗟悼!——国破家亡;把自己放在团体里充一名战士,去复兴民族,维护正义,是万难作到的。今天,我们都作到了这个,因为新文艺是国民革命中产生出的,文艺者根本是革命的号兵与旗手。他们今日的集合,排成队伍,绝不是偶然的。这不是乌合之众,而是战士归营,各具杀敌的决心,以待一齐杀出。这么着,也只有这么着,我们才足以自证是时代的儿女,把民族复兴作为共同的意志与信仰，把个人的一切放在团体里去，在全民族抗敌的肉长城前有我们的一座笔阵。这还不该欣喜么？

我等着，等到开大会的那一天，我想我是会乐疯了的！

载 1938 年 3 月 27 日汉口《大公报·全国文艺界抗敌协会成立大特刊》

抬头见喜

"五四"给了我什么

因家贫,我在初级师范学校毕业后就去挣钱养家,不能升学。在"五四"运动的时候,我正作一个小学校的校长。

以我这么一个中学毕业生(那时候,中学是四年毕业,初级师范是五年毕业),既没有什么学识,又须挣钱养家,怎么能够一来二去地变成作家呢?这就不能不感谢"五四"运动了!

假若没有"五四"运动,我很可能终身作这样的一个人:兢兢业业地办小学,恭恭顺顺地侍奉老母,规规矩矩地结婚生子,如是而已。我绝对不会忽然想起去搞文艺。

这并不是说,作家比小学校校长的地位更高,任务更重;一定不是!我是说,没有"五四",我不可能变成个作家。"五四"给我创造了当作家的条件。

首先是:我的思想变了。"五四"运动是反封建的。这样,以前我以为对的,变成了不对。我幼年入私塾,第一天就先给孔圣人的木牌行三跪九叩的大礼;后来,每天上学下学都要向那牌位作揖。到了"五四",孔圣人的地位大为动摇。既可以否定孔圣人,那么还有什么不可否定的呢?他是大成至圣先师啊!这一下子就打乱了二千年来的

"五四"给了我什么

老规矩。这可真不简单！我还是我，可是我的心灵变了，变得敢于怀疑孔圣人了！这还了得！假若没有这一招，不管我怎么爱好文艺，我也不会想到跟才子佳人，鸳鸯蝴蝶有所不同的题材，也不敢对老人老事有任何批判。"五四"运动送给了我一双新眼睛。

其次是："五四"运动是反抗帝国主义的。自从我在小学读书的时候，我就知道了国耻。可是，直到"五四"，我才知道一些国耻是怎么来的，而且知道了应该反抗谁和反抗什么。以前，我常常听说"中国不亡，是无天理"这类的泄气话，而且觉得不足为怪。看到了"五四"运动，我才懂得了"天下兴亡，匹夫有责"。这运动使我看见了爱国主义的具体表现，明白了一些救亡图存的初步办法。反封建使我体会到人的尊严，人不该作礼教的奴隶；反帝国主义使我感到中国人的尊严，中国人不该再作洋奴。这两种认识就是我后来写作的基本思想与情感。虽然我写的并不深刻，可是若没有"五四"运动给了我这点基本东西，我便什么也写不出了。这点基本东西迫使我非写不可，也就是非把封建社会和帝国主义所给我的苦汁子吐出来不可！这就是我的灵感，一个献身文艺写作的灵感。

最后，"五四"运动也是个文艺运动。白话已成为文学的工具。这就打断了文人腕上的锁铐——文言。不过，只运用白话并不能解决问题。没有新思想，新感情，用白话也可以写出非常陈腐的东西。新的心灵得到新的表现工具，才能产生内容与形式一致新颖的作品。"五四"给了我一个新的心灵，也给了我一个新的文学语言。

感谢"五四"，它叫我变成了作家，虽然不是怎么了不起的作家。

载 1957 年 5 月 4 日《解放军报》

抬头见喜

又是一年芳草绿

悲观有一样好处，它能叫人把事情都看轻了一些。这个可也就是我的坏处，它不起劲，不积极。您看我挺爱笑不是？因为我悲观。悲观，所以我不能扳起面孔，大喊："孤——刘备！"我不能这样。一想到这样，我就要把自己笑毛咕了。看着别人吹胡子瞪眼睛，我从脊梁沟上发麻，非笑不可。我笑别人，因为我看不起自己。别人笑我，我觉得应该；说得天好，我不过是脸上平润一点的猴子。我笑别人，往往招人不愿意；不是别人的量小，而是不像我这样稀松，这样悲观。

我打不起精神去积极的干，这是我的大毛病。可是我不懒，凡是我该作的我总想把它作了，总算得点报酬养活自己与家里的人——往好了说，尽我的本分。我的悲观还没到想自杀的程度，不能不找点事作。有朝一日非死不可呢，那只好死喽，我有什么法儿呢？

这样，你瞧，我是无大志的人。我不想当皇上。最乐观的人才敢作皇上，我没这份胆气。

有人说我很幽默，不敢当。我不懂什么是幽默。假如一定问我，我只能说我觉得自己可笑，别人也可笑；我不比别人高，别人也不比我高。谁都有缺欠，谁都有可笑的地方。我跟谁都说得来，可是他得愿意跟我说；他一定说他是圣人，叫我三跪九叩报门而进，我没这个瘾。我不教训别人，也不听别人的教训。幽默，据我这么想，不是嬉皮笑脸，死不要鼻子。

也不是怎股子劲儿，我成了个写家。我的朋友德成粮店的写帐先生也是写家，我跟他同等，并且管他叫二哥。既是个写家，当然得写了。"风格即人"——还是"风格即驴"？——我是怎个人自然写怎样的文章了。于是有人管我叫幽默的写家。我不以这为荣，也不以这为辱。我写我的。卖得出去呢，多得个三块五块的，买什么吃不香呢。卖不出去呢，拉倒，我早知道指着写文章吃饭是不易的事。

稿子寄出去，有时候是肉包子打狗，一去不回头；连个回信也没有。这，咱只好幽默；多咱见着那个骗子再说，见着他，大概我们俩总有一个笑着去见阎王的。不过，这是不很多见的，要不怎么我还没想自杀呢。常见的事是这个，稿子登出去，酬金就睡着了，睡得还是挺香甜。直到我也睡着了，它忽然来了，仿佛故意吓人玩。数目也惊人，它能使我觉得自己不过值一毛五一斤，比猪肉还便宜呢。这个咱也不说什么，国难期间，大家都得受点苦，人家开铺子的也不容易，掌柜的吃肉，给咱点汤喝，就得念佛。是的，我是不能当皇上，焚书坑掌柜的，咱没那个狠心，你看这个劲儿！不过，有人想坑他们呢，我也不便拦着。

这么一来，可就有许多人看不起我。连好朋友都说："伙计，你也硬正着点，说你是为人类而写作，说你是中国的高尔基；你太泄气了！"真的，我是泄气，我看高尔基的胡子可笑。他老人家那股子自卖自夸的劲儿，打死我也学不来。人类要等着我写文章才变体面了，那恐怕太晚了吧？我老觉得文学是有用的；拉长了说，它比任何东西都有用，都高明。可是往眼前说，它不如一尊高射炮，或一锅饭有用。我不能吆喝我的作品是"人类改造丸"，我也不相信把文学杀死便天下太平。我写就是了。

别人的批评呢？批评是有益处的。我爱批评，它多少给我点益处；即使完全不对，不是还让我笑一笑吗？自己写的时候仿佛是蒸馒头呢，热气腾腾，莫名其妙。及至冷眼人一看，一定看出许多错儿来。我感谢这种指摘。说的不对呢，那是他的错儿，不干我的事。我永不驳辩，这似乎是胆儿小；可是也许是我的宽宏大量。我不便往自己脸上贴金。一件事总得由两面瞧，是不是？

对于我自己的作品，我不拿她们当作宝贝。是呀，当写作的时候，我是卖了力气，我想往好了写。可是一个人的天才与经验是有限的，谁也不敢保了老写的好，连荷马也有打盹的时候。有的人呢，每一拿笔便想到自己是但丁，是莎士比亚。这没有什么不可以的，天才须有自信的心。我可不敢这样，我的悲观使我看轻自己。我常想客观的估量估量自己的才力；这不易作到，我究竟不能像别人看我看得那样清楚；好吧，既不能十分看清楚了自己，也就不用装蒜，谦虚是必要的，可是装蒜也大可以不必。

对作人，我也是这样。我不希望自己是个完人，也不故意的招人家的骂。该求朋友的呢，就求；该给朋友作的呢，就作。作的好不好，咱们大家凭良心。所以我很和气，见着谁都能扯一套。可是，初次见面的人，我可是不大爱说话；特别是见着女人，我简直张不开口，我怕说错了话。在家里，我倒不十分怕太太，可是对别的女人老觉着恐慌，我不大明白妇女的心理；要是信口开河的说，我不定说出什么来呢，而妇女又爱挑眼。男人也有许多爱挑眼的，所以初次见面，我不大愿开口。我最喜辩论，因为红着脖子粗着筋的太不幽默。我最不喜欢好吹腾的人，可并不拒绝与这样的人谈话；我不爱这样的人，但喜欢听他的吹。最好是听着他吹，吹着吹着连他自己也忘了吹到什么地方去，那才有趣。

可喜的是有好几位生朋友都这么说:"没见着阁下的时候,总以为阁下有八十多岁了。敢情阁下并不老。"是的,虽然将奔四十的人,我倒还不老。因为对事轻淡,我心中不大藏着计划,作事也无须耍手段,所以我能笑,爱笑;天真的笑多少显着年轻一些。我悲观,但是不愿老声老气的悲观,那近乎"虎事"。我愿意老年轻轻的,死的时候像朵春花将残似的那样哀而不伤。我就怕什么"权威"咧,"大家"咧,"大师"咧,等等老气横秋的字眼们。我爱小孩,花草,小猫,小狗,小鱼;这些都不"虎事"。偶尔看见个穿小马褂的"小大人",我能难受半天,特别是那种所谓聪明的孩子,让我难过。比如说,一群小孩都在那儿看变戏法儿,我也在那儿,单会有那么一两个七八岁的小老头说:"这都是假的!"这叫我立刻走开,心里堵上一大块。世界确是更"文明"了,小孩也懂事懂得早了,可是我还愿意大家傻一点,特别是小孩。假若小猫刚生下来就会捕鼠,我就不再养猫,虽然它也许是个神猫。

我不大爱说自己,这多少近乎"吹"。人是不容易看清楚自己的。不过,刚过完了年,心中还慌着,叫我写"人生于世",实在写不出,所以就近的拿自己当材料。万一将来我不得已而作了皇上呢,这篇东西也许成为史料,等着瞧吧。

载 1935 年 3 月 6 日《益世报》

 三 再谈西红柿

小麻雀

雨后，院里来了个麻雀，刚长全了羽毛。它在院里跳，有时飞一下，不过是由地上飞到花盆沿上，或由花盆上飞下来。看它这么飞了两三次，我看出来：它并不会飞得再高一些，它的左翅的几根长翎拧在一处，有一根特别的长，似乎要脱落下来。我试着往前凑，它跳一跳，可是又停住，看着我，小黑豆眼带出点要亲近我又不完全信任的神气。我想到了：这是个熟鸟，也许是自幼便养在笼中的。所以它不十分怕人。可是它的左翅也许是被养着它的或别个孩子给扯坏，所以它爱人，又不完全信任。想到这个，我忽然的很难过。一个飞禽失去翅膀是多么可怜。这个小鸟离了人恐怕不会活，可是人又那么狠心，伤了它的翎羽。它被人毁坏了，而还想依靠人，多么可怜！它的眼带出进退为难的神情，虽然只是那么个小而不美的小鸟，它的举动与表情可露出极大的委屈与为难。它是要保全它那点生命，而不晓得如何是好。对它自己与人都没有信心，而又愿找到些倚靠。它跳一跳，停一停，看着我，又不敢过来。我想拿几个饭粒诱它前来，又不敢离开，我怕小猫来扑它。可是小猫并没在院里，我很快的跑进厨房，抓来了几个饭粒。及至我回来，小鸟已不见了。我向外院跑去，小猫在影壁前的花盆旁蹲着呢。我忙去驱逐它，它只一扑，把小鸟擒住！被人养惯的小麻雀，连挣扎都不会，尾与爪在猫嘴旁搭拉着，和死去差不多。

瞧着小鸟，猫一头跑进厨房，又一头跑到西屋。我不敢紧追，怕它更咬紧了可又不能不追。虽然看不见小鸟的头部，我还没忘了那个眼神。那个预知生命危险的眼神。那个眼神与我的好心中间隔着一只小白猫。来回跑了几次，我不追了。追上也没用了，我想，小鸟至少已半死了。猫又进了厨房，我愣了一会儿，赶紧的又追了去；那两个黑豆眼仿佛在我心内睁着呢。

进了厨房，猫在一条铁筒——冬天升火通烟用的，春天拆下来便放在厨房的墙角——旁蹲着呢。小鸟已不见了。铁筒的下端未完全扣在地上，开着一个不小的缝儿小猫用脚往里探。我的希望回来了，小鸟没死。小猫本来才四个来月大，还没捉住过老鼠，或者还不会杀生，只是叼着小鸟玩一玩。正在这么想，小鸟，忽然出来了，猫倒像吓了一跳，往后躲了躲。小鸟的样子，我一眼便看清了，登时使我要闭上了眼。小鸟几乎是蹲着，胸离地很近，像人害肚痛蹲在地上那样。它身上并没血。身子可似乎是蜷在一块，非常的短。头低着，小嘴指着地。那两个黑眼珠！非常的黑，非常的大，不看什么，就那么顶黑顶大的愣着。它只有那么一点活气，都在眼里，像是等着猫再扑它，它没力量反抗或逃避；又像是等着猫赦免了它，或是来个救星。生与死都在这俩眼里，而并不是清醒的。它是胡涂了，昏迷了；不然为什么由铁筒中出来呢？可是，虽然昏迷，到底有那么一点说不清的，生命根源的，希望。这个希望使它注视着地上，等着，等着生或死。它怕得非常的忠诚，完全把自己交给了一线的希望，一点也不动。像把生命要从两眼中流出，它不叫也不动。

小猫没再扑它，只试着用小脚碰它。它随着击碰倾侧，头不动，眼不动，还呆呆的注视着地上。但求它能活着，它就决不反抗。可是并非全无勇气，它是在猫的面前不动！我轻轻的过去，把猫抓住。将猫放在门外，小鸟还没动。我双手把它捧起来。它确是没受了多大的伤，虽然胸上落了点毛。它看了我一眼！

我没主意：把它放了吧，它准是死？养着它吧，家中没有笼子。我捧着它好像世上一切生命都在我的掌中似的，我不知怎样好。小鸟不动，蜷着身，两眼还那么黑，等着！愣了好久，我把它捧到卧室里，放在桌子上，看着它，它又愣了半天，忽然头向左右歪了歪，用它的黑眼瞟了一下；又不动了，可是身子长出来一些，还低头看着，似乎明白了点什么。

载 1934 年 10 月《文学评论》第 1 卷第 2 期

小动物们

  鸟兽们自由的生活着,未必比被人豢养着更快乐。据调查鸟类生活的专门家说,鸟啼绝不是为使人爱听,更不是以歌唱自娱,而是占据猎取食物的地盘的示威;鸟类的生活是非常的艰苦。兽类的互相残食是更显然的。这样,看见笼中的鸟,或柙中的虎,而替它们伤心,实在可以不必。可是,也似乎不必替它们高兴;被人养着,也未尽舒服。生命仿佛是老在魔鬼与荒海的夹缝儿,怎样也不好。

  我很爱小动物们。我的"爱"只是我自己觉得如此;到底对被爱的有什么好处,不敢说。它们是这样受我的恩养好呢,还是自由的活着好呢?也不敢说。把养小动物们看成一种事实,我才敢说些关于它们的话。下面的述说,那么,只是为述说而述说。

  先说鸽子。我的幼时,家中很贫。说出"贫"来,为是声明我并养不起鸽子;鸽子是种费钱的活玩艺儿。可是,我的两位姐丈都喜欢玩鸽子,所以我知道其中的一点儿故典。我没事儿就到两家去看鸽,也不短随着姐丈们到鸽市去玩;他们都比我大着二十多岁。我的经验既是这样来的,而且是幼时的事,恐怕说得不能很完全了;有好多鸽子名已想不起来了。

鸽的名样很多。以颜色说,大概应以灰、白、黑、紫为基本色儿。可是全灰全白全黑全紫的并不值钱。全灰的是楼鸽,院中撒些米就会来一群;物是以缺者为贵,楼鸽太普罗。有一种比楼鸽小,灰色也浅一些的,才是真正的"灰";但也并不很贵重。全白的,大概就叫"白"吧,我记不清了。全黑的叫黑儿,全紫的叫紫箭,也叫猪血。

猪血们因为羽色单调,所以不值钱,这就容易想到值钱的必是杂色的。杂色的种类多极了,就我所知道的——并且为清楚起见——可以分作下列的四大类:点子、乌、环、玉翅。点子是白身腔,只在头上有手指肚大的一块黑,或紫;尾是随着头上那个点儿,黑或紫。这叫作黑点子和紫点子。乌与点子相近,不过是头上的黑或紫延长到肩与胸部。这叫黑乌或紫乌。这种又有黑翅的或紫翅的,名铁翅乌或铜翅乌——这比单是乌又贵重一些。还有一种,只有黑头或紫头,而尾是白的,叫作黑乌头或紫乌头;比乌的价钱要贱一些。刚才说过了,乌的头部的黑或紫毛是后齐肩,前及胸的。假若黑或紫毛只是由头顶到肩部,而前面仍是白的,这便叫作老虎帽,因为很像廿年前通行的风帽;这种确是非常的好看,因而价值也就很高。在民国初年,兴了一阵子蓝乌和蓝乌头,头尾如乌,而是灰蓝色儿的。这种并不好看,出了一阵子锋头也就拉倒了。

环,简单的很:全白而项上有一黑圈者叫墨环;反之,全黑而项上有白圈者是玉环。此外有紫环,全白而项上有一紫环。"环"这种鸽似乎永远不大高贵。大概可以这么说,白尾的鸽是不易与黑尾或紫尾的相抗,因为白尾的飞起来不大美。

玉翅是白翅边的。全灰而有两白翅是灰玉翅;还有黑玉翅、紫玉翅。所谓白翅,有个讲究:翅上的白翎是左七右八。能够这样,飞起来才正好,白边儿不过宽,也不过窄。能生成就这样的,自然很少,所以鸽贩常常作假,硬插上一两根,或拔去些,是常有的事。这类中又有变种：玉翅而有白尾的，比如一只黑鸽而有左七右八的白翅翎，同时又是白尾，便叫作三块玉。灰的、紫的，也能这样。要是连头也是白的呢便叫作四块玉了。四块玉是较比有些价值的。

在这四大类之外，还有许多杂色的鸽。如鹤袖，如麻背，都有些价值，可不怎么十分名贵。在北平，差不多是以上述的四大类为主。新种随时有，也能时兴一阵，可都不如这四类重要与长远。

就这四大类说，紫的老比别的颜色高贵。紫色儿不容易长到好处，太深了就遭猪血之诮，太浅了又黄不唧的寒酸。况且还容易长"花了"呢，特别是在尾巴上，翎的末端往往露出白来，像一块癣似的，把个尾巴就毁了。

紫以下便是黑，其次为灰。可是灰色如只是一点，如灰头、灰环，便又可贵了。

这些鸽中，以点子和乌为"古典的"。它们的价值似乎永远不变，虽然普通，可是老是鸽群之主。这么说吧，飞起四十只鸽，其中有过半的点子和乌，而杂以别种，便好看。反之，则不好看。要是这四十只都是点子，或都是乌，或点子与乌，便能有顶好的阵容。你几乎不能飞四十只环或玉翅。想想看吧：点子是全身雪白，而有个黑或紫的尾，飞起来像一群玲珑的白鸥；及至一翻身呢，那黑或紫的尾给这轻洁的白衣一个色彩深厚的裙儿，既轻妙而又厚重。假若是太阳在西边，而东方有些黑云，那就太美了：白翅在黑云下自然分外的白了；一斜身儿呢，黑尾或紫尾——最好是紫尾——迎着阳光闪起一些金光来！点子如是，乌也如是。白尾巴的，无论长得多么体面，飞起来没这种美妙，要不怎么不大值钱呢。铁翅乌或铜翅乌飞起来特别的好看，像一朵花，当中一块白，前后左右都镶着黑或紫，他使人觉得安闲舒适。可是铜翅乌几乎永远不飞，飞不起，贱的也得几十块钱一对儿吧。玩鸽子是满天飞洋钱的事儿，洋钱飞起却是不如在手里牢靠的。

可是，鸽子的讲究儿不专在飞，正如女子出头露脸不专仗着能跑五十米。它得长得俊。先说头吧，平头或峰头（峰读如凤；也许就是凤，而不是峰）便决定了身价的高低。所谓峰头或凤头的，是在头上有一撮立着的毛；平头是光葫芦。自然凤头的是更美，也更贵。峰——或凤——不许有杂毛，黑便全黑，紫便全紫，搀着白的便不够派儿。它得大，而且要像个荷包似的向里包包着。鸽贩常把峰的杂毛剔去，而且把不像荷包的收拾得像荷包。这样收拾好的峰，就怕鸽子洗澡，因为那好看的头饰是用胶粘的。

头最怕鸡头，没有脑勺儿，愣头磕脑的不好看。头须像算盘子儿，圆忽忽的，丰满。这样的头，再加上个好峰，便是标准美了。

眼，得先说眼皮。红眼皮的如害着眼病，当然不美。所以要强的鸽子得长白眼皮。宽宽的白眼皮，使眼睛显着大而有神。眼珠也有讲究，豆眼、隔棱眼，都是要不得的。可惜我离开鸽子们已多年，形容不上来豆眼等是什么样子了；有机会到北平去住几天，我还能把它们想起来，到鸽市去两趟就行了。

嘴也很要紧。无论长得多么体面的鸽，来个长嘴，就算完了事。要不怎么，有的鸽虽然很缺少，而总不能名贵呢；因为这种根本没有短嘴的。鸽得有短嘴！厚厚实实的，小墩子嘴，才好看。

头部以外，就得论羽毛如何了。羽毛的深浅，色的支配，都有一定的。老虎帽的帽长到何处，虎头的黑或紫毛应到胸部的何处，都不能随便。出一个好鸽与出一个美人都是历史的光荣。

身的大小，随鸽而异。羽色单调一些的，像紫箭等，自然是越大越蠢，所以以短小玲珑为贵。像点子与乌什么的，个子大一点也不碍事。不过，嘴儿短，长得娇秀，自然不会发展得很粗大了，所以美丽的鸽往往是小个儿。

大个子的，长嘴儿的，可也有用处。大个子的身强力壮翅子硬，能飞，能尾上戴鸽铃，所以它们是空中的主力军。别的鸽子好看，可供地上玩赏；这些老粗儿们是飞起来才见本事，故而也还被人爱。长嘴儿也有用，孵小鸽子是它们的事：它们的嘴长，"喷"得好——小鸽不会自己吃东西，得由老鸽嘴对嘴的"喷"。再说呢，喷的时候，老的胸部羽毛便糙了；谁也不肯这么牺牲好鸽。好鸽下的蛋，总被人拿来交与丑鸽去孵，丑鸽本来不值钱，身上糙旧一点也没关系。要作鸽就得美呀，不然便很苦了。

有的丑鸽，仿佛知道自己的相貌不扬，便长点特别的本事以与美鸽竞争。有力气戴大鸽铃便是一例。可是有力气还不怎样新奇，所以有的能在空中翻跟头。会翻跟头的鸽在与朋友们一块飞起的时候，能飞着飞着便离群而翻几个跟头，然后再飞上去加入鸽群，然后又独自翻下来。这很好看，假若他是白色的，就好像由蓝空中落下一团雪来似的。这种鸽的身体很小，面貌可不见得美。他有个标帜，即在项上有一小撮毛儿，倒长着。这一撮倒毛儿好像老在那儿说："你瞧，我会翻跟头！"这种鸽还有个特点，脚上有毛儿，像诸葛亮的羽扇似的。一走，便扑喳扑喳的，很有神气。不会翻跟头的可也有时候长着毛脚。这类鸽多半是全灰全白或全黑的。羽毛不佳，可是有本事呢。

为养毛脚鸽，须盖灰顶的房，不要瓦。因为瓦的棱儿往往伤了毛脚而流出血来。

哎呀！我说"先说鸽子"，已经三千多字了，还没说完！好吧，下回接着说鸽子吧，假若有人爱听。我的题目《小动物们》，似乎也有加上个"鸽"的必要了。

载 1935 年 3 月《人间世》第 24 期

小动物们（鸽）续

养鸽正如养鱼养鸟，要受许多的辛苦。"不苦不乐"，算是说对了。不过，养鱼养鸟较比养鸽还和平一些；养鸽是斗气的事儿。是，养鸟也有时候怄气，可鸟儿究竟是在笼子里，跟别的鸟没有直接的接触。鸽子是满天飞的。张家的也飞，李家的也飞，飞到一处而裹乱了是必不可免的。这就得打架。因此，玩别的小玩艺用不着法律，养鸽便得有。这些法律虽不是国家颁布的，可是在玩鸽的人们中间得遵守着。比如说吧，我开始养鸽子，我就得和四邻的"鸽家"们开谈判。交情好的呢，可以规定：彼此谁也不要谁的鸽；假若我的鸽被友家裹了去，他还给我送回来；我对他也这样。这就免去许多战争。假若两家说不来呢，那就对不起了，谁得着是谁的，战争可就无可避免了。有这样的敌人，养鸽等于斗气。你不飞，我也不飞；你的飞起来，我的也马上飞起去，跟你"撞"！"撞"很过瘾，两个鸽阵混成一团，合而复分，分而复合；一会儿我"拉过"你的来，一会儿你又"拉过"我的去，如看拔河一样起劲。谁要是能"得过"一只来，落在自己的房上，便设法用粮食引诱下来，算作自己的战胜品。可是，俘虏是在房上，时时可以飞去；我可就下了毒手，用弩打下来，假若俘虏不受引诱而要逃走。打可得有个分寸,手法要好,讲究恰好打在——用泥弹——鸽的肩头上。肩头受伤,没有性命的危险,可是失了飞翔的能力。于是滚下房来,我用网接住;将养几天,便能好过来。手法笨的,弹中胸部,便一命呜呼;或是弹子虚发,把鸽惊走,是谓泄气。

"撞"实过瘾,可也别扭,我没法训练新鸽与小鸽了。新鸽与小鸽必须有相当的训练才认识自己的家,与见阵不迷头。那么,我每放起鸽去,敌人也必调动人马,那我简直没有训练新军的机会;大胆放出生手,准保叫人家给拉了去。于是,我得早早的起,敛旗息鼓的,一声不出的,去操练新军。敌人也会早起呀,这才真叫怄气!得设法说和了,要不然简直得出人命了。

哼,说和却不容易。比如我只有三十只能征惯战的鸽,而敌人有八十只,他才不和我开和平会议呢。没办法,干脆搬家吧。对这样的敌人,万幸我得过他一只来,我必定拿到鸽市去卖;不为钱,为是羞辱他。他也准知道我必到鸽市去,而托鸽贩或旁人把那只买回去,他自己没脸来和我过话。

即使没这种战争,养鸽也非养气之道;鸽时时使你心跳。这么说吧,我有点事要出门,刚走到巷口,见天上有只鸽,飞得两翅已疲,或是惊惶不定,显系飞迷了头;我不能漏这个空,马上飞跑回家,放起我的鸽来裹住这只宝贝。有天大的事也得放下。其实得到手中,也许是只最老丑的糟货,可是多少是个幸头,不能轻易放过。养鸽的人是"满天飞洋钱,两脚踩狗屎",因为老仰首走路也。

训练幼鸽也是很难放心的事,特别是经自己的手孵出来的。头几次飞,简直没把握,有时候眼看着你自己家中孵出的幼鸽,飞到别家去,其伤心不亚于丢失了儿女。

最难堪的是闹"鸦虎子"。"鸦虎子"是一种小鹰,秋冬之际来驻北平,专欺侮鸽子。在这个时节,养鸽的把鸽铃都撤下来,以免鸦虎闻声而来，在放鸽以前，要登高一望，看空中有无此物。及至鸽已飞起，而神气不对，忽高忽低，不正经着飞，便应马上"垫"起一只，使大家落下，以免危险；大概远处有了那个东西。不幸而鸦虎已到，那只有跺脚，而无办法。鸦虎子捉鸽的方法是把鸽群"托"到顶高，高得几乎像燕子那么小了，它才绕上去，单捉一只。它不忙，在鸽群下打旋，鸽们只好往高处飞了。越飞越高，越飞越乏；然后鸦虎猛的往高处一钻，鸽已失魂，紧跟着它往下一"砸"，群鸽屁滚尿流，一直的往下掉。可是鸦虎比它们快。于是空中落下一些羽毛，它捉住一只，找清静地方去享受。其余的幸得逃命，不择地而落，不定都落到哪里去呢！幸而有几只碰运气落在家中的房上，亦只顾喘息，如呆如痴，非常的可怜。这个，从始至终，养鸽的是目不敢瞬的看着；只是看着，一点办法没有！鸦虎已走，养鸽的还得等着，等着失落的鸽们回来。一会儿飞回来一只，又待一会儿又回来一只。可是等来等去，未必都能回来，因惊破了胆的鸽是很容易被别家得去的。检点残军，自叹晦气，堂堂七尺之躯会干不过个小小的鸦虎子！

　　普通的飞法是每天飞三次，每飞一次叫作"一翅儿"。三次的支配大概是每日的早晚中三时，这随天气的冷暖而变动。夏日太热，早晚为宜，午间即不放鸽；冬日自然以午间为宜，因为暖和些。夏天的鸽阵最好看，高处较凉一些，鸽喜高飞；而且没有鸦虎什么的，鸽飞得也稳；鸦虎是到别处去避暑了。每要飞一翅儿，是以长竿——竿头拴些碎布或鸡毛———挥，鸽即飞起。飞起的都是熟鸽，不怕与别家的"撞"。其中最强者，尾系鸽铃，为全军奏乐。飞起来，先擦着房，而后渐次高升，以家中为中心来回的旋转。鸽不在多少，飞起来讲究尾彩配合的好，"盘儿"——即鸽阵——要密，彼此的距离短而旋转得一致。这样有盘儿有精神，悦目。盘儿大而松懈，东一个西一个的乱飞，则招人讥诮。当盘儿飞到相当的时间，则当把生鸽或幼鸽掷于房上，盘儿见此，则往下飞。如欲训练生鸽或幼鸽，即当盘儿下落之际续入，随盘儿飞转几圈，就一齐落于房上，以免丢失。以一鸽或二鸽掷于房上，招盘儿下来，叫作"垫"。

老鸽不限于随盘儿飞，有时被主人携到十数里之外去放，仍能飞回来。有时候卖出去，过一两月还能找到了老家。

养鸽的人家，房脊上摆琉璃瓦两三块，一黄二绿，或二绿一黄，以作标帜。鸽们记得这个颜色与摆法，即不往生地方落。

新鸽买来，用线拢住翅儿，以防飞走。过几天，把翅儿松开些，使能打扑噜而不能高飞，掷之房上，使它认识环境。再过几天，看鸽性是强烈还是温柔而决定松绑的早晚。老鸽绑的日久，幼鸽绑的期短。松绑以后，就可以试着训练了。

鸽食很简单，通常都用高粱。到换毛的时候或极冷的时候才加些料豆儿。每天喂鸽最好有一定的次数。

住处也不须怎么讲究，普通的是用苇扎成个栅子，栅里再砌起窝来，每一窝放一草筐，够一对鸽住的。最要紧的是要干燥和安全。窝门不结实，或砌的不好，黄鼠狼就会半夜来偷鸽吃。窝干燥清洁，鸽不易得病；如得起病来，传染的很快，那可了不得。

该说鸽市。

对于鸽的食水，我没详说，因为在重要的点上大家虽差不多，可是每人都有自己的手法，不能完全相同；既是玩吗，个人总设法证明自己的方法最好。谈到鸽市，规矩可就是普通的了，示奇立异是行不通的。

在我幼时，天天有鸽市。我记得好像是这样：逢一五是在护国寺的后身，二六是在北新桥，三是土地庙，四是花市，七八是西城车儿胡同，九十是隆福寺外。每逢一五，是否在护国寺后身，我不敢说准了；想了半天，也想不起来。

小动物们（鸽）续

鸽贩是每天必上市的。他们大约可分三种：第一种是阔手，只简单的拿着一个鸽笼，专买卖中上等的鸽子。第二种，挑着好几个笼，好歹不论，有利就买就卖。第三种是专买破鸽雏鸽与鸽蛋——送到饭庄当菜用，我最不喜欢这第三种，鸽子一到他们手里就算无望了。顶可怜是雏鸽，羽毛还没长全，可是已能叫人看出是不成材料的货，便入了死笼。雏鸽哆嗦着，被别的鸽压在笼底上，极细弱的叫着！再过几点钟便成了盘中的菜了。

此外，还有一种暗中作买卖而不叫别人知道的，这好像是票友使黑杵，虽已拿钱而不明言。这种人可不甚多。

养鸽的人到市上去，若是卖鸽，便也是提笼。若是去买鸽，既不知准能买到与否，自然不必拿着笼去。只去卖一二只鸽，或是买到一二只，既未提笼，就用手绢捆着鸽。

买鸽的时候，不见得准买一对。家中有只雄的，没有伴儿，便去买只雌的；或者相反。因此，卖鸽的总说"公儿欢，母儿消"。所谓"欢"者，就是公鸽正想择配，见着雌的便咕咕的叫着追求。所谓"消"者，是雌鸽正想出嫁，有公鸽向她求爱，她就点头接受。买到欢公或消母，拿到家中即能马上结婚，不必费事。欢与消可以——若是有笼——当面试验。可是市上的鸽未必雄的都欢，雌的都消。况且有时两雄或两雌放在一处而充作一对儿卖。这可就得看买主的眼睛了。你本想去买一只欢公，而市上没有；可是有一只，虽不欢，但是合你的意。那么，也就得买这一只；现在不欢，过几天也许就欢起来。你怎么知道那是个公的呢？为买公鸽而去，却买了只母的回来，岂不窝囊得慌！市上是不甚讲道德的，没眼睛的就要受骗。

看鸽是这样的：把鸽拿在左手中，拢着鸽的翅与腿，用右手去托一托鸽的胸。鸽在此时，如瞪眼，即是公；眨眼的，即是母。头大的是公，头小的是母。除辨别公母，鸽在手中也能觉出挺拔与否。真正的行家，拿起鸽来，还能看出鸽的血统正不正来，有的鸽，外表很好，而来路不正，将来下蛋孵窝，未必还能出好鸽。这个，我可不大深知；我没有多少经验。

看完了头部，要用手捋一捋鸽翅，看翅活动与否，有力没有，与是否有伤——有的鸽是被弩弹打过而翅子僵硬不灵的。对于峰、尾，都要吹一吹，细看看；恐怕是假作的。都看好了，才讲价钱。半日之中，鸽受罪不少。所以真正好鸽，如鸽市上去卖，便放在笼内，只准看，不准动手。这显着硬气，可是鸽子的身份得真高；假如弄只破鸽而这么办，必会被人当笑话说。还有呢，好鸽保养的好，身上有一层白霜，像葡萄霜儿那样好看，经手一摸，便把霜儿蹭了去；所以不许动手。可是好鸽上市，即使不许人动，在笼中究竟要受损失，尾巴是最易磨坏的。所以要出手好鸽往往把买主请到家中来看，根本不到市上去。因此，市上实在见不着什么值钱的鸽子。

关于鸽，我想起这么些儿来，离详尽还远得很呢。就是这一点，恐怕还有说错了的地方；二十多年前的事是不易老记得很清楚的。

现在，粮食贵，有闲的人也少了，恐怕就还有养鸽的也不似先前那样讲究了。可是这也没什么可惜。我只是为述说而述说，倒不提倡什么国鸟国鸽的。

载 1935 年 4 月《人间世》第 26 期

西红柿

所谓番茄炒虾仁的番茄,在北平原叫作西红柿,在山东各处则名为洋柿子,或红柿子。想当年我还梳小辫,系红头绳的时候,西红柿还没有番茄这点威风。它的价值,在那不文明的时代,不过与"赤包儿"相等,给小孩儿们拿着玩玩而已。大家作"娶姑娘扮姐姐"玩耍的时节,要在小板凳上摆起几个红胖发亮的西红柿,当作喜筵,实在漂亮。可是,它的价值只是这么点,而且连这一点还不十分稳定,至于在大小饭铺里,它是完全没有份儿的。这种东西,特别是在叶子上,有些不得人心的臭味——按北平的话说,这叫作"青气味儿"。所谓"青气味儿",就是草木发出来的那种不好闻的味道,如楷树叶儿和一些青草,都是有此气味的。可怜的西红柿,果实是那么鲜丽,而被这个味儿给累住,像个有狐臭的美人。不要说是吃,就是当"花儿"看,它也是没有"凉水茄","番椒"等那种可以与美人蕉,翠雀儿等草花同在街上售卖的资格。小孩儿拿它玩耍,仿佛也是出于不得已;这种玩艺儿好玩不好吃,不像落花生或枣子那样可以"吃玩两便"。其实呢,西红柿的味道并不像它的叶子那么臭恶,而且不比臭豆腐难吃,可是那股青气味儿到底要了它的命。除了这点味道,恐怕它的失败在于它那点四不像的劲儿：拿它当果子看待，它甜不如果，脆不如瓜；拿它当菜吃，煮熟之后屁味没有，稀松一堆，没点"嚼头"；它最宜生吃，可是那股味儿，不果不瓜不菜，亦可以休矣！

西红柿转运是在近些年，"番茄"居然上了菜单，由英法大菜馆而渐渐侵入中国饭铺，连山东馆子也要报一报"番茄虾银（仁）儿"！文化的侵略哟，门牙也挡不住呀！可是细一看呢，饭馆里的番茄这个与那个，大概都是加上了点番茄汁儿，粉红怪可看，且不难吃；至于整个的鲜番茄，还没多少人肯大嘴的啃。肯生吞它的，或者还得算留过洋的人们和他们的儿女，到底他们的洋味地道些。近来西医宣传西红柿里含有维他命 A 至 W，可是必须生吃，这倒有点别扭。不过呢，国人是最注意延年益寿，滋阴补肾的东西，或者这点青气味儿也不难于习惯下来的；假如国医再给证明一下：番茄加鹿茸可以壮阳种子，我想它的前途正自未可限量咧。

载 1935 年 7 月 14 日《青岛民报·避暑录话》

再谈西红柿

因为字数的限制，上期讲西红柿未能讲到"人生于世"，或西红柿与二次世界大战的关系，故须再谈。不过呢，这次还是有字数的限制，能否把西红柿与人生于世二者之间的"然而一大转"转过来，还没十分的把握。由再谈而三谈也是很可能的，文章必须"作"也。这次"再谈"，顶好先定妥范围，以便思想集中，而免贪多嚼不烂，"人生于世"且到后帐歇息为妙。

《避暑录话》里的话，本当于青岛有关系；再谈西红柿少不得"人生于青岛"，即使暂时不谈"人生于世"。话不落空，即是范围妥定，文章义法不能不讲究。

青岛是富有洋味的地方，洋人洋房洋服洋药洋葱洋蒜，一应俱全。海边上看洋光眼子，亦甚写意。这就应当来到西红柿身上，此洋菜也。

记得前些年，北平的"农事试验场"——种了不少西红柿；每当夏季，天天早晨大挑子的往东城挑，为是卖给东交民巷一带等处的洋人，据说是很赚钱。青岛的洋人既不少，而且洋派的中国人也甚多，这就难怪到处看见西红柿。设若以这种"菜"的量数测定欧化的程度深浅，青岛当然远胜于北平。由这个线索往下看，青岛的菜市就显出

抬头见喜

与众不同，西红柿而外，还有许多洋玩艺儿呢。这些洋东西之中，像洋樱桃，杨梅等，自然已经不很刺眼，正如冰激凌已不像前些年那样冰舌头。至于什么 rhubarb 咧，什么 gooseberry 咧，和冬瓜茄子一块儿摆着，不知怎的就有点不得劲儿。我还没看见过中国人买它们，也不晓得它们是否有个中国名儿，cheese 也是常见的，那点洋臭味儿又非西红柿可比。可是，我倒看见了中国人——决不是洋厨师傅——买它，足见欧美的臭东西也便可贵——价钱并不贱呢。吃洋臭豆腐而鄙视山东瓜子与大蒜的人，大概也会不在少数，这年头儿，设若非洋化不足以强国，从饮食上，我倒得拥护西红柿，一来是味邪而不臭，二来是一毛钱可以买一堆，三来是真有养分，虽洋化而不受洋罪。烙饼卷 cheese，哼，请吧；油条小米粥，好吃的多！您就是说我不够洋派，我也不敢挑眼。

载 1935 年 7 月 21 日《青岛民报·避暑录话》

落花生

我是个谦卑的人。但是,口袋里装上四个铜板的落花生,一边走一边吃,我开始觉得比秦始皇还骄傲。假若有人问我:"你要是作了皇上,你怎么享受呢?"简直的不必思索,我就答得出:"派四个大臣拿着两块钱的铜子,爱买多少花生吃就买多少!"

什么东西都有个幸与不幸。不知道为什么瓜子比花生的名气大。你说,凭良心说,瓜子有什么吃头?它夹你的舌头,塞你的牙,激起你的怒气——因为一咬就碎;就是幸而没碎,也不过是那么小小的一片,不解饿,没味道,劳民伤财,布尔乔亚!你看落花生:大大方方的,浅白麻子,细腰,曲线美。这还只是看外貌。弄开看:一胎儿两个或者三个粉红的胖小子。脱去粉红的衫儿,象牙色的豆瓣一对对的抱着,上边儿还结着吻。那个光滑,那个水灵,那个香喷喷的,碰到牙上那个干松酥软!白嘴吃也好,就酒喝也好,放在舌上当槟榔含着也好。写文章的时候,三四个花生可以代替一支香烟,而且有益无损。

种类还多呢:大花生,小花生,大花生米,小花生米,糖饯的,炒的,煮的,炸的,各有各的风味,而都好吃。下雨阴天,煮上些小花生,放点盐;来四两玫瑰露;够作好几首诗的。瓜子可给诗的灵感?

冬夜，早早的躺在被窝里，看着《水浒》，枕旁放着些花生米；花生米的香味，在舌上，在鼻尖；被窝里的暖气，武松打虎……这便是天国！冬天在路上，刮着冷风，或下着雪，袋里有些花生使你心中有了主儿；掏出一个来，剥了，慌忙往口中送，闭着嘴嚼，风或雪立刻不那么厉害了。况且，一个二十岁以上的人肯神仙似的，无忧无虑的，随随便便的，在街上一边走一边吃花生，这个人将来要是作了宰相或度支部尚书，他是不会有官僚气与贪财的。他若是作了皇上，必是朴俭温和直爽天真的一位皇上，没错。吃瓜子的照例不在街上走着吃，所以我不给他保这个险。

　　至于家中要是有小孩儿，花生简直比什么也重要。不但可以吃，而且能拿它们玩。夹在耳唇上当环子，几个小姑娘就能办很大的一回喜事。小男孩若找不着玻璃球儿，花生也可以当弹儿。玩法还多着呢。玩了之后，剥开再吃，也还不脏。两个大子儿的花生可以玩半天；给他们些瓜子试试。

　　论样子，论味道，栗子其实满有势派儿。可是它没有落花生那点家常的"自己"劲儿。栗子跟人没有交情，仿佛是。核桃也不行，榛子就更显着疏远。落花生在哪里都有人缘，自天子以至庶人都跟它是朋友；这不容易。

　　在英国，花生叫作"猴豆"——Monkey nuts。人们到动物园去才带上一包，去喂猴子。花生在这个国里真不算很光荣，可是我亲眼看见去喂猴子的人——小孩就更不用提了——偷偷的也往自己口中送这猴豆。花生和苹果好像一样的有点魔力，假如你知道苹果的典故；我这儿确是用着典故。

　　美国吃花生的不限于猴子。我记得有位美国姑娘，在到中国来的时候，把几只皮箱的空处都填满了花生，大概凑起来总够十来斤吧，怕是到中国吃不着这种宝物。美国姑娘都这样重看花生，可见它确是有价值；按照哥伦比亚的哲学博士的辩证法看，这当然没有误儿。

　　花生大概还跟婚礼有点关系，一时我可想不起来是怎么个办法了；不是新娘子在轿里吃花生，不是；反正是什么什么春吧——你可晓得这个典故？其实花轿里真放上一包花生米，新娘子未必不一边落泪一边嚼着。

　　　　　　　　　载 1935 年 1 月 20 日《漫画生活》第 5 期

兔儿爷

我好静,故怕旅行。自然,到过的地方就不多了。到的地方少,看的东西自然也就少。就是对于兔儿爷这玩艺也没有看过多少种。

稍为熟习的只有北方几座城:北平,天津,济南,和青岛。在这四个名城里,一到中秋,街上便摆出兔儿爷来——就是山东人称为兔子王的泥人。兔儿爷或兔子王都是泥作的。兔脸人身,有的背后还插上纸旗,头上罩着纸伞。种类多,作工细,要算北平。山东的兔子王样式既少,手工也很糙。

泥人本有多种,可是因为不结实,所以作得都不太精细;给小儿女买玩艺儿,谁也不愿多花钱买一碰即碎的呀。兔儿爷虽也系泥人,但售出的时间只在八月节前的半个月左右,与月饼同为迎时当令的东西,故不妨作得精细一些。况且小儿女们每愿给兔儿爷上供,置之桌上,不像对待别种泥娃娃那么随便,于是也就略为减少碰碎的危险。这样,兔儿爷便获得较优越的地位,而能每年一度很漂亮的出现于街头。

中秋又到了,北平等处的兔儿爷怎样呢?

我可以想象到:那些粉脸彩衣,插旗打伞的泥人们一定还是一行行的摆在街头，为暴敌粉饰升平啊！

听说敌人这些日子，正在北平大量的焚书，几乎凡不是木板的图书都可以遭到被投入火里的厄运。学校里，人家里，都没有了书，而街头上到处摆出兔儿爷，多么好的一种布置呢！暴敌要的是傀儡呀！

友人来信，说平津大雨，连韭菜都卖到三吊钱（与重庆的"吊"同值）一束，粗粮也卖到一毛多一斤。谁还买得起兔儿爷呢？大概也就是在市上摆几天，给大家热闹热闹眼睛吧？

因而就想到那些高等汉奸，到时候，他们就必出来。正如桂花一开，兔子王便上市。他们的脸很体面，油光水滑的，只可惜鼻下有个三瓣子嘴，而头上有一对长耳朵。他们的身上也花花绿绿，足下登起粉底高靴。身腔里可是空空的，脊背有个泥团儿，为插旗伞之用；旗伞都是纸作的。他们多体面，多空虚，多没有心肝呢！他们唯一的好处似乎只在有两个泥膝，跪下很方便。

兔儿爷怕遇上淘气的孩子，左搬右弄，它脸上的粉，身上的彩，便被弄污；不幸而孩子一失手，全身便变成若干小片片了。孩子并不十分伤心，有钱便能再买一个呀。幸而支持过了中秋，并未粉碎；可又时节已过，谁还有心玩兔子王呢？最聪明的傀儡也不过是些小土片呀！那些带活气的兔子王，越漂亮，我就越替他们担心；小日本鬼子不但淘气，而且是世上最凶狠的孩子啊。兔子王的寿命无论如何过不去中秋，我真想为那些粉墨登场的傀儡们落泪了。

抗战建国须凭真实本领与浩然正气，只能迎时当令充兔子王的，不作汉奸，也是废物。那么，我们不仅当北望平津，似乎也当自省一下吧？

载 1938 年 10 月 30 日《弹花》第 2 卷第 1 期

抬头见喜

药　集

今年的药集是从四月廿五日起，一共开半个月——有人说今年只开三天，中国事向来是没准儿的。地点在南券门街与三和街。这两条街是在南关里，北口在正觉寺街，南头顶着南围子墙。

喝！药真多！越因为我不认识它们越显得多！

每逢我到大药房去，我总以为各种瓶子中的黄水全是硫酸，白的全是蒸馏水，因为我的化学知识只限于此。但是药房的小瓶小罐上都有标签，并不难于检认；假若我害头疼，而药房的人给我硫酸喝，我决不会答应他的。到了药集，可是真没法儿了！一捆一捆，一袋一袋，一包一包，全是药材，全没有标签！而且买主只问价钱，不问名称，似乎他们都心有成"药"；我在一旁参观，只觉得腿酸，一点知识也得不到！

但是，我自有办法。桔皮，干向日葵，竹叶，荷梗，益母草，我都认得；那些不认识的粗草细草长草短草呢？好吧，长的都算柴胡，短的都算——什么也行吧，看那柴胡，有多少种呀；心中痛快多了！

关于动物的，我也认识几样：马蜂窝，整个的干龟，蝉蜕，僵蚕，还有椿蹦儿。这每一样的药名和拉丁名，我全不知道，只晓得这是椿树上的飞虫,鲜红的翅儿,翅上有花点,很好玩,北平人管它们叫椿蹦儿;它们能治什么病呢?还看见了羚羊,原来是一串黑亮的小球;为什么羚羊应当是小黑球呢?也许有人知道。还有两对狗爪似的东西,莫非是熊掌?犀角没有看见,狗宝,牛黄也不知是什么样子,设若牛黄应像老倭瓜,我确是看见了好几个貌似干倭瓜的东西。最失望的是没有看见人中黄,莫非药铺的人自己能供给,所以集上无须发售吧?也许是用锦匣装着,没能看到?

矿物不多,石膏,大白,是我认识的;有些大块的红石头便不晓得是什么了。

草药在地上放着,熟药多在桌上摆着。万应锭,狗皮膏之类,看看倒还漂亮。

此外还有非药性的东西,如草纸与东昌纸等;还有可作药用也可作食品的东西,如山楂片,核桃,酸枣,莲子,薏仁米等。大概那些不识药性的游人,都是为买这些东西来的。价钱确是便宜。

我很爱这个集:第一,我觉得这里全是国货;只有人参使我怀疑有洋参的可能,那些种柴胡和那些马蜂窝看着十二分道地,决不会是舶来品。第二,卖药的人们非常安静,一点不吵不闹;也非常的和蔼,虽然要价有点虚谎,可是还价多少总不出恶声。第三,我觉得到底中国药(应简称为"国药")比西洋药好,因为"国药"吃下去不管治病与否,至少能帮助人们增长抵抗力。这怎么讲呢?看,桔皮上有多么厚的黑泥,柴胡们带着多少沙土与马粪;这些附带的黑泥与马粪,吃下去一定会起一种作用,使胃中多一些以毒攻毒的东西。假如桔皮没有什么力量,这附带的东西还能补充一些。西洋药没有这些附带品,自然也不会发生附带的效力。那位医生敢说对下药有十二分的把握么?假如药不对症,而药品又没有附带物,岂不是大大的危险!"国药"全有附带物,谁敢说大多数的病不是被附带物治好的呢?第四,到底是中国，处处事事带着古风：咱们的祖先遍尝百草，到如今咱们依旧是这样，大概再过一万八千年咱们还是这样。我虽然不主张复古，可是热烈的想保存古风的自大有人在，我不能不替他们欣喜。第五，从今年夏天起，我一定见着马蜂窝，大蝎子，烂树叶，就收藏起来；人有旦夕祸福，谁知道什么时候生病呢！万一真病了，有的是现成的马蜂窝……

逛完了集，出了巷口，看见一大车牛马皮，带着毛还没制成革，不知是否也是药材。

载 1932 年 6 月 11 日《华年》第 1 卷第 9 期

英国人与猫狗

英国人爱花草，爱猫狗。由一个中国人看呢，爱花草是理之当然，自要有钱有闲，种些花草几乎可与藏些图书相提并论，都是可以用"雅"字去形容的事。就是无钱无闲的，到了春天也免不花掉几个铜板买上一两小盆蝴蝶花什么的，或者把白菜脑袋塞在土中，到时候也会开上几朵小十字花儿。在诗里，赞美花草的地方要比讴颂美人的地方多得多，而梅兰竹菊等等都有一定的品格，仿佛比人还高洁可爱可敬，有点近乎一种什么神明似的。在通俗的文艺里，讲到花神的地方也很不少，爱花的人每每在死后就被花仙迎到天上的植物园去。这点荒唐，荒唐得很可爱。虽然里边还是含着与敬财神就得元宝一样的实利念头，可到底显着另有股子劲儿，和财迷大有不同；我自己就不反对被花娘娘们接到天上去玩玩。

所以，看见英国人的爱花草，我们并不觉得奇怪，反倒是觉得有点惭愧，他们的花是那么多呀！在热闹的买卖街上，自然没有种花草的地方了，可是还能看到卖"花插"的女人，和许多鲜花铺。稍讲究一些的饭铺酒馆自然要摆鲜花了。其他的铺户中也往往摆着一两瓶花，四五十岁的掌柜们在肩下插着一朵玫瑰或虞美人也是常有的事。赶到

抬头见喜

一走到住宅区，看吧，差不多家家有些花，园地不大，可收拾得怪好，这儿一片郁金香，那儿一片玫瑰，门道上还往往搭着木架，爬着那单片的蔷薇，开满了花，就和图画里似的。越到乡下越好看，草是那么绿，花是那么鲜，空气是那么香，一个中国人也有点惭愧了。五六月间，赶上晴暖的天，到乡下去走走，真是件有造化的事，处处都像公园。

一提到猫狗和其他的牲口，我们便不这么起劲了。中国学生往往给英国朋友送去一束鲜花，惹得他们非常的欢喜。可是，也往往因为讨厌他们的猫狗而招得他们撅了嘴。中国人对于猫狗牛马，一般的说，是以"人为万物灵"为基础而直呼它们作畜类的。正人君子呢，看见有人爱动物，总不免说声"声色狗马，玩物丧志"。一般的中等人呢，养猫养狗原为捉老鼠与看家，并不须赏它们个好脸儿。那使着牲口的苦人呢，鞭子在手，急了就发威，又困于经济，它们的食水待遇活该得按着哑巴畜生办理。于是大概的说，中国的牲口实在有点倒霉；太监怀中的小巴狗，与阔寡妇椅子上的小白猫，自然是碰巧了的例外。畜类倒霉，已经看惯，所以法律上也没有什么规定；虐待丫头与媳妇本还正大光明，哑巴畜生更无处诉委屈去；黑驴告状也并没陈告它自己的事。再说，秦桧与曹操这辈子为人作歹，下辈便投胎猪狗，吃点哑巴亏才正合适。这样，就难怪我们觉得英国人对猫狗爱得有些过火了。说真的，他们确是有点过火；不过，要从猫狗自己看呢，也许就不这么说了吧？狗龁食人食，而有些人却没饭吃，自然也不能算是公平，但是普遍的有一种爱物的仁慈，也或者无碍于礼教吧？

英国人的爱动物，真可以说是普遍的。有人说，这是英国人的海贼本性还没有蜕净，所以总拿狗马当作朋友似的对待。据我看，这点贼性倒怪可爱；至少狗马是可以同情这句话的。无事可作的小姐与老太婆自然要弄条小狗玩玩了——对于这种小狗，无论它长得多么不顺眼,你可就是别说不可爱呀!——就是卖煤的煤黑子,与送牛奶的人,也都非常爱惜他们的马。你想不到拉煤车的马会那么驯顺、体面、干净。煤黑子本人远不如他的马漂亮,他好像是以他的马当作他的光荣。煤车被叫住了,无论是老幼男女,跟煤黑子要过几句话,差不多总是以这匹马作中心。有的过去拍拍马脖子,有的过去吻一下,有的给拿出根胡萝卜来给它吃。他们看见一匹马就仿佛外婆看见外孙子似的,眼中能笑出一朵花儿来。英国人平常总是拉着长脸,像顶着一脑门子官司,假若你打算看看他们也有个善心,也和蔼可爱,请你注意当他们立在一匹马或拉着条狗的时候。每到春天,这些拉车的马也有比赛的机会。看吧,煤黑子弄了瓶擦铜油,一边走一边擦马身上的铜活呀。马鬃上也挂上彩子或用各色的绳儿梳上辫子,真是体面!这么看重他们的马,当然的在平日是不会给气受的,而且载重也有一定的限度,即使有狠心的人,法律也不许他任意欺侮牲口。想起北平的煤车,当雨天陷在泥中,煤黑子用支车棍往马身上抡,真要令人喊"生在礼教之邦的马哟!"

猫在动物里算是最富独立性的了,它高兴呢就来趴在你怀中,啰哩啰嗦的不知道念着什么。它要是不高兴,任凭你说什么,它也不答理。可是,英国人家里的猫并不因此而少受一些优待。早晚他们还是给它鱼吃,牛奶喝,到家主旅行去的时候,还要把它寄放到"托猫所"去,花不少的钱去喂养着;赶到旅行回来,便急忙把猫接回来,乖乖宝贝的叫着。及至老猫不吃饭,或小猫摔了腿,便找医生去拔牙、接腿,一家子都忙乱着,仿佛有了什么了不得的事。

狗呢,就更不用说,天生来的会讨人喜欢,作走狗,自然会吃好的喝好的。小哈巴狗们,在冬天,得穿上背心;出门时,得抱着;临睡的时候,还得吃块糖。电影院、戏馆,禁止狗们出入,可是这种小狗会"走私",趴在老太婆的袖里或衣中,便也去看电影听戏,有时

抬头见喜

候一高兴便叫几声，招得老太婆头上冒汗。大狗虽不这么娇，可也很过得去。脚上偶一不慎黏上一点路上的柏油，便立刻到狗医院去给套上一只小靴子，伤风咳嗽也须吃药，事儿多了去啦。可是，它们也真是可爱，有的会送小儿去上学，有的会给主人叼着东西，有的会耍几套玩艺；白天不咬人，晚上可挺厉害。你得听英国人们去说狗的故事，那比人类的历史还热闹有趣。人家、猎户、军队、警察所、牧羊人，都养狗，都爱狗。狗种也真多，大的、小的、宽的、细的、长毛的、短毛的，每种都有一定的尺寸，一定的长度，买来的时候还带着家谱，理直气壮，一点不含糊！那真正入谱的，身价往往值一千镑钱！

年年各处都有赛猫会、赛狗会。参与比赛的猫狗自然必定都有些来历，就是那没资格入会的也都肥胖、精神。这就不能不想起中国的狗了，在北平，在天津，在许多大城市里，去看看那些狗，天下最丑的东西！骨瘦如柴，一天到晚连尾巴也不敢撅起来一回，太可怜了！人还没有饭吃，似乎不必先为狗发愁吧，那么，我只好替它们祷告，下辈子不要再投胎到这儿来了！

简直没有一个英国人不爱马。那些专作赛马用的，不用说了，自然是老有许多人伺候着；就是那平常的马，无论是拉车的，还是耕地的，也都很体面。有一张卡通，记得，画的是"马之将来"，将来的军队有飞机坦克车去冲杀陷阵，马队自然要消灭了；将来的运输与车辆也用不着骡马们去拖拉，于是马怎么办呢？这张卡通——英国人画的——上说，它们就变成了猫狗：客厅里该趴着猫，将来是趴着匹马；老太婆上街该拉着狗，将来便牵着匹骡子。这未必成为事实，可是足见他们是怎样的舍不得骡马了。

除了猫狗骡马，他们对于牛羊鸡猪也都很爱惜，这是要到乡间才可以看见的。有一回到乡间去看了朋友，他的祖父是个农夫，养着许多猪与鸡。老人的鸡都有名字，叫哪个，哪个就跑来。老人最得意的是他的那些肥猪，真是干净可爱。可是，有一天下了雨，肥猪们都下了泥塘，弄得满身是稀泥；把老人差点气坏了。总而言之，他们对牲口们是尽到力量去爱护，即使是为杀了吃肉的，反正在它们活着的时候总不受委屈。中国有许多人提倡吃素禁屠，可是往往寺院里放生的牲口皮包不住骨，别处的畜类就更不必说了。好死不如赖活着，是我们特有的哲学，可也真够残忍的。

  对于鱼鸟鸽虫，英国人不如我们会养会玩，养这些玩艺的也就很少。卖猫狗的铺子里不错也卖鹦鹉、小兔、小龟和碧玉鸟什么的，可是养鸟的并不懂教给它们怎样的叫成套数。据说，他们在老年间也斗鸡斗鹌鹑，现在已被禁止，因为太残忍。我们似乎也该把斗蟋蟀什么的禁止了吧？也不是怎么的，我总以为小时候爱斗蟋蟀，长大了也必爱去看枪毙人；没有实地的测验过，此说容或不能成立；再说，还许是一点妇人之仁，根本要不得呢。

载 1937 年 6 月 1 日《西风》第 10 期

抬头见喜

神的游戏

戏剧不是小说。假若我是个木匠；我一定说戏剧不是大锯。由正面说，戏剧是什么，大概我和多数的木匠都说不上来。对戏剧我是头等的外行。

可是，我作过戏剧。这只有我和字纸篓知道。看别人写戏，我也试试，正如看别人下海，我也去涮涮脚。原来戏剧和小说不是一回事。这个发现，多少是恼人的。

"小说是袖珍戏园"。不错。连卖瓜子的打手巾把的都有地位。形容那位睡着了的观客，和他的梦，都无所不可。一出戏，非把卖瓜子的逐出去不可，那位作梦的先生也该枪毙。戏剧限于台上加点玩艺，而且必定不许台下有人睡觉。一些布景，几个人，说说笑笑或哭哭啼啼，这要使人承认是艺术；天哪，难死人也，景片的绳子松了一些，椅子腿有点活动，都不在话下；她一个劲儿使人明白人生，认识生命，拿揭显代替形容，拿吵嘴当作说理，这简直不可能。可是真有会干这个的！

设若戏剧是"一个"人的发明，他必是个神。小说，二大妈也会是发明人。从头说起吧。立意有了，人物，地点，时间，也都有了，这不应很乐观么？是。于是提起笔来，终于放下，让谁先出来呢？设若是小说，我就大有办法。我能叫一混成旅人一齐出来，能叫一个人没有而大讲秋天的红叶。戏剧家必是个神，他晓得而且毫不迟疑的怎样开始。他似乎有件法宝，一祭起便成了个诛仙阵，把台下的众灵魂全引进阵去。并且是很简单呀，没有说明书，没有开场词，没有名人的介绍；一开幕便单摆浮搁的把阵式列开，一两个回合便把人心捉住，拿活人演活人的事，而且叫台下的活人郑重其事的感到一些什么，傻子似的笑或落泪。这个本事是真本事，我只能使眼前的白纸老那么白着吧。请想，我面对面的，十二分诚恳的，给二大妈述说一件事，她还不能明白，或是不愿听；怎样将两个人放在台上交谈一阵，就使她明白而且乐意听呢？大概不是她故意与我作难，就是我该死。

勉强的打了个头儿。一开幕，一胖一瘦在书房内谈话，窗外有片雪景，不坏。胖子先说话，瘦子一边听一边看报。也好。谈了两三分钟，胖子和瘦子的话是一个味儿，话都非常的漂亮，只是显不出胖子是怎么个人，瘦子是怎么个人。把笔放下，叹气。

过了十分钟，想起来了。该上女角了。女角一露面，胖子和瘦子之间便起了冲突，一起冲突便有了人格。好极了。女角出来了。她也加入谈话，三个人说的都一个味儿，始终是白开水。她打扮得很好，长得也不坏，说话也漂亮；她是怎么个人呢？没办法。胖子不替她介绍，瘦子也不管详述家谱，她自己更不好意思自述。这位救命星原来也是木头的。字纸篓里增多了两三张纸。

天才不应当承认失败，再来。这回，先从后头写。问题的解决是更难写的；先解决了，然后再转回来补充，似乎更保险。小说不必这样，因为无结果而散也是真实的情形。戏剧必须先作茧，到末了变出蛾子来。是的，先出蛾子好了。反正事实都已预备好，只凭一写了。写吧。胖子瘦子和姑娘又都出来了。还是木头的。瘦子娶了姑娘，胖子饮鸩而死,悲剧呀。自己没悲,胖子没悲,虽然是死了!事实很有味儿,就是人始终没活着。胖子和瘦子还打了一场呢,白打,最紧张处就是这一打,我自己先笑了。

念两本前人的悲剧,找点诀窍吧。哼!事实不如我的奇,穿插不如我的巧,言语没有我的情,可是,也不是从哪里找来的,前前后后,里里外外,有股悲劲萦绕回环,好似与人物事实平行着一片秋云,空气便是凉飕飕的。不是闹鬼;定是有神。这位神,把人与事放在一个悲的宇宙里。不知他是先造的人呢,还是先造的那个宇宙。一切是在悲壮的律动里,这个律动把二大妈的泪引出来,满满的哭了两三天,泪越多心里越痛快。二大妈的灵魂已到封神台下去,甘心的等着被封为——哪怕是土地奶奶呢,到底是入了神界!

我完了。神始终不照顾我。他不给我这点力量。我的眼总是迷糊,看不见那立体的一小块——其中有人有事有说有笑,一小块人生,一小块真理,一小块悲史,放在心里正合适,放在宇宙里便和宇宙融成一体,如气之与风。戏剧呀,神的游戏。木匠,还是用你的锯吧。

载 1934 年 7 月 14 日《大公报》

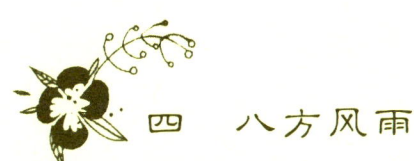

四　八方风雨

到了济南

(一)

到济南来,这是头一遭。挤出车站,汗流如浆,把一点小伤风也治好了,或者说挤跑了;没秩序的社会能治伤风,可见事儿没绝对的好坏;那么,"相对论"大概就是这么琢磨出来的吧?

挑选一辆马车。"挑选"在这儿是必要的。马车确是不少辆,可是稍有聪明的人便会由观察而疑惑,到底那里有多少匹马是应当雇八个脚夫抬回家去?有多少匹可以勉强负拉人的责任?自然,刚下火车,决无意去替人家抬马,虽然这是善举之一;那么,找能拉车与人的马自是急需。然而这绝对不是容易的事儿,因为:第一,那仅有的几匹颇带"马"的精神的马,已早被手疾眼快的主顾雇了去。第二,那些"略"带"马气"的马,本来可以将就,哪怕是只请他拉着行李——天下还有比"行李"这两个字再不顺耳,不得人心,惹人头皮疼的?而我和赶车的在辕子两边担任扶持,指导,劝告,鼓励,(如还不走)拳打脚踢之责呢。这凭良心说,大概不能不算善于应付环境,具有东方文化的妙处吧？可是，"马"的问题刚要解决，"车"的问题早又来到：即使马能走三里五里，坚持到底不摔跟头；或者不幸跌了一跤，而能爬起来再接再厉；那车，那车，那车，是否能装着行李而车底儿不哗啦啦掉下去呢？又一个问题，确乎成问题！假使走到中途，车底哗啦啦，还是我扛着行李（赶车的当然不负这个责任），在马旁同行呢？还是叫马背着行李，我再背着马呢？自然是，三人行必有我师，陪着御者与马走上一程，也是有趣的事；可是，花了钱雇车，而自扛行李，单为证明"三人行必有我师"，是否有点发疯？至于马背行李，我再负马，事属非常，颇有古代故事中巨人的风度，是！可有一层，我要是被压而死，那马是否能把行李送到学校去？我不算什么，行李是不能随便掉失的！不为行李，起初又何必雇车呢？小资产阶级的逻辑，不错；但到底是逻辑呀！第三，别看马与车各有问题，马与车合起来而成的"马车"是整个的问题，敢情还有惊人的问题呢——车价。一开首我便得罪了一位赶车的，我正在向那些马国之鬼，和那堆车之骨骼发呆之际，我的行李突然被一位御者抢去了。我并没生气，反倒感谢他的热心张罗。当他把行李往车上一放的时候，一点不冤人，我确乎听见哗啦一声响，确乎看见连车带马向左右摇动者三次，向前后进退者三次。"行啊？"我低声的问御者。"行？"他十足的瞪了我一眼。"行？从济南走到德国去都行！"我不好意思再怀疑他，只好以他的话作我的信仰；心里想："有信仰便什么也不怕！"为平他的气，赶快问："到——大学，多少钱？"他说了一个数儿。我心平气和的说："我并不是要买贵马与尊车。"心里还想："假如弄这么一份财产，将来不幸死了，遗嘱上给谁承受呢？"正在这么想，也不知怎的，我的行李好像被魔鬼附体，全由车中飞出来了。再一看，那怒气冲天的御者一扬鞭，那瘦病之马一掀后蹄，便轧着我的皮箱跑过去。皮箱一点也没坏，只是上边落着一小块车轮上的胶皮；为避免麻烦，我也没敢叫回御者告诉他，万一他叫"我"赔偿呢！同时，心中颇不自在，怨自己"以貌取马"，哪知人家居然能掀起后蹄而跑数步之遥呢。

幸而××来了，带来一辆马车。这辆车和车站上的那些差不多。马是白色的，虽然事实上并不见得真白，可是用"白马之白"的抽象观念想起来，到底不是黑的，黄的，更不能说一定准是灰色的。马的身上不见得肥，因此也很老实。缰、鞍、肚带，处处有麻绳帮忙维系，更显出马之稳练驯良。车是黑色的，配起白马，本应黑白分明，相得益彰；可是不知济南的太阳光为何这等特别，叫黑白的相配，更显得暗淡灰丧。

行李，××和我，全上了车。赶车的把鞭儿一扬，吆喝了一声，车没有动。我心里说："马大概是睡着了。马是人们最好的朋友，多少带点哲学性，睡一会儿是常有的事。"赶车的又喊了一声，车微动。只动了一动，就又停住；而那匹马确是走出好几步远。赶车的不喊了，反把马拉回来。他好像老太婆缝补袜子似的，在马的周身上下细腻而安稳的找那些麻绳的接头，慢慢的一个一个的接好，大概有三十多分钟吧，马与车又发生关系。又是一声喊，这回马是毫无可疑的拉着车走了。倒叫我怀疑：马能拉着车走，是否一个奇迹呢？

一路之上，总算顺当。左轮的皮带掉了两次，随掉随安上，少费些时间，无关重要。马打了三个前失，把我的鼻子碰在车窗上一次，好在没受伤。跟××顶了两回牛儿，因为我们俩是对面坐着的，可是顶牛儿更显着亲热；设若没有这个机会，两个三四十的老小伙子，又焉肯脑门顶脑门的玩耍呢。因此，到了大学的时候，我摹仿着西洋少女，在瘦马脸上吻了一下，表示感谢他叫我们得以顶牛的善意。

（二）

上次谈到济南的马车，现在该谈洋车。

济南的洋车并没有什么特异的地方。坐在洋车上的味道可确是与众不同。要领略这个味道，顶好先检看济南的道路一番；不然，屈骂了车夫，或诬蔑济南洋车构造不良，都不足使人心服。

检看道路的时候，请注意，要先看胡同里的；西门外确有宽而平的马路一条，但不能算作国粹。假如这检查的工作是在夜里，请别忘了拿个灯笼，踏一脚黑泥事小，把脚腕拐折至少也不甚舒服。

胡同中的路，差不多是中间垫石，两旁铺土的。土，在一个中国城市里，自然是黑而细腻，晴日飞扬，阴雨和泥的，没什么奇怪。提起那些石块，只好说一言难尽吧。假如你是个地质学家，你不难想到：这些石是否古代地层变动之时，整批的由地下翻上来，直至今日，始终原封没动；不然，怎能那样不平呢？但是，你若是个考古家，当然张开大嘴哈哈笑，济南真会保存古物哇！看，看哪一块石头没有多少年的历史！社会上一切都变了，只有你们这群老石还在这儿镇压着济南的风水！

浪漫派的文人也一定喜爱这些石路，因为块块石头带着慷慨不平的气味，且满有幽默。假如第一块屈了你的脚尖，哼，刚一迈步，第二块便会咬住你的脚后跟。左脚不幸被石洼囚住，留神吧，右脚会紧跟着滑溜出多远，早有一块中间隆起，棱而腻滑的等着你呢。这样，左右前后，处处是埋伏，有变化；假如哪位浪漫派写家走过一程，要是幸而不晕过去，一定会得到不少写传奇的启示。

无论是谁，请不要穿新鞋。鞋坚固呢，脚必磨破。脚结实呢，鞋上必来个窟窿。二者必居其一。那些小脚姑娘太太们，怎能不一步一跌，真使人糊涂而惊异！

在这种路上坐汽车，咱没这经验，不能说是舒服与否。只看见过汽车中的人们，接二连三的往前蹿，颇似练习三级跳远。推小车子也没有经验，只能理想到：设若我去推一回，我敢保险，不是我——多半是我——就是小车子，一定有一个碎了的。

洋车，咱坐过。从一上车说吧。车夫拿起"把"来，也许是往前走，也许是往后退，那全凭石头叫他怎样他便得怎样。济南的车夫是没有自由意志的。石头有时一高兴，也许叫左轮活动，而把右轮抓住不放；这样，满有把坐车的翻到下面去，而叫车坐一会儿人的希望。

坐车的姿式也请留心研究一番。你要是充正气君子，挺着脖子正着身，好啦：为维持脖子的挺立，下车以后，你不变成歪脖儿柳就算万幸。你越往直里挺，它们越左右的筛摇；济南的石路专爱打倒挺脖子，显正气的人们！反之，你要是缩着脖子，懈松着劲儿，请要留神，车子忽高忽低之际，你也许有鬼神暗佑还在车上，也许完全摇出车外，脸与道旁黑土相吻。从经验中看，最好的办法是不挺不缩，带着弹性。像百码决赛预备好，专候枪声时的态度，最为相宜。一点不松懈，一点不忽略，随高就高，随低就低，车左亦左，车右亦右，车起须如据鞍而立，车落应如鲤鱼入水。这样，虽然麻烦一些，可是实在安全，而且练习惯了，以后可以不晕船。

坐车的时间也大有研究的必要，最适宜坐车的时候是犯肠胃闭塞病之际。不用吃泻药，只须在饭前，喝点开水，去坐半小时上下的洋车，其效如神。饭后坐车是最冒险的事，接连坐过三天，设若不生胃病，也得长盲肠炎。要是胃口像林黛玉那么弱的人，以完全不坐车为是，因没有一个时间是相宜的。

末了，人们都说济南洋车的价钱太贵，动不动就是两三毛钱。但是，假如你自己去在这种石路上拉车，给你五块大洋，你干得了干不了？

（三）

由前两段看来，好像我不大喜欢济南似的。不，不，有大不然者！有幽默的人爱"看"，看了，能不发笑吗？天下可有几件事，几件东西，叫你看完而不发笑的？不信，闭上一只眼，看你自己的鼻子，你不笑才怪；先不用说别的。有的人看什么也不笑，也对呀，喜悲剧的人不替古人落泪不痛快，因为他好"觉"；设身处地的那么一"觉"，世界上的事儿便少有不叫泪腺要动作动作的。噢，原来如此！

济南有许多好的事儿，随便说几种吧：葱好，这是公认的吧，不是我造谣生事。听说，犹太人少有得肺病的，因为吃鱼吃的；山东人是不是因为多嚼大葱而不患肺病呢？这倒值得调查一下，好叫吃完葱的女士不必说话怪含羞的用手掩着嘴：假如调查结果真是山西河南广东因肺病而死的比山东多着七八十来个（一年多七八十，一万年要多若干？），而其主因确是因为口中的葱味使肺病菌倒退四十里。

在小曲儿里，时常用葱尖比美妇人的手指，这自然是春葱，决不会是山东的老葱，设若美妇人的十指都和老葱一般儿粗（您晓得山东老葱的直径是多少寸），一旦妇女革命，打倒男人，一个嘴巴子还不把男人的半个脸打飞！这决不是济南的老葱不美，不是。葱花自然没有什么美丽，葱叶也比不上蒲叶那样挺秀，竹叶那样清劲，连蒜叶也比不上，因为蒜叶至少可以假充水仙。不要花，不看叶，单看葱白儿，你便觉得葱的伟丽了。看运动家，别看他或她的脸，要先看那两条完美的腿，看葱亦然。（运动家注意。这里一点污辱的意思没有；我自己的腿比蒜苗还细，焉敢攀高比诸葱哉！）济南的葱白起码有三尺来长吧：粗呢，总比我的手腕粗着一两圈儿——有愿看我的手腕者，请纳参观费大洋二角。这还不算什么，最美是那个晶亮，含着水，细润，纯洁的白颜色。这个纯洁的白色好像只有看见过古代希腊女神的乳房者才能明白其中的奥妙，鲜，白，带着滋养生命的乳浆！这个白色叫你舍不得吃它，而拿在手中颠着，赞叹着，好像对于宇宙的伟大有所领悟。由不得把它一层层的剥开，每一层落下来，都好似油酥饼的折叠；这个油酥饼可不是"人"手烙成的。一层层上的长直纹儿，一丝不乱的，比画图用的白绢还美丽。看见这些纹儿，再看看馍馍，你非多吃半斤馍馍不可。人们常说——带着讽刺的意味——山东人吃的多，是不知葱之美者也！

反对吃葱的人们总是说：葱虽好，可是味道有不得人心之处。其实这是一面之词，假若大家都吃葱，而且时常开个"吃葱竞赛会"，第一名赠以重二十斤金杯一个，你看还敢有人反对否！

记得，在新加坡的时候，街上有卖榴莲者，味臭无比，可是土人和华人久住南洋者都嗜之若命。并且听说，英国维克陶利亚女皇吃过一切果品，只是没有尝过榴莲，引为憾事。济南的葱，老实的讲，实在没有奇怪味道，而且确是甜津津的。假如你不信呢，吃一棵尝尝。

载 1930 年 10 月—1931 年 2 月《齐大月刊》第 1 卷第 1、2、4 期

抬头见喜

大明湖之春

　　北方的春本来就不长,还往往被狂风给七手八脚的刮了走。济南的桃李丁香与海棠什么的,差不多年年被黄风吹得一干二净,地暗天昏,落花与黄沙卷在一处,再睁眼时,春已过去了!记得有一回,正是丁香乍开的时候,也就是下午两三点钟吧,屋中就非点灯不可了;风是一阵比一阵大,天色由灰而黄,而深黄,而黑黄,而漆黑,黑得可怕。第二天去看院中的两株紫丁香,花已像煮过一回,嫩叶几乎全破了!济南的秋冬,风倒很少,大概都留在春天刮呢。

　　有这样的风在这儿等着,济南简直可以说没有春天;那么,大明湖之春更无从说起。

　　济南的三大名胜,名字都起得好:千佛山,趵突泉,大明湖,都多么响亮好听!一听到"大明湖"这三个字,便联想到春光明媚和湖光山色等等,而心中浮现出一幅美景来。事实上,可是,它既不大,又不明,也不湖。

　　湖中现在已不是一片清水,而是用坝划开的多少块"地"。"地"外留着几条沟,游艇沿沟而行,即是逛湖。水田不需要多么深的水,所以水黑而不清;也不要急流,所以水定而无波。东一块莲,西一块蒲，土坝挡住了水，蒲苇又遮住了莲，一望无景，只见高高低低的"庄稼"。艇行沟内，如穿高粱地然，热气腾腾，碰巧了还臭气烘烘。夏天总算还好，假若水不太臭，多少总能闻到一些荷香，而且必能看到些绿叶儿。春天，则下有黑汤，旁有破烂的土坝；风又那么野，绿柳新蒲东倒西歪，恰似挣命。所以，它既不大，又不明，也不湖。

话虽如此，这个湖到底得算个名胜。湖之不大与不明，都因为湖已不湖。假若能把"地"都收回，拆开土坝，挖深了湖身，它当然可以马上既大且明起来：湖面原本不小，而济南又有的是清凉的泉水呀。这个，也许一时作不到。不过，即使作不到这一步，就现状而言，它还应当算作名胜。北方的城市，要找有这么一片水的，真是好不容易了。千佛山满可以不算数儿，配作个名胜与否简直没多大关系。因为山在北方不是什么难找的东西呀。水，可太难找了。济南城内据说有七十二泉，城外有河，可是还非有个湖不可。泉，池，河，湖，四者俱备，这才显出济南的特色与可贵。它是北方唯一的"水城"，这个湖是少不得的。设若我们游湖时，只见沟而不见湖，请到高处去看看吧，比如在千佛山上往北眺望，则见城北灰绿的一片——大明湖；城外，华鹊二山夹着弯弯的一道灰亮光儿——黄河。这才明白了济南的不凡，不但有水，而且是这样多呀。

况且，湖景若无可观，湖中的出产可是很名贵呀。懂得什么叫作美的人或者不如懂得什么好吃的人多吧，游过苏州的往往只记得此地的点心，逛过西湖的提起来便念道那里的龙井茶，藕粉与莼菜什么的，吃到肚子里的也许比一过眼的美景更容易记住，那么大明湖的蒲菜，茭白，白花藕，还真许是它驰名天下的重要原因呢。不论怎么说吧，这些东西既都是水产，多少总带着些南国风味；在夏天，青菜挑子上带着一束束的大白莲花菁葵出卖，在北方大概只有济南能这么"阔气"。

抬头见喜

我写过一本小说——《大明湖》——在"一·二八"与商务印书馆一同被火烧掉了。记得我描写过一段大明湖的秋景，词句全想不起来了，只记得是什么什么秋。桑子中先生给我画过一张油画，也画的是大明湖之秋，现在还在我的屋中挂着。我写的，他画的，都是大明湖，而且都是大明湖之秋，这里大概有点意思。对了，只是在秋天，大明湖才有些美呀。济南的四季，唯有秋天最好，晴暖无风，处处明朗。这时候，请到城墙上走走，俯视秋湖，败柳残荷，水平如镜；唯其是秋色，所以连那些残破的土坝也似乎正与一切景物配合：土坝上偶尔有一两截断藕，或一些黄叶的野蔓，配着三五枝芦花，确是有些画意。"庄稼"已都收了，湖显着大了许多，大了当然也就显着明。不仅是湖宽水净，显着明美，抬头向南看，半黄的千佛山就在面前，开元寺那边的"橛子"——大概是个塔吧——静静的立在山头上。往北看，城外的河水很清，菜畦中还生着短短的绿叶。往南往北，往东往西，看吧，处处空阔明朗，有山有湖，有城有河，到这时候，我们真得到个"明"字了。桑先生那张画便是在北城墙上画的，湖边只有几株秋柳，湖中只有一只游艇，水作灰蓝色，柳叶儿半黄。湖外，他画上了千佛山；湖光山色，联成一幅秋图，明朗，素净，柳梢上似乎吹着点不大能觉出来的微风。

对不起，题目是大明湖之春，我却说了大明湖之秋，可谁教亢德先生出错了题呢！

载 1937 年 3 月《宇宙风》第 37 期

五月的青岛

　　因为青岛的节气晚,所以樱花照例是在四月下旬才能盛开。樱花一开,青岛的风雾也挡不住草木的生长了。海棠,丁香,桃,梨,苹果,藤萝,杜鹃,都争着开放,墙角路边也都有了嫩绿的叶儿。五月的岛上,到处花香,一清早便听见卖花声。公园里自然无须说了,小蝴蝶花与桂竹香们都在绿草地上用它们的娇艳的颜色结成十字,或绣成几团;那短短的绿树篱上也开着一层白花,似绿枝上挂了一层春雪。就是路上两旁的人家也少不得有些花草:围墙既矮,藤萝往往顺着墙把花穗儿悬在院外,散出一街的香气;那双樱,丁香,都能在墙外看到,双樱的明艳与丁香的素丽,真是足以使人眼明神爽。

　　山上有了绿色,嫩绿,所以把松柏们比得发黑了一些。谷中不但填满了绿色,而且颇有些野花,有一种似紫荆而色儿略略发蓝的,折来很好插瓶。

　　青岛的人怎能忘下海呢。不过,说也奇怪,五月的海就仿佛特别的绿,特别的可爱,也许是因为人们心里痛快吧?看一眼路旁的绿叶,再看一眼海,真的,这才明白了什么叫作"春深似海"。绿,鲜绿,

抬头见喜

浅绿，深绿，黄绿，灰绿，各种的绿色，联接着，交错着，变化着，波动着，一直绿到天边，绿到山脚，绿到渔帆的外边去。风不凉，浪不高，船缓缓的走，燕低低的飞，街上的花香与海上的咸味混到一处，浪漾在空中，水在面前，而绿意无限，可不是，春深似海！欢喜，要狂歌，要跳入水中去，可是只能默默无言，心好像飞到天边上那将将能看到的小岛上去，一闭眼仿佛还看见一些桃花。人面桃花相映红，必定是在那小岛上。

这时候，遇上风与雾便还须穿上棉衣，可是有一天忽然响晴，夹衣就正合适。但无论怎说吧，人们反正都放了心——不会大冷了，不会。妇女们最先知道这个，早早的就穿出利落的新装，而且决定不再脱下去。海岸上，微风吹动少女们的发与衣，何必再去到电影园中找那有画意的景儿呢！这里是初春浅夏的合响，风里带着春寒，而花草山水又似初夏，意在春而景如夏，姑娘们总先走一步，迎上前去，跟花们竞争一下，女性的伟大几乎不是颓废诗人所能明白的。

人似乎随着花草都复活了，学生们特别的忙：换制服，开运动会，到崂山丹山旅行，服劳役。本地的学生忙，别处的学生也来参观，几个，几十，几百，打着旗子来了，又成着队走开，男的，女的，先生，学生，都累得满头是汗，而仍不住的向那大海丢眼。学生以外，该数小孩最快活，笨重的衣服脱去，可以到公园跑跑了；一冬天不见猴子了，现在又带着花生去喂猴子，看鹿。拾花瓣，在草地上打滚；妈妈说了，过几天还有大红樱桃吃呢！

马车都新油饰过，马虽依然清瘦，而车辆体面了许多，好作一夏天的买卖呀。新油过的马车穿过街心，那专作夏天的生意的咖啡馆，酒馆，旅社，饮冰室，也找来油漆匠，扫去灰尘，油饰一新。油漆匠在交手上忙，路旁也增多了由各处来的舞女。预备呀，忙碌呀，都红着眼等着那避暑的外国战舰与各处的阔人。多咱浴场上有了人影与小艇，生意便比花草还茂盛呀。到那时候，青岛几乎不属于青岛的人了，谁的钱多谁更威风，汽车的眼是不会看山水的。

那么，且让我们自己尽量的欣赏五月的青岛吧！

载 1937 年 6 月 16 日《宇宙风》第 43 期

抬头见喜

青岛与我

这是头一次在青岛过夏。一点不吹，咱算是开了眼。可是，只能说开眼；没有别的好处。就拿海水浴说吧，咱在海边上亲眼看见了洋光眼子！可是咱自家不敢露一手儿。大概您总可以想象得到：一个比长虫——就是蛇呀——还瘦的人儿，穿上上不着天，下不着地的浴衣，脖子上套着太平圈，浑身上下骨骼分明，端立海岸之上，这是不是故意的气人？即使大家不动气，咱也不敢往水里跳呀；脖子上套着皮圈，而只在沙土上"憧憬"，泄气本无不可，可也不能泄得出奇。咱只能穿着夏布大衫，远远的瞧着；偶尔遇上个异教卫道的人，相对微笑点首，叹风化之不良；其实他也跟我一样，不敢下水。海水浴没了咱的事。

白天上海岸，晚上呢自然得上跳舞场。青岛到夏天，的确是热闹：白舞女，黄舞女，黑舞女，都光着脚，脚指甲上涂得通红晶亮，鞋只是两根绊儿和两个高底。衣服，帽子，花样之多简直说不尽。按说咱既不敢下海，晚上似乎该去跳了，出点汗，活动活动。咱又没这个造化。第一，晚上一过九点就想睡；到舞场买票睡觉，似乎大可不必。第二呢，跳倒可以敷衍着跳一气，不过人家不踩咱的脚指，而咱只踩人家的，虽说有独到之处，到底怪难以为情。莫若早早的睡吧，不招灾，不惹祸。况且这么规规矩矩，也足引起太太的敬意，她甚至想登报颂扬我的"仁政"，可是被我拦住了，我向来是不好虚荣的。

既不去赶热闹，似乎就该在家中找些乐事；唱戏，打牌，安无线广播机等等都是青岛时行的玩艺。以唱戏说，不但早晨在家中吊嗓子的很多，此地还有许多剧社，锣鼓俱全，角色齐备，倒怪有个意思。我应当加入剧社，我小时候还听过谭鑫培呢，当然有唱戏的资格。找了介绍人，交了会费，头一天我就露了一出《武家坡》。我觉得唱得不错，第二天早早就去了，再想露一出拿手的。等了足有两点钟吧。一个人也没来，社员们太不热心呀，我想。第三天我又去了，还是没人，这未免有点奇怪。坐了十来分钟我就出去了，在门口遇见了个小孩。"小孩，"我很和气的说，"这儿怎样老没人？"小孩原来是看守票房李六的儿子，知道不少事儿。"这两天没人来，因为呀，"小孩笑着看了我一眼，"前天有一位先生唱得像鸭子叫唤，所以他们都不来啦；前天您来了吗？"我摇了摇头，一声没出就回了家。回到家里，我一咂摸滋味，心里可真有点不得劲儿。可是继而一想呢，票友们多半是有习气的，也许我唱得本来很好，而他们"欺生"。这么一想，我就决定在家里独唱，不必再出去怄闲气。唱，我一个人可就唱开了，"文武代打"好不过瘾！唱到第三天，房东来了，很客气的请我搬家，房东临走，向敝太太低声说了句："假若先生不唱呢，那就不必移动了，大家都是朋友！"太太自然怕搬家，先生自然怕太太，我首先声明我很讨厌唱戏。

我刚要去买播音机，邻居郑家已经安好，我心中不大好过。在青岛，什么事走迟了一步，风头就被别人出尽；我不必再花钱了，既然已叫郑家抢了先。再说呢，他们播放，我听得很真，何必一定打对仗呢。我决定等着听便宜的。郑家的机器真不坏，据说花了八百多块。每到早十点，他们必转弄那个玩艺。最初是像火车挂钩，嘎！哗啦，

抬头见喜

哗啦！哗啦了半天，好似怕人讨厌它太单调，忽然改了腔儿，细声细气的，像老牛害病时那样呻吟。猛古丁的又改了办法，啪啪，喔——喔，越来越尖，咯喳！我以为是院中的柳树被风刮折了一棵！这是前奏曲。一切静寂，有五分钟的样子，忽然兜着我的耳根子："南京！"也就是我呀，修养差一点的，管保得惊疯！吃了一丸子定神丸，我到底要听听南京怎样了。呕，原来南京的底下是——"王小姐唱《毛毛雨》"。这个《毛毛雨》可与众不同：第一声很足壮，第二声忽然像被风刮了走，第三声又改了火车挂钩，然后紧跟着刮风，下雨，打雷，空军袭击城市，海啸；《毛毛雨》当然听不到了。闹了一大阵，兜着我的耳根子——"北平！"我堵上了耳朵。早晨如是，下午如是，夜间如是；这回该我找房东去了。我搬了家。

还就是打个小牌，大概可以不招灾惹祸，可是我没有忍力。叫我打一圈吗，还可以；一坐下就八圈，我受不了。况且十几张牌，咱得把它们摆成五行，连这么办还有时把该留着的打出去。在我，这是消遣，慢慢的调动，考虑，点头，迟疑，原无不可；可是别人受得了吗。莫若多一事不如少一事，不必招人讨厌。

您说青岛这个地方，除了这些玩耍，还有什么可干的？干脆的说吧，我简直和青岛不发生关系，虽然是住在这里。有钱的人来青岛，好。上青岛来结婚，妙。爱玩的人来青岛，行。对于我，它是片美丽的沙漠。

对，有一件事我做还合适，而且很时行。娶个姨太太。是的，我得娶个姨太太。又体面，又好玩。对，就这么办啦。我先别和太太商量，而暗中储蓄俩钱儿。等到娶了姨太太之后，也许我便唱得比鸭子好听，打牌也有了忍力……您等我的喜信吧！

载 1935 年 8 月 16 日《论语》第 70 期

春　风

济南与青岛是多么不相同的地方呢！一个设若比作穿肥袖马褂的老先生，那一个便应当是摩登的少女。可是这两处不无相似之点。拿气候说吧，济南的夏天可以热死人，而青岛是有名的避暑所在；冬天，济南也比青岛冷。但是，两地的春秋颇有点相同。济南到春天多风，青岛也是这样；济南的秋天是长而晴美，青岛亦然。

对于秋天，我不知应爱哪里的：济南的秋是在山上，青岛的是海边。济南是抱在小山里的；到了秋天，小山上的草色在黄绿之间，松是绿的，别的树叶差不多都是红与黄的。就是那没树木的山上，也增多了颜色——日影、草色、石层，三者能配合出种种的条纹，种种的影色。配上那光暖的蓝空，我觉到一种舒适安全，只想在山坡上似睡非睡的躺着，躺到永远。青岛的山——虽然怪秀美——不能与海相抗，秋海的波还是春样的绿，可是被清凉的蓝空给开拓出老远，平日看不见的小岛清楚的点在帆外。这远到天边的绿水使我不愿思想而不得不思想；一种无目的的思虑，要思虑而心中反倒空虚了些。济南的秋给我安全之感，青岛的秋引起我甜美的悲哀。我不知应当爱哪个。

两地的春可都被风给吹毁了。所谓春风，似乎应当温柔，轻吻着柳枝，微微吹皱了水面，偷偷的传送花香，同情的轻轻掀起禽鸟的羽毛。济南与青岛的春风都太粗猛。济南的风每每在丁香海棠开花的时候把天刮黄，什么也看不见，连花都埋在黄暗中，青岛的风少一些沙土，可是狡猾，在已很暖的时节忽然来一阵或一天的冷风，把一切都送回冬天去，棉衣不敢脱，花儿不敢开，海边翻着愁浪。

　　两地的风都有时候整天整夜的刮。春夜的微风送来雁叫，使人似乎多些希望。整夜的大风，门响窗户动，使人不英雄的把头埋在被子里；即使无害，也似乎不应该如此。对于我，特别觉得难堪。我生在北方，听惯了风，可也最怕风。听是听惯了，因为听惯才知道那个难受劲儿。它老使我坐卧不安，心中游游摸摸的，干什么不好，不干什么也不好。它常常打断我的希望：听见风响，我懒得出门，觉得寒冷，心中渺茫。春天仿佛应当有生气，应当有花草，这样的野风几乎是不可原谅的！我倒不是个弱不禁风的人，虽然身体不很足壮。我能受苦，只是受不住风。别种的苦处，多少是在一个地方，多少有个原因，多少可以设法减除；对风是干没办法。总不在一个地方，到处随时使我的脑子晃动，像怒海上的船。它使我说不出为什么苦痛，而且没法子避免。它自由的刮，我死受着苦。我不能和风去讲理或吵架。单单在春天刮这样的风！可是跟谁讲理去呢？苏杭的春天应当没有这不得人心的风吧？我不准知道，而希望如此。好有个地方去"避风"呀！

载 1935 年 3 月 24 日《益世报·益世小品》

可爱的成都

到成都来,这是第四次。第一次是在四年前,住了五六天,参观全城的大概。第二次是在三年前,我随同西北慰劳团北征,路过此处,故仅留二日。第三次是慰劳归来,在此小住,留四日,见到不少的老朋友。这次——第四次——是受冯焕璋先生之约,去游灌县与青城山,由山上下来,顺便在成都玩儿天。

成都是个可爱的地方。对于我,它特别的可爱,因为:

(一)我是北平人,而成都有许多与北平相似之处,稍稍使我减去些乡思。到抗战胜利后,我想,我总会再来一次,多住些时候,写一部以成都为背景的小说。在我的心中,地方好像也都像人似的,有个性格。我不喜上海,因为我抓不住它的性格,说不清它到底是怎么一回事。我不能与我所不明白的人交朋友,也不能描写我所不明白的地方。对成都,真的,我知道的事情太少了;但是,我相信会借它的光儿写出一点东西来。我似乎已看到了它的灵魂,因为它与北平相似。

(二)我有许多老友在成都。有朋友的地方就是好地方。这诚然是个人的偏见,可是恐怕谁也免不了这样去想吧。况且成都的本身已经是可爱的呢。八年前,我曾在齐鲁大学教过书。七七抗战后,我由青岛移回济南,仍住齐大。我由济南流亡出来,我的妻小还留在齐大,住了一年多。齐大在济南的校舍现在已被敌人完全占据,我的与朋友们的一切书籍器物已被劫一空,那么,今天又能在成都会见共患难的老友,是何等的快乐呢!衣物,器具,书籍,丢失了有什么关系!我们还有命,还能各守岗位的去忍苦抗敌,这就值得共进一杯酒了!抗战前,我在山东大学也教过书。这次,在华西坝,无意中的也遇到几位山大的老友,"惊喜欲狂"一点也不是过火的形容。一个人的生命,我以为,是一半儿活在朋友中的。假若这句话没有什么错误,我便不能不"因人及地"的喜爱成都了。啊,这里还有几十位文艺界的友人呢!与我的年纪差不多的,如郭子杰,叶圣陶,陈翔鹤,诸先生,握手的时节,不知为何,不由的就彼此先看看头发——都有不少根白的了,比我年纪轻一点的呢,虽然头发不露痕迹,可是也显着削瘦,霜鬓瘦脸本是应该引起悲愁的事,但是,为了抗战而受苦,为了气节而不肯折腰,瘦弱衰老不是很自然的结果么?这真是悲喜俱来,另有一番滋味了!

　　(三)我爱成都,因为它有手有口。先说手,我不爱古玩,第一因为不懂,第二因为没有钱。我不爱洋玩艺,第一因为它们洋气十足,第二因为没有美金。虽不爱古玩与洋东西,但是我喜爱现代的手造的相当美好的小东西。假若我们今天还能制造一些美好的物件,便是表示了我们民族的爱美性与创造力仍然存在,并不逊于古人。中华民族在雕刻,图画,建筑,制铜,造瓷……上都有特殊的天才。这种天才在造几张纸,制两块墨砚,打一张桌子,漆一两个小盒上都随时的表现出来。美的心灵使他们的手巧。我们不应随便丢失了这颗心。因此,我爱现代的手造的美好的东西。北平有许多这样的好东西,如地毯,珐琅,玩具……但是北平还没有成都这样多。成都还存着我们民族的巧手。我绝对不是反对机械,而只是说,我们在大的工业上必须采取西洋方法，在小工业上则须保存我们的手。谁知道这二者有无调谐的可能呢？不过，我想，人类文化的明日，恐怕不是家家造大炮，户户有坦克车，而是要以真理代替武力，以善美代替横暴。果然如此，我们便应想一想是否该把我们的心灵也机械化了吧？次说口：成都人多数健谈。文化高的地方都如此，因为"有"话可讲。但是，这且不在话下。

这次，我听到了川剧，洋琴，与竹琴。川剧的复杂与细腻，在重庆时我已领略了一点。到成都，我才听到真好的川剧。很佩服贾佩之，萧楷成，周企何诸先生的口。我的耳朵不十分笨，连昆曲——听过几次之后——都能哼出一句半句来。可是，已经听过许多次川剧，我依然一句也哼不出。它太复杂，在牌子上，在音域上，恐怕它比任何中国的歌剧都复杂的好多。我希望能用心的去学几句。假若我能哼上几句川剧来，我想，大概就可以不怕学不会任何别的歌唱了。竹琴本很简单，但在贾树三的口中，它变成极难唱的东西。他不轻易放过一个字去，他用气控制着情，他用"抑"逼出"放"，他由细嗓转到粗嗓而没有痕迹。我很希望成都的口，也和它的手一样，能保存下来。我们不应拒绝新的音乐，可也不应把旧的扫灭。恐怕新旧相通，才能产生新的而又是民族的东西来吧。

还有许多话要说，但是很怕越说越没有道理，前边所说的那一点恐怕已经是胡涂话啊！且就这机会谢谢侯宝璋先生给我在他的客室里安了行军床，吴先忧先生领我去看戏与洋琴，"文协"分会会员的招待，与朋友们的赏酒饭吃！

载 1942 年 9 月 23 日《中央日报》

抬头见喜

滇行短记

(一)

总没学会写游记。这次到昆明住了两个半月,依然没学会写游记,最好还是不写。但友人嘱寄短文,并以滇游为题。友情难违;就想起什么写什么。另创一格,则吾岂敢,聊以塞责,颇近似之,惭愧得紧!

(二)

八月二十六日早七时半抵昆明。同行的是罗莘田先生。他是我的幼时同学,现在已成为国内有数的音韵学家。老朋友在久别之后相遇,谈些小时候的事情,都快活得要落泪。

他住昆明青云街靛花巷,所以我也去住在那里。

住在靛花巷的,还有郑毅生先生,汤老先生,袁家骅先生,许宝䯄先生,郁泰然先生。

毅生先生是历史家,我不敢对他谈历史,只能说些笑话,汤老先生是哲学家，精通佛学，我偷偷的读他的晋魏六朝佛教史，没有看懂，因而也就没敢向他老人家请教。家骅先生在西南联大教授英国文学，一天到晚读书，我不敢多打扰他，只在他泡好了茶的时候，搭讪着进去喝一碗，赶紧告退。他的夫人钱晋华女士常来看我。到吃饭的时候每每是大家一同出去吃价钱最便宜的小馆。宝骓先生是统计学家，年轻，瘦瘦的，聪明绝顶。我最不会算术，而他成天的画方程式。他在英国留学毕业后，即留校教书，我想，他的方程式必定画得不错！假若他除了统计学，别无所知，我只好闭口无言，全没办法。可是，他还会唱三百多出昆曲。在昆曲上，他是罗莘田先生与钱晋华女士的"老师"。罗先生学昆曲，是要看看制曲与配乐的关系，属于那声的字容或有一定的谱法，虽腔调万变，而不难找出个作谱的原则。钱女士学昆曲，因为她是个音乐家。我本来学过几句昆曲，到这里也想再学一点。可是，不知怎的一天一天的度过去，天天说拍曲，天天一拍也未拍，只好与许先生约定：到抗战胜利后，一同回北平去学，不但学，而且要彩唱！郁先生在许多别的本事而外，还会烹调。当他有工夫的时候，便作一二样小菜，沽四两市酒，请我喝两杯。这样，靛花巷的学者们的生活，并不寂寞。当他们用功的时候，我就老鼠似的藏在一个小角落里读书或打盹；等他们离开书本的时候，我也就跟着"活跃"起来。

此外，在这里还遇到杨今甫、闻一多、沈从文、卞之琳、陈梦家、朱自清、罗膺中、魏建功、章川岛……诸位文坛老将，好像是到了"文艺之家"。关于这些位先生的事，容我以后随时报告。

（三）

靛花巷是条只有两三人家的小巷，又狭又脏。可是，巷名的雅美，令人欲忘其陋。

昆明的街名，多半美雅。金马碧鸡等用不着说了，就是靛花巷附近的玉龙堆，先生坡，也都令人欣喜。

靛花巷的附近还有翠湖，湖没有北平的三海那么大，那么富丽，可是，据我看：比什刹海要好一些。湖中有荷蒲；岸上有竹树，颇清秀。最有特色的是猪耳菌，成片的开着花。此花叶厚，略似猪耳，在北平，我们管它叫作凤眼兰，状其花也；花瓣上有黑点，像眼珠。叶翠绿，厚而有光；花则粉中带蓝，无论在日光下，还是月光下，都明洁秀美。

云南大学与中法大学都在靛花巷左右，所以湖上总有不少青年男女，或读书，或散步，或划船。昆明很静，这里最静；月明之夕，到此，谁仿佛都不愿出声。

(四)

昆明的建筑最似北平，虽然楼房比北平多，可是墙壁的坚厚，椽柱的雕饰，都似"京派"。

花木则远胜北平。北平讲究种花，但夏天日光过烈，冬天风雪极寒，不易把花养好。昆明终年如春，即使不精心培植，还是到处有花。北平多树，但日久不雨，则叶色如灰，令人不快。昆明的树多且绿，而且树上时有松鼠跳动！入眼浓绿，使人心静，我时时立在楼上远望，老觉得昆明静秀可喜；其实呢，街上的车马并不比别处少。

至于山水，北平也得有愧色，这里，四面是山，滇池五百里——北平的昆明湖才多么一点点呀！山土是红的，草木深绿，绿色盖不住的地方露出几块红来，显出一些什么深厚的力量，教昆明城外到处使人感到一种有力的静美。

四面是山，围着平坝子，稻田万顷。海田之间，相当宽的河堤有许多道，都有几十里长，满种着树木。万顷稻，中间画着深绿的线，虽然没有怎样了不起的特色，可也不是怎的总看着像画图。

（五）

在西南联大讲演了四次。

第一次讲演，闻一多先生作主席。他谦虚的说：大学里总是作研究工作，不容易产出活的文学来……我答以：抗战四年来，文艺写家们发现了许多文艺上的问题，诚恳的去讨论。但是，讨论的第二步，必是研究，否则不易得到结果；而写家们忙于写作，很难静静的坐下去作研究；所以，大学里作研究工作，是必要的，是帮着写家们解决问题的。研究并不是崇古鄙今，而是供给新文艺以有益的参考，使新文艺更坚实起来。譬如说：这两年来，大家都讨论民族形式问题，但讨论的多半是何谓民族形式，与民族形式的源泉何在；至于其中的细腻处，则必非匆匆忙忙的所能道出，而须一项一项的细心研究了。近来，罗莘田先生根据一百首北方俗曲，指出民间诗歌用韵的活泼自由，及十三辙的发展，成为小册。这小册子虽只谈到了民族形式中的一项问题，但是老老实实详详细细的述说，绝非空论。看了这小册子，至少我们会明白十三辙已有相当长久的历史，和它怎样代替了官样的诗韵；至少我们会看出民间文艺的用韵是何等活动，何等大胆——也就增加了我们写作时的勇气。罗先生是音韵学家，可是他的研究结果就能直接有助于文艺的写作，我愿这样的例子一天比一天多起来。

（六）

正是雨季，无法出游。讲演后，即随莘田下乡——龙泉村。村在郊北，距城约二十里，北大文科研究所在此。冯芝生、罗膺中、钱端升、王了一、陈梦家诸教授都在村中住家。教授们上课去，须步行二十里。

研究所有十来位研究生，生活至苦，用工极勤。三餐无肉，只炒点"地蛋"丝当作菜。我既佩服他们苦读的精神，又担心他们的健康。莘田患恶性摆子，几位学生终日伺候他，犹存古时敬师之道，实为难得。

莘田病了，我就写剧本。

（七）

研究所在一个小坡上——村人管它叫"山"。在山上远望，可以看见蟠龙江。快到江外的山坡，一片松林，是黑龙潭。晚上，山坡下的村子都横着一些轻雾；驴马带着铜铃，顺着绿堤，由城内回乡。

冯芝生先生领我去逛黑龙潭，徐旭生先生住在此处。此处有唐梅宋柏；旭老的屋后，两株大桂正开着金黄花。唐梅的干甚粗，但活着的却只有二三细枝——东西老了也并不一定好看。

坐在石凳上，旭老建议：中秋夜，好不好到滇池去看月；包一条小船，带着乐器与酒果，泛海竟夜。商议了半天，毫无结果。（一）船价太贵。（二）走到海边，已须步行二十里，天亮归来，又须走二十里，未免太苦。（三）找不到会玩乐器的朋友。看滇池月，非穷书生所能办到的呀！

（八）

中秋。莘田与我出了点钱，与研究所的学员们过节。吴晓铃先生掌灶，大家帮忙，居然作了不少可口的菜。饭后，在院中赏月，有人唱昆曲。午间，我同两位同学去垂钓，只钓上一二条寸长的小鱼。

（九）

莘田病好了一些。我写完了话剧《大地龙蛇》的前二幕。约了膺中、了一和众研究生，来听我朗读。大家都给了些很好的意见，我开始修改。

对文艺，我实在不懂得什么，就是愿意学习，最快活的，就是写得了一些东西，对朋友们朗读，而后听大家的批评。一个人的脑子，无论怎样的缜密，也不能教作品完全没有漏隙，而旁观者清，不定指出多少窟窿来。

（十）

从文和之琳约上呈贡——他们住在那里，来校上课须坐火车。莘田病刚好，不能陪我去，只好作罢。我继续写剧本。

（十一）

岗头村距城八里，也住着不少的联大的教职员。我去过三次，无论由城里去，还是由龙泉村去，路上都很美。走二三里，在河堤的大树下，或在路旁的小茶馆，休息一下，都使人舍不得走开。

村外的小山上，有涌泉寺，和其他的云南的寺院一样，庭中有很大的梅树和桂树。桂树还有一株开着晚花，满院都是香的。庙后有泉，泉水流到寺外，成为小溪；溪上盛开着秋葵和说不上名儿的香花，随便折几枝，就够插瓶的了。我看到一两个小女学生在溪畔端详哪枝最适于插瓶——涌泉寺里是南菁中学。

在南菁中学对学生说了几句话。我告诉他们：各处缠足的女子怎样在修路，抬土，作着抗建的工作。章川岛先生的小女儿下学后，告诉她爸爸："舒伯伯挖苦了我们的脚！"

（十二）

离龙泉村五六里，为凤鸣山。出上有庙，庙有金殿——一座小殿，全用铜筑。山与庙都没什么好看，倒是遍山青松，十分幽丽。

云南的松柏结果都特别的大。松塔大如菠萝，柏实大如枣。松子几乎代替了瓜子，闲着没事的时候，大家总是买些松子吃着玩，整船的空的松塔运到城中；大概是作燃料用，可是凤鸣山的青松并没有松塔儿，也许是另一种树吧，我叫不上名字来。

（十三）

在龙泉村，听到了古琴。相当大的一个院子，平房五六间。顺着墙，丛丛绿竹。竹前，老梅两株，瘦硬的枝子伸到窗前。巨杏一株，阴遮半院。绿荫下，一案数椅，彭先生弹琴，查先生吹箫；然后，查先生独奏大琴。

在这里，大家几乎忘了一切人世上的烦恼！

这小村多么污浊呀,路多年没有修过,马粪也数月没有扫除过,可是在这有琴音梅影的院子里,大家的心里却发出了香味。

查阜西先生精于古乐。虽然他与我是新识,却一见如故,他的音乐好,为人也好。他有时候也作点诗——即使不作诗,我也要称他为诗人呵!

与他同院住的是陈梦家先生夫妇,梦家现在正研究甲骨文。他的夫人,会几种外国语言,也长于音乐,正和查先生学习古琴。

(十四)

在昆明两月,多半住在乡下,简直的没有看见什么。城内与郊外的名胜几乎都没有看到。战时,古寺名山多被占用;我不便为看山访古而去托人情,连最有名的西山,也没有能去。在城内靛花巷住着的时候,每天我必倚着楼窗远望西山,想象着由山上看滇池,应当是怎样的美丽。山上时有云气往来,昆明人说:"有雨无雨看西山。"山峰被云遮住,有雨,峰还外露,虽别处有云,也不至有多大的雨。此语,相当的灵验。西山,只当了我的阴晴表,真面目如何,恐怕这一生也不会知道了;哪容易再得到游昆明的机会呢!

到城外中法大学去讲演了一次,本来可以顺脚去看筇竹寺的五百罗汉塑像。可是,据说也不能随便进去,况且,又落了雨。

连城内的园通公园也只可游览一半,不过,这一半确乎值得一看。建筑的大方,或较北平的中山公园还好一些;至于石树的幽美,则远胜之,因为中山公园太"平"了。

同查阜西先生逛了一次大观楼。楼在城外湖边,建筑无可观,可是水很美。出城,坐小木船。在稻田中间留出来的水道上慢慢的走。稻穗黄,芦花已白,田坝旁边偶尔还有几穗凤眼兰。远处,万顷碧波,缓动着风帆——到昆阳去的水路。

大观楼在公园内,但美的地方却不在园内,而在园外。园外是滇池,一望无际。湖的气魄,比西湖与颐和园的昆明池都大得多了。在城市附近,有这么一片水,真使人狂喜。湖上可以划船,还有鲜鱼吃。我们没有买舟,也没有吃鱼,只在湖边坐了一会看水。天上白云,远处青山,眼前是一湖秋水,使人连诗也懒得作了。作诗要去思索,可是美景把人心融化在山水风花里,像感觉到一点什么,又好像茫然无所知,恐怕坐湖边的时候就有这种欣悦吧?在此际还要寻词觅字去作诗,也许稍微笨了一点。

(十五)

剧本写完,今年是我个人的倒霉年。春初即患头晕,一直到夏季,几乎连一个字也没有写。没想到,在昆明两月,倒能写成这一点东西——好坏是另一问题,能动笔总是件可喜的事。

(十六)

剧本既已写成,就要离开昆明,多看一些地方。从文与之琳约上呈贡,因为莘田病初好,不敢走路,没有领我去,只好延期。我很想去,一来是听说那里风景很好,二来是要看看之琳写的长篇小说!——已经写了十几万字,还在继续的写。

(十七)

查阜西先生愿陪我去游大理。联大的友人们虽已在昆明二三年,还很少有到过大理的。大家都盼望我俩的计划能实现。于是我们就分头去接洽车子。

有几家商车都答应了给我们座位,我们反倒难于决定坐哪一家的了。最后,决定坐吴晓铃先生介绍的车,因为一行四部卡车,其中的一位司机是他的弟弟。兄弟俩一定教我们坐那部车,而且先请我们吃了饭,吃饭的时候,我笑着说:"这回,司机可教黄鱼给吃了!"

(十八)

一上了滇缅公路,便感到战争的紧张;在那静静的昆明城里,除了有空袭的时候,仿佛并没有什么战争与患难的存在。在我所走过的公路中,要算滇缅公路最忙了,车,车,车,来的,去的,走着的,停着的,大的,小的,到处都是车!我们所坐的车子是商车,这种车子可以搭一两个客,客人按公路交通车车价十分之二买票。短途搭脚的客人,只乘三五十里,不经过检查站,便无须打票,而作黄鱼;这是司机者的一笔"外找"。官车有押车的人,黄鱼不易上去;这批买卖多半归商车作。商车的司机薪水既高,公物安全的到达,还有奖金;薪水与奖金凑起来,已近千元,此外且有外找,差不多一月可以拿到两三千元。因为入款多,所以他们开车极仔细可靠。同时,他们也敢享受。公家车了的司机待遇没有这么高;而到处物价都以商车司机的阔气为标准,所以他们开车便理直气壮。据说,不久的将来,沿途都要为司机们设立招待所,以低廉的取价,供给他们相当舒适的食宿,使他们能饱食安眠,得到一些安慰。我希望这计划能早早实现!

第一天,到晚八时余,我们才走了六十三公里!我们这四部车没有押车的,因为押车的既没法约束司机,跟来是自讨无趣,而且时时耽误了工夫——与司机冲突,则车不能动——到时候交不上货去。

押车员的地位，被司机的班长代替了，而这位班长绝对没有办事的能力。已走出二十公里，他忘记了交货证；回城去取。又走了数里，他才想起，没有带来机油，再回去取来！商车，假若车主不是司机出身，只有赔钱！

六十三公里的地方，有一家小饭馆，一位广东老人，不会说云南话，也不会说任何异于广东话的言语，作着生意。我很替他着急，他却从从容容的把生意作了；广东人的精神！

没有旅馆，我们住在一家人家里。房子很大，院中极脏。又赶上落了一阵雨，到处是烂泥，不幸而滑倒，也许跌到粪堆里去。

(十九)

第二天一早动身，过羊老哨，开始领略出滇缅路的艰险。司机介绍，从此到下关，最险的是圾山坡和天子庙，一上一下都有二十多公里。不过，这样远都是小坡，真正危险的地方还须过下关才能看到；有的地方，一上要一整天，一下又要一整天！

山高弯急，比川陕与西兰公路都更险恶。说到这里，也就难怪司机们要享受一点了，这是玩命的事啊！我们的司机，真谨慎：见迎面来车，马上停住让路；听后面有响声，又立刻停住让路；虽然他开车的技巧很好，可是一点也不敢大意。遇到大坡，车子一步一哼，不肯上去，他探着身（他的身量不高），连眼皮似乎都不敢眨一眨。我看得出来，到下午三四点钟的时候，他已经有点支持不住了。

在禄丰打尖，开铺子的也多是广东人。县城距公路还有二三里路，没有工夫去看。打尖的地方是在公路旁新辟的街上。晚上宿在镇南城外一家新开的旅舍里，什么设备也没有，可是住满了人。

（二十）

第三天经过圾山坡及天子庙两处险坡。终日在山中盘旋。山连山，看不见村落人烟。有的地方，松柏成林；有的地方，却没有多少树木。可是，没有树的地方，也是绿的，不像北方大山那样荒凉。山大都没有奇峰，但浓翠可喜；白云在天上轻移，更教青山明媚。高处并不冷，加以车子越走越热，反倒要脱去外衣了。

晚上九点，才到下关车站。几乎找不到饭吃，因为照规矩须在日落以前赶到，迟到的便不容易找到东西吃了。下关在高处，车子都停在车站。站上的旅舍饭馆差不多都是新开的，既无完好的设备，价钱又高，表示出"专为赚钱，不管别的"的心理。

公路局设有招待所，相当的洁净，可是很难有空房。我们下了一家小旅舍，门外没有灯，门内却有一道臭沟，一进门我就掉在沟里！楼上一间大屋，设床十数架，头尾相连，每床收钱三元。客人们要有两人交谈的，大家便都需陪着不睡，因为都在一间屋子里。

这样的旅舍要三元一铺，吃饭呢，至少须花十元以上，才能吃饱。司机者的花费，即使是绝对规规矩矩，一天也要三四十元咧。

（二十一）

下关的风，上关的花，苍山的雪，洱海的月，为大理四景。据说下关的风虽多，而不进屋子。我们没遇上风，不知真假。我想，不进屋子的风恐怕不会有，也许是因这一带多地震，墙壁都造得特别厚，所以屋中不大受风的威胁吧。

早晨，车子都开了走，下关便很冷静；等到下午五六点钟的时候，车子都停下，就又热闹起来。我们既不愿白日在旅馆里呆坐，也不喜晚间的嘈杂，便马上决定到喜洲镇去。

由下关到大理是三十里，由大理到喜洲镇还有四十五里。看苍山，以在大理为宜；可是喜洲镇有我们的朋友，所以决定先到那里去。我们雇了两乘滑竿。

这里抬滑竿的多数是四川人。本地人是不愿卖苦力气的。

离开车站，一拐弯便是下关。小小的一座城，在洱海的这一端，城内没有什么可看的。穿出城，右手是洱海，左手是苍山，风景相当的美。可惜，苍山上并没有雪；按轿夫说，是几天没下雨，故山上没有雪，——地上落雨，山上就落雪，四季皆然。

到处都有流水，是由苍山流下的雪水。缺雨的时候，即以雪水灌田，但是须向山上的人购买；钱到，水便流过来。

沿路看到整齐坚固的房子，一来是因为防备地震，二来是石头方便。

在大理城内打尖。长条的一座城，有许多家卖大理石的铺子。铺店的牌匾也有用大理石作的，圆圆的石块，嵌在红木上，非常的雅致。城中看不出怎样富庶，也没有多少很体面的建筑，但是在晴和的阳光下，大家从从容容的作着事情，使人感到安全静美。谁能想到，这就是杜文秀抵抗清兵十八年的地方啊！

太阳快落了，才看到喜洲镇。在路上，被日光晒得出了汗；现在，太阳刚被山峰遮住，就感到凉意。据说，云南的天气是一岁中的变化少，一月中的变化多。

（二十二）

洱海并不像我们想象的那么美。海长百里，宽二十里，是一个长条儿,长而狭便一览无余,缺乏幽远或苍茫之气;它像一条河,不像湖。还有,它的四面都是山,可是山——特别是紧靠湖岸的——都不很秀,都没有多少树木。这样,眼睛看到湖的彼岸,接着就是些平平的山坡了;湖的气势立即消散,不能使人凝眸伫视——它不成为景!

湖上的渔帆也不多。

喜洲镇却是个奇迹。我想不起,在国内什么偏僻的地方,见过这么体面的市镇,远远的就看见几所楼房,孤立在镇外,看样子必是一所大学校。我心中暗喜;到喜洲来,原为访在华中大学的朋友们;假若华中大学有这么阔气的楼房,我与查先生便可以舒舒服服的过几天了。及仔细一打听,才知道那是五台中学,地方上士绅捐资建筑的,花费了一百多万,学校正对着五台高峰,故以五台名。

一百多万!是的,这里的确有出一百多万的能力。看,镇外的牌坊,高大,美丽,通体是大理石的,而且不止一座呀!

进到镇里,仿佛是到了英国的剑桥,街旁到处流着活水:一出门,便可以洗菜洗衣,而污浊立刻随流而逝。街道很整齐,商店很多。有图书馆,馆前立着大理石的牌坊,字是贴金的!有警察局。有像王宫似的深宅大院,都是雕梁画柱。有许多祠堂,也都金碧辉煌。

不到一里,便是洱海。不到五六里便是高山。山水之间有这样的一个镇市,真是世外桃源啊!

(二十三)

华中大学却在文庙和一所祠堂里。房屋又不够用,有的课室只像卖香烟的小棚子。足以傲人的,是学校有电灯。校车停驶,即利用车中的马达磨电。据说,当电灯初放光明的时节,乡人们"不远千里而来""观光"。用不着细说,学校中一切的设备,都可以拿这样的电灯作象征——设尽方法，克服困难。

　　教师们都分住在镇内，生活虽苦，却有好房子住。至不济，还可以租住阔人们的祠堂——即连壁上都嵌着大理石的祠堂。

　　四年前，我离家南下，到武汉便住在华中大学。隔别三载，朋友们却又在喜洲相见，是多么快活的事呀！住了四天，天天有人请吃鱼：洱海的鱼拿到市上还欢跳着。"留神破产呀！"客人发出警告。可是主人们说："谁能想到你会来呢?！破产也要痛快一下呀！"

　　我给学生们讲演了三个晚上，查先生讲了一次。五台中学也约去讲演，我很怕小学生们不懂我的言语，因为学生们里有的是讲民家话的。民家话属于哪一语言系统，语言学家们还正在讨论中。在大理城中，人们讲官话，城外便要说民家话了。到城里作事和卖东西的，多数的人只能以官话讲价钱，和说眼前的东西的名称，其余的便说不上来了。所谓"民家"者，对官家军人而言，大概在明代南征的时候，官吏与军人被称为官家与军家，而原来的居民便成了民家。

　　民家人是谁？民家语是属于哪一系统？都有人正在研究。民家人的风俗、神话、历史，也都有研究的价值。云南是学术研究的宝地，人文而外，就单以植物而言，也是兼有温带与寒带的花木啊。

（二十四）

　　游了一回洱海，可惜不是月夜。湖边有不少稻田，也有小小的村落。阔人们在海中建起别墅别有天地。这些人是不是发国难财的，就不得而知了。

　　也游了一次山，山上到处响着溪水，东一个西一个的好多水磨。水比山还好看！苍山的积雪化为清溪，水浅绿，随处在石块左右，翻起白花，水的声色，有点像瑞士的。

山上有罗刹阁。菩萨化为老人,降伏了恶魔罗刹父子,压于宝塔之下。这类的传说,显然是佛教与本土的神话混合而成的。经过分析,也许能找出原来的宗教信仰,与佛教输入的情形。

(二十五)

此地,妇女们似乎比男人更能干。在田里下力的是妇女,在场上卖东西的是妇女,在路上担负粮柴的也是妇女。妇女,据说,可以养着丈夫,而丈夫可以在家中安闲的享福。

妇女的装束略同汉人,但喜戴些零七八碎的小装饰。很穷的小姑娘老太婆,尽管衣裙破旧,也戴着手镯。草帽子必缀上两根红绿的绸带。她们多数是大足,但鞋尖极长极瘦,鞋后跟钉着一块花布,表示出也近乎缠足的意思。

听说她们很会唱歌,但是我没有听见一声。

(二十六)

由喜洲回下关,并没在大理停住,虽然华中的友人给了我们介绍信,在大理可以找到住处。大理是游苍山的最合适的地方。我们所以直接回下关者,一来因为不愿多打扰生朋友,二来是车子不好找,须早为下手。

回到下关,范会连先生来访,并领我们去洗温泉。云南这一带温泉很多,而且水很热。我们洗澡的地方,安有冷水管,假若全用泉水,便热得下不去脚了。泉下,一个很险要的地方,两面是山,中间是水,有一块碑,刻着汉诸葛武侯擒孟获处。碑是光绪年间立的,不知以前有没有?

范先生说有小车子回昆明，教我们乘搭。在这以前，我们已交涉好滇缅路交通车，即赶紧辞退，可是，路局的人员约我去演讲一次。他们的办公处，在湖边上，一出门便看见山水之胜。小小的一个俱乐部，里面有些书籍。职员之中，有些很爱好文艺的青年。他们还在下关演过话剧。他们的困难是找不到合适的剧本。他们的人少，服装道具也不易置办，而得到的剧本，总嫌用人太多，场面太多，无法演出。他们的困难，我想，恐怕也是各地方的热心戏剧宣传者的困难吧，写剧的人似乎应当注意及此。

讲演的时候，门外都站满了人。他们不易得到新书，也不易听到什么，有朋自远方来，当然使他们兴奋。

在下关旅舍里，遇见一位新由仰光回来的青年，他告诉我：海外是怎样的需要文艺宣传。有位"常任侠"——不是中大的教授——声言要在仰光等处演戏，需钱去接来演员。演员们始终没来一个，而常君自己已骗到手十多万！

（二十七）

小车子一天赶了四百多公里，早六时半出发，晚五时就开到了昆明。

预备作两件事：一件是看看滇戏，一件是上呈贡。滇戏没看到，因为空袭的关系，已很久没有彩唱，而只有"坐打"。呈贡也没去成。预定十一月十四日起身回渝，十号左右可去呈贡，可是忽然得到通知，十号可以走，破坏了预定计划。

十日，恋恋不舍的辞别了众朋友。

载 1941 年 11 月 22 日至 1942 年 1 月 7 日《扫荡报》

春来忆广州

我爱花。因气候、水土等等关系，在北京养花，颇为不易。冬天冷，院里无法摆花，只好都搬到屋里来。每到冬季，我的屋里总是花比人多。形势逼人！屋中养花，有如笼中养鸟，即使用心调护，也养不出个样子来。除非特建花室，实在无法解决问题。我的小院里，又无隙地可建花室！

一看到屋中那些半病的花草，我就立刻想起美丽的广州来。去年春节后，我不是到广州住了一个月吗？哎呀，真是了不起的好地方！人极热情，花似乎也热情！大街小巷，院里墙头，百花齐放，欢迎客人，真是"交友看花在广州"啊！

在广州，对着我的屋门便是一株象牙红，高与楼齐，盛开着一丛丛红艳夺目的花儿，而且经常有些很小的小鸟，钻进那朱红的小"象牙"里，如蜂采蜜。真美！只要一有空儿，我便坐在阶前，看那些花与小鸟。在家里，我也有一棵象牙红，可是高不及三尺，而且是种在盆子里。它入秋即放假休息，入冬便睡大觉，且久久不醒，直到端阳左右，它才开几朵先天不足的小花，绝对没有那种秀气的小鸟作伴！现在，它正在屋角打盹，也许跟我一样，正想念它的故乡广东吧？

春天到来，我的花草还是不易安排：早些移出去吧，怕风霜侵犯；不搬出去吧，又都发出细条嫩叶，很不健康。这种细条子不会长出花来。看着真令人焦心！

好容易盼到夏天，花盆都运至院中，可还不完全顺利。院小，不透风，许多花儿便生了病。特别由南方来的那些，如白玉兰、栀子、茉莉、小金桔、茶花……也不怎么就叶落枝枯，悄悄死去。因此，我打定主意，在买来这些比较娇贵的花儿之时，就认为它们不能长寿，尽到我的心，而又不作幻想，以免枯死的时候落泪伤神。同时，也多种些叫它死也不肯死的花草，如夹竹桃之类，以期老有些花儿看。

夏天，北京的阳光过暴，而且不下雨则已，一下就是倾盆倒海而来，势不可挡，也不利于花草的生长。

秋天较好。可是忽然一阵冷风，无法预防，娇嫩些的花儿就受了重伤。于是，全家动员，七手八脚，往屋里搬呀！各屋里都挤满了花盆，人们出来进去都须留神，以免绊倒！

真羡慕广州的朋友们，院里院外，四季有花，而且是多么出色的花呀！白玉兰高达数丈，干子比我的腰还粗！英雄气概的木棉，昂首天外，开满大红花，何等气势！就连普通的花儿，四季海棠与绣球什么的，也特别壮实，叶茂花繁，花小而气魄不小！看，在冬天，窗外还有结实累累的木瓜呀！真没法儿比！一想起花木，也就更想念朋友们！朋友们，快作几首诗来吧，你们的环境是充满了诗意的呀！

春节到了，朋友们，祝你们花好月圆人长寿，新春愉快，工作胜利！

载 1963 年 1 月 25 日《羊城晚报》

八方风雨

一 前奏

虽然用了个颇像小说或剧本的名字的标题——八方风雨——这却不是小说，也不是剧本，而是在八年抗战中，我的生活的简单纪实。它不是日记，因为我的日记已有一部分被敌人的炸弹烧毁在重庆，无法照抄下来，而且，即使它还全部在我手中，它是那么简单无趣，也不值得印出来。所以，凭着记忆与还保存着的几页日记，我想大概的，简单扼要的，把八年的生活有话即长，无话即短的写下来。我希望它既能给我自己留下一点生命旅程中的印迹，同时也教别离八载的亲友得到我一些消息，省得逐一的在口头或书面上报告。此外，别无什么伟大的企图。在抗战前，我是平凡的人，抗战后，仍然是个平凡的人。那也就可见，我并没有乘着能够混水摸鱼的时候，发点财，或作了官；不，我不单没有摸到鱼，连小虾也未曾捞住一个。那么，腾达显贵与金玉满堂假若是"伟大"的小注儿，我这里所记录的未免就显着十分寒碜了。我必定要这么先声明一下，否则教亲友们看了伤心，倒怪不大好意思的。简言之,这是一个平凡人的平凡生活报告。假若有人喜欢读惊奇,浪漫,不平凡的故事,那我就应该另写一部传奇,而其中的主角也就一定不是我自己了。

所谓,"八方风雨"者,因此,并不是说我曾东讨西征,威风凛凛,也非私下港沪,或飞到缅甸,去弄些奇珍异宝,而后潜入后方,待价而沽。没有,这些事我都没有作过。我只有一枝笔。这枝笔是我的本钱,也是我的抗敌的武器。我不肯,也不应该,放弃了它,而去另找出路。于是,我由青岛跑到济南,由济南跑到武汉,而后跑到重庆。由重庆,我曾到洛阳,西安,兰州,青海,绥远去游荡,到川东川西和昆明大理去观光。到处,我老拿着我的笔。风把我的破帽子吹落在沙漠上,雨打湿了我的瘦小的铺盖卷儿;比风雨更厉害的是多少次敌人的炸弹落在我的附近,用沙土把我埋了半截。这,是流亡,是酸苦,是贫寒,是兴奋,是抗敌,也就是"八方风雨"。

二 开始流亡

直到二十六年十一月中旬,我还没有离开济南。第一,我不知道上哪里去好:回老家北平吧,道路不通;而且北平已陷入敌手,我曾函劝诸友逃出来,我自己怎能去自投罗网呢?到上海去吧,沪上的友人又告诉我不要去,我只好"按兵不动"。第二,从泰安到徐州,火车时常遭受敌机的轰炸,而我的幼女才不满三个月,大的孩子也不过四岁,实在不便去冒险。第三,我独自逃亡吧,把家属留在济南,于心不忍;全家走吧,既麻烦又危险。这是最凄凉的日子。齐鲁大学的学生已都走完,教员也走了多一半。那么大的院子,只剩下我们几家人。每天,只要是晴天,必有警报:上午八点开始,到下午四五点钟才解除。院里静寂得可怕:卖青菜,卖果子的都已不再来,而一群群的失了主人的猫狗都跑来乞饭吃。

我着急,而毫无办法。战事的消息越来越坏,我怕城市会忽然的被敌人包围住,而我作了俘虏。死亡事小,假若我被他捉去而被逼着作汉奸,怎么办呢?这点恐惧,日夜在我心中盘旋。是的,我在济南,没有财产,没有银钱;敌人进来,我也许受不了多大的损失。但是,一个读书人最珍贵的东西是他的一点气节。我不能等待敌人进来,把我的那点珍宝劫夺了去。我必须赶紧出走。

几次我把一只小皮箱打点好,几次我又把它打开。看一看痴儿弱女,我实不忍独自逃走。这情形,在我到了武汉的时候,我还不能忘记,而且写出一首诗来:

   弱女痴儿不解哀,牵衣问父去何来?
   话因伤别潜成泪,血若停流定是灰。
   已见乡关沦水火,更堪江海逐风雷;
   徘徊未忍道珍重,暮雁声低切切催。

可是,我终于提起了小箱,走出了家门。那是十一月十五日的黄昏。在将要吃晚饭的时候,天上起了一道红闪,紧接着是一声震动天地的爆炸。三个红闪,爆炸了三声。这是——当时并没有人知道——我们的军队破坏黄河铁桥。铁桥距我的住处有十多里路,可是我的院中树木都被震得叶如雨下。

立刻,全市的铺户都上了门,街上几乎断绝了行人。大家以为敌人已到了城外。我抚摸了两下孩子们的头,提起小箱极快的走出去。我不能再迟疑,不能不下狠心:稍一踟蹰,我就会放下箱子,不能迈步了。

同时,我也知道不一定能走,所以我的临别的末一句话是:"到车站看看有车没有,没有车就马上回来!"在我的心里,我切盼有车,宁愿在中途被炸死,也不甘心坐待敌人捉去我。同时我也愿车已不通,好折回来跟家人共患难。这两个不同的盼望在我心中交战,使我反倒忘了苦痛。我已主张不了什么,走与不走全凭火车替我决定。

在路上,我找到一位朋友,请他陪我到车站去,假若我能走,好托他照应着家中。

车站上居然还卖票。路上很静,车站上却人山人海。挤到票房,我买了一张到徐州的车票。八点,车入了站,连车顶上已坐满了人。我有票,而上不去车。

生平不善争夺抢挤。不管是名,利,减价的货物,还是车位,船位,还有电影票,我都不会把别人推开而伸出自己的手去。看看车子看看手中的票,我对友人说:"算了吧,明天再说吧!"

友人主张再等一等。等来等去,已经快十一点了,车子还不开,我也上不去。我又要回家。友人代我打定了主意:"假若能走,你还是走了好!"他去敲了敲末一间车的窗。窗子打开,一个茶役问了声:"干什么?"友人递过去两块钱,只说了一句话:"一个人,一个小箱。"茶役点了头,先接过去箱子,然后拉我的肩。友人托了我一把,我钻入了车中,我的脚还没落稳,车里的人——都是士兵——便连喊:"出去!出去!没有地方。"好容易立稳了脚,我说了声:我已买了票。大家看着我,也不怎么没再说什么。我告诉窗外的友人:"请回吧!明天早晨请告诉家里一声,我已上了车!"友人向我招了招手。

没有地方坐,我把小箱竖立在一辆自行车的旁边,然后用脚,用身子,用客气,用全身的感觉,扩充我的地盘。最后,我蹲在小箱旁边。又待了一会儿,我由蹲而坐,坐在了地上,下颏恰好放在自行车的坐垫上——那个三角形的,皮的东西。我只能这么坐着,不能改换姿式,因为四面八方都挤满了东西与人,恰好把我镶嵌在那里。

车中有不少军火,我心里说:"一有警报,才热闹!只要一个枪弹打进来,车里就会爆炸;我,箱子,自行车,全会飞到天上去。"

同时，我猜想着，三个小孩大概都已睡去，妻独自还没睡，等着我也许回去！这个猜想可是不很正确。后来得到家信，才知道两个大孩子都不肯睡，他们知道爸走了，一会儿一问妈：爸上哪儿去了呢？

夜里一点才开车，天亮到了泰安。我仍维持着原来的姿式坐着，看不见外边。我问了声："同志，外边是阴天，还是晴天？"回答是："阴天。"感谢上帝！北方的初冬轻易不阴天下雨，我赶的真巧！由泰安再开车，下起细雨来。

晚七点到了徐州。一天一夜没有吃什么，见着石头仿佛都愿意去啃两口。头一眼，我看见了个卖干饼子的，拿过来就是一口。我差点儿噎死。一边打着嗝儿，我一边去买郑州的票。我上了绿钢车。站中，来的去的全是军车，只有这绿钢车，安闲的，漂亮的，停在那里，好像"战地之花"似的。

到郑州，我给家中与汉口朋友打了电报，而后歇了一夜。

到了汉口，我的朋友白君刚刚接到我的电报。他把我接到他的家中去。这是二十六年十一月十八日。从这一天起，我开始过流亡的生活。到今天——三十四年十二月四日——已整整八年了。

三　在武昌

离开家里，我手里拿了五十块钱。回想起来，那时候的五十元钱有多么大的用处呀！它使我由济南走到汉口，而还有余钱送给白太太一件衣料——白君新结的婚。

白君是我中学时代的同学。在武汉，还另有两位同学，朱君与蔡君。不久，我就看到了他们。蔡君还送给我一件大衣。

住处有了，衣服有了，朋友有了："我将干些什么呢？"这好决定。我既敢只拿着五十元钱出来，我就必是相信自己有挣饭吃的本领。

我的资本就是我自己。只要我不偷懒，勤动着我的笔，我就有饭吃。

在汉口，我第一篇文章是给《大公报》写的。紧紧跟着，又有好几位朋友约我写稿。好啦，我的生活可以不成问题了。

倒是继续住在汉口呢？还是另到别处去呢？使我拿不定主意。二十一日，国府明令移都重庆。二十二日，苏州失守。武汉的人心极度不安。大家的不安，也自然的影响到我。我的行李简单，"货物"轻巧，而且喜欢多看些新的地方，所以我愿意再走。

我打电报给赵水澄兄，他回电欢迎我到长沙去。可是武汉的友人们都不愿我刚刚来到，就又离开他们；我是善交友的人，也就犹豫不决。

在武昌的华中大学，还有我一位好友，游泽丞教授。他不单不准我走，而且把自己的屋子与床铺都让给我，教我去住。他的寓所是在云架桥——多么美的地名！——地方安静，饭食也好，还有不少的书籍。以武昌与汉口相较，我本来就欢喜武昌，因为武昌像个静静的中国城市，而汉口是不中不西的乌烟瘴气的码头。云架桥呢，又是武昌最清静的所在，所以我决定搬了去。

游先生还另有打算。假若时局不太坏，学校还不至于停课，他很愿意约我在华中教几点钟书。

可是，我第一次到华中参观去，便遇上了空袭，这时候，武汉的防空设备都极简陋。汉口的巷子里多数架起木头，上堆沙包。一个轻量的炸弹也会把木架打垮，而沙包足以压死人。比这更简单的是往租界里跑。租界里连木架沙包也没有，可是大家猜测着日本人还不至于轰炸租界——这是心理的防空法。武昌呢，有些地方挖了地洞，里边用木头撑住，上覆沙袋，这和汉口的办法一样不安全。有的人呢，一有警报便往蛇山上跑，藏在树林里边。这，只须机枪一扫射，便要损失许多人。

华中更好了，什么也没有。我和朋友们便藏在图书馆的地窖里。摩仿，使日本人吃了大亏。假若日本人不必等德国的猛袭波兰与伦敦，就已想到一下子把军事或政治或工业的中心炸得一干二净，我与我的许多朋友或者早已都死在武汉了。可是，日本人那时候只派几架，至多不过二三十架飞机来。他们不猛袭，我们也就把空袭不放在心上。在地窖里，我们还觉得怪安全呢。

不久，何容，老向与望云诸兄也都来到武昌千家街①福音堂。冯先生和朋友们都欢迎我们到千家街去。那里，地方也很清静，而且有个相当大的院子。何容与老向打算编个通俗的刊物；我去呢，也好帮他们一点忙。于是我就由云架桥搬到千家街，而慢慢忘了到长沙去的事。流亡中，本来是到处为家，有朋友的地方便可以小住；我就这么在武昌住下去。

四　略谈三镇

把个小一点的南京，和一个小一点的上海，搬拢在一处，放在江的两岸，便是武汉。武昌很静，而且容易认识——有那条像城的脊背似的蛇山，很难迷失了方向。汉口差不多和上海一样的嘈杂混乱，而没有上海的忙中有静，和上海的那点文化事业与气氛。它纯粹的是个商埠，在北平，济南，青岛住惯了，我连上海都不大喜欢，更不用说汉口了。

在今天想起来，汉口几乎没有给我留下任何印象。虽然武昌的黄鹤楼是那么奇丑的东西，虽然武昌也没有多少美丽的地方，可是我到底还没完全忘记了它。在蛇山的梅林外吃茶，在珞珈山下荡船，在华

---

① 应为千户街。

中大学的校园里散步，都使我感到舒适高兴。

特别值得留恋的是武昌的老天成酒店。这是老字号。掌柜与多数的伙计都是河北人。我们认了乡亲。每次路过那里，我都得到最亲热的招呼，而他们的驰名的二锅头与碧醇是永远管我喝够的。

汉阳虽然又小又脏，却有古迹：归元寺、鹦鹉洲、琴台、鲁肃墓，都在那里。这些古迹，除了归元寺还整齐，其他的都破烂不堪，使人看了伤心。

汉阳的兵工厂是有历史的。它给武汉三镇招来不少次的空袭，它自己也受了很多的炸弹。

武汉的天气也不令人喜爱。冬天很冷，有时候下很厚的雪。夏天极热，使人无处躲藏。武昌，因为空旷一些，还有时候来一阵风。汉口，整个的像个大火炉子。树木很少，屋子紧接着屋子，除了街道没有空地。毒花花的阳光射在光光的柏油路上，令人望而生畏。

越热，蚊子越多。在千家街的一间屋子里，我曾在傍晚的时候，守着一大扇玻璃窗。在窗上，我打碎了三本刊物，击落了几百架小飞机。

蜈蚣也很多，很可怕。在褥下，箱子下，枕下，我都洒了雄黄；虽然不准知道，这是否确能避除毒虫，可是有了这点设施，我到底能睡得安稳一些。有一天，一撕一个小的邮卷，哼，里面跳出一条蜈蚣来！

提到饮食，武汉并没有什么特殊的东西。除了珍珠丸子一类的几种蒸菜而外，烹调的风格都近似江苏馆子的——什么菜都加点烩粉与糖，既不特别的好吃，也不太难吃。至于烧卖里面放糯米，真是与北方老粗故意为难了！

五　写鼓词

当我还在济南的时候，因时局的紧张，与宣传的重要，我已经想利用民间的文艺形式。我曾随着热心宣传抗战的青年们去看白云鹏与张小轩两先生，讨论鼓书的作法。

在汉口，我遇见了富少舫（山药旦）先生，董莲枝女士，和她的丈夫郑先生。这三位，都能读书写字，他们的爱国心也自然比一般的艺员更丰富。他们的眼睛不完全看着生意。只要有人供给他们新词儿，他们就肯下工夫去琢磨腔调，去背诵，去演唱，即使因此而影响到生意（都市中有闲的人们，既不喜新词儿，又不喜接受宣传），他们也不管。他们以为能在生意之外，多尽些宣传的责任，是他们的光荣。

和他们认识之后，我便开始写鼓词。

这时候，冯先生正请几位画家给画大张的抗战宣传画，以便放在街上，照着"拉大片"——一名西湖景——的办法，教民众们看。这需要一些韵语，去说明图画，我也就照着"看了一篇又一篇，十冬腊月好冷天"的套子，给每张作一首歌儿。

在战争中，大炮有用，刺刀也有用，同样的，在抗战中，写小说戏剧有用，写鼓词小曲也有用。我的笔须是炮，也须是刺刀。我不管什么是大手笔，什么是小手笔；只要是有实际的功用与效果的，我就肯去学习，去试作。我以为，在抗战中，我不仅应当是个作者，也应当是个最关心战争的国民；我是个国民，我就该尽力于抗敌；我不会放枪，好，让我用笔代替枪吧。既愿以笔代枪，那就写什么都好；我不应因写了鼓词与小曲而觉得有失身分。

在冯先生那里，还来了三位避难的唱河南坠子的。他们都是男人，都会拉会唱。他们都是在河南乡间的集市上唱书的，所以他们需要长的歌词，一段至少也得够唱半天的。我向他们领教了坠子的句法，就开始写一大段抗战的故事，一共写了三千多句。他们都是河南人，所以在他们的书词里有好多好多河南土语。他们的用韵也以乡音为准，譬如"叔"可以押"楼"，因为他们的"叔"读如北平的"熟"。我是北平人，只会用北平的俗语；于是，我虽力求通俗，可是有许多用语与词汇不是他们所能了解的。由这点经验，我晓得了通俗文艺若失去它的地方性，无论在言语上，还是在趣味上，它就必定也失去它的活跃与感动力。因此，我觉得民间的精神食粮，应当用一个地方的言语写下来，而后由各地方去翻译成各地方的土语；它的故事与趣味也照各地方的所需，酌量增减改动，才能保存它的文艺性。反之，若仅用死板的，没有生气的官话写出，则尽管各地方的人可以勉强听懂，也不会有多大的感动力量。

这三千多句长的一段韵文，可惜，已找不到了底稿。可是，我确知道那三位唱坠子的先生已把它背诵得飞熟，并且上了弦板。说不定，他们会真在民间去唱过呢——他们在武汉危急的时候，返回了故乡。

六 组织"文协"

文人们仿佛忽然集合到武汉。我天天可以遇到新的文友。我一向住在北方，又不爱到上海去，所以我认识的文艺界的朋友并不很多，戏剧界的名家，我简直一个也不熟识。现在，我有机会和他们见面了。

郭沫若，茅盾，胡风，冯乃超，艾芜，鲁彦，郁达夫，诸位先生，都遇到了。此外，还遇到戏剧界的阳翰笙，宋之的诸位先生，和好多位名导演与名艺员。

朋友们见面，不约而同的都想组织全国文艺界抗敌协会，以便团结到一处，共同努力于抗敌的文艺。我不是好事喜动的人，可是大家既约我参加，我也不便辞谢。于是，我就参加了筹备工作。

筹备得相当的快。到转过年三月二十七日成立大会便开成了。文人，在平日似乎有点吊儿郎当，赶到遇到要事正事，他们会干得很起劲，很紧张。文艺协会的筹备期间并没有一个钱，可是大家肯掏腰包，肯跑路，肯车马自备。就凭着这一点齐心努力的精神，大家把会开成，而且开得很体面。

这是，一点也不夸大，历史上少见的一件事。谁曾见过几百位写家坐在一处，没有一点成见与隔膜，而都想携起手来，立定了脚步，集中了力量，勇敢的、亲热的、一心一德的，成为笔的铁军呢？

大会是在商会里开的，连写家带来宾到了七八百人。主席是邵力子先生。这位老先生是"文协"首次大会的主席，也是后来历届年会的主席。上午在商会开会。中午在普海春聚餐；饭后即在普海春继续开会，讨论会章并选举理事。真热闹，也真热烈。有的人登在凳子上宣传大会的宣言，有的人朗读致外国作家的英文与法文信。可是警报器响了，空袭！谁也没有动，还照旧的开会。普海春不在租界，我们不管。一个炸弹就可以打死大一半的中国作家，我们不管。

紧急警报！我们还是不动。高射炮响了。听到了敌机的声音。我们还继续开会。投弹了。二十七架敌机，炸汉阳。

解除警报，我们正在选举。五点多钟散会，可是被推为检票——我也是一个——及监票的，还须继续工作。我们一直干到深夜。选举的结果，正是大家所期望的——不分党派，不管对文艺的主张如何，而只管团结与抗战。就我所记得的，邵力子，郭沫若，茅盾，胡风，冯乃超，郁达夫，姚蓬子，楼适夷，王平陵，陈西滢，张恨水，老向，诸位先生都当选。只就这几位说，就可以看出他们代表的方面有多广，而绝对没有一点谁要包办与把持的痕迹。

第一次理事会是在冯先生那里开的。会里没有钱，无法预备茶饭，所以大家硬派冯先生请客。冯先生非常的高兴，给大家预备了顶丰富，顶实惠的饮食。理事都到会，没有请假的。开会的时候，张善子画师"闻风而至"，愿作会员。大家告诉他："这是文艺界协会，不是美术协会。"可是，他却另有个解释："文艺就是文与艺术。"虽然这是个曲解，大家可不再好意思拒绝他，他就作了"文协"的会员。

后来，善子先生给我画了一张顶精致的扇面——秋山上立着一只工笔的黑虎。为这个扇面，我特意过江到荣宝斋，花了五元钱，配了一副扇骨。荣宝斋的人们也承认那是杰作。那一面，我求丰子恺给写了字。可惜，第一次拿出去，便丢失在洋车上，使我心中难过了好几天。

我被推举为常务理事，并须担任总务组组长。我愿作常务理事，而力辞总务组组长。"文协"的组织里，没有会长或理事长。在拟定章程的时候，大家愿意教它显出点民主的精神，所以只规定了常务理事分担各组组长，而不愿有个总头目。因此，总务组组长，事实上，就是对外的代表，和理事长差不多。我不愿负起这个重任。我知道自己在文艺界的资望既不够，而且没有办事的能力。

可是，大家无论如何不准我推辞，甚至有人声明，假若我辞总务，他们也就不干了。为怕弄成僵局，我只好点了头。

七 抗战文艺

这一来不要紧，我可就年年的连任，整整作了七年。

上长沙或别处的计划，连想也不再想了。"文协"的事务把我困在了武汉。

"文协"的"打炮"工作是刊行会刊。这又作得很快。大家凑了点钱，凑了点文章，就在五月四日发刊了《抗战文艺》。这个日子选得好。"五四"是新文艺的生日,现在又变成了《抗战文艺》的生日。新文艺假若是社会革命的武器,现在它变成了民族革命抵御侵略的武器。

《抗战文艺》最初是三日刊。不行,这太紧促。于是,出到五期就改了周刊。最热心的是姚蓬子,适夷,孔罗荪,与锡金几位先生,他们昼夜的为它操作,奔忙。

会刊虽不很大,它却给文艺刊物开了个新纪元——它是全国写家的,而不是一个人或几个人的。积极的,它要在抗战的大前提下,容纳全体会员的作品,成为"文协"的一面鲜明的旗帜。消极的,它要尽量避免像战前刊物上一些彼此的口角与近乎恶意的批评。它要稳健,又要活泼;它要集思广益,还要不失了抗战的,一定的目标;它要抱定了抗战宣传的目的,还要维持住相当高的文艺水准。这不大容易作到。可是,它自始至终,没有改变了它的本来面目。始终没有一篇专为发泄自己感情,而不顾及大体的文章。

在武汉撤退的时候,有一部分会员,仍停留在那里。他们——像冯乃超和孔罗荪几位先生——决定非至万不得已的时候不离开武汉。于是,在会刊编辑部西去重庆的期间,就由这几位先生编刊武汉特刊。特刊一共出了四期,末一期出版已是十月十五日——武汉是二十五日失守的。连同这四期特刊,《抗战文艺》在武汉一共出了二十期。自十七期起,即在重庆复刊。这个变动的痕迹是可以由纸张上看出来的:前十六期及特刊四期都是用白报纸印的,自第十七期起,可就换用土纸了。

重庆的印刷条件不及武汉那么良好,纸张——虽然是土纸——也极缺乏。因此,在"文协"的周年纪念日起,会刊由周刊改为半月刊。后来,又改成了月刊。就是在改为月刊之后,它还有时候脱期。会中经费支绌与印刷太不方便是使它脱期的两个重要原因。但是,无论怎么困难,它始终没有停刊。它是"文协"的旗帜,会员们决不允许它倒了下去。在武汉的时候,它可以销到七八千份。假若武汉不失守,它一定可以增销到万份以上。销得多就不会赔钱,也自然可以解决了许多困难。可是,武汉失守了,会刊在渝复刊后,只能行销于重庆,昆明,贵阳,成都几个大都市,连洛阳,西安,兰州都到不了。于是,每期只能印五千份,求收支相抵已自不易,更说不到赚钱了。

到了日本投降时,会刊出到了七十期。"文协"呢,由文艺界抗敌协会改名为文艺协会,《抗战文艺》也自然须告一结束,于是编辑者决定再出一小册作为终卷;以后就须出文艺协会的新会刊了。在香港,昆明,和成都的"文协"分会,也都出过刊物,可是都因人才的缺乏与经费的困难,时出时停。最值得一提的是香港分会曾经出过几期外文的刊物,向国外介绍中国的抗战文艺。这是头一个向国外作宣传的文艺刊物,可惜因经费不足而夭折了,直到抗战胜利,也并没有继承它的。

我不惮繁琐的这么叙述"文协"会刊的历史,因为它实在是一部值得重视的文献。它不单刊露了战时的文艺创作,也发表了战时文艺的一切意见与讨论,并且报告了许多文艺者的活动。它是文,也是史。它将成为将来文学史上的一些最重要的资料。同时它也表现了一些特殊的精神,使读者看到作家们是怎样的在抗战中团结到一起,始终不懈的打着他们的大旗,向暴敌进攻。

在忙着办会刊而外,我们几乎每个星期都有座谈会联谊会。那真是快活的日子。多少相识与不相识的同道都成了朋友,在一块儿讨论抗战文艺的许多问题。开茶会呢,大家各自掏各自的茶资;会中穷得连"清茶恭候"也作不到呀。会后,刚刚得到了稿费的人,总是自动的请客,去喝酒,去吃便宜的饭食。在会所,在公园,在美的咖啡馆,在友人家里,在旅馆中,我们都开过会。假若遇到夜间空袭,我们便灭了灯,摸着黑儿谈下去。

这时候大家所谈的差不多集中在两个问题上：一个是如何教文艺下乡与入伍，一个是怎么使文艺效劳于抗战。前者是使大家开始注意到民间通俗文艺的原因；后者是在使大家于诗，小说，戏剧而外，更注意到朗诵诗，街头剧，及报告文学等新体裁。

但是，这种文艺通俗运动的结果，与其说是文艺真深入了民间与军队，倒不如说是文艺本身得到新的力量，并且产生了新的风格。文艺工作者只能负讨论，试作，与倡导的责任，而无法自己把作品送到民间与军队中去。这需要很大的经费与政治力量，而文艺家自己既找不到经费，又没有政治力量。这样，文艺家想到民间去，军队中去，都无从找到道路，也就只好写出民众读物，在报纸上刊物上发表发表而已。这是很可惜，与无可如何的事。

虽然我的一篇《抗战一年》鼓词，在七七周年纪念日，散发了一万多份；虽然何容与老向先生编的《抗到底》是专登载通俗文艺作品的刊物；虽然有人试将新写的通俗文艺也用木板刻出，好和《孟姜女》与《叹五更》什么的放在一处去卖；虽然不久教育部也设立了通俗读物编刊处；可是这个运动，在实施方面，总是枝枝节节没有风起云涌的现象。我知道，这些作品始终没有能到乡间与军队中去——谁出大量的金钱，一印就印五百万份？谁给它们运走？和准否大量的印，准否送到军民中间去？都没有解决。没有政治力量在它的后边，它只能成为一种文艺运动，一种没有什么实效的运动而已。

会员郁达夫与盛成先生到前线去慰劳军队。归来，他们报告给大家：前线上连报纸都看不到，不要说文艺书籍了。士兵们无可如何，只好到老百姓家里去借《三国演义》，与《施公案》一类的闲书。听到了这个，大家更愿意马上写出一些通俗的读物，先印一二百万份送到前线去。我们确是愿意写，可是印刷的经费，与输送的办法呢？没有人能回答。于是，大家只好干着急，而想不出办法来。

抬头见喜

八　入川

在武汉，我们都不大知道怕空袭。遇到夜袭，我们必定"登高一望"。探照灯把黑暗划开，几条银光在天上寻找。找到了，它们交叉在一处，照住那银亮的，几乎是透明的敌机。而后，红的黄的曳光弹打上去，高射炮紧跟着开了火。有声有色，真是壮观。

四月二十九与五月三十一日的两次大空战，我们都在高处看望。看着敌机被我机打伤，曳着黑烟逃窜，走着走着，一团红光，敌机打几个翻身，落了下去；有多么兴奋，痛快呀！一架敌机差不多就在我们的头上，被我们两架驱逐机截住，它就好像要孵窝的母鸡似的，有人捉它，它就爬下不动那样，老老实实的被击落。

可是，一进七月，空袭更凶了，而且没有了空战。在我的住处，有一个地洞，横着竖着，上下与四壁都用木柱密密的撑住，顶上堆着沙包。有一天，也就是下午两三点钟吧，空袭，我们入了这个地洞。敌机到了。一阵风，我们听到了飞沙走石；紧跟着，我们的洞就像一只小盒子被个巨人提起来，紧紧的乱摇似的，使我们眩晕。离洞有三丈吧，落了颗五百磅的炸弹，碎片打过来，把院中的一口大水缸打得粉碎。我们门外的一排贫民住房都被打垮，马路上还有两个大的弹坑。

我们没被打死，可是知道害怕了。再有空袭，我们就跑过铁路，到野地的荒草中藏起去。天热，草厚，没有风，等空袭解除了，我的袜子都被汗湿透。

不久，冯先生把我们送到汉口去。武昌已经被炸得不像样子了。千家街的福音堂中了两次弹。蛇山的山坡与山脚死了许多人。

因为我是"文协"的总务主任，我想非到万不得已不离开汉口。我们还时常在友人家里开晚会，十回倒有八回遇上空袭，我们煮一壶茶，灭去灯光，在黑暗中一直谈到空袭解除。邵先生劝我们快走，他的理由是："到了最紧急的时候，你们恐怕就弄不到船位，想走也走不脱了！"

这样，在七月三十日，我，何容，老向，与肖伯青（"文协"的干事），便带着"文协"的印鉴与零碎东西，辞别了武汉。只有友人白君和冯先生派来的副官，来送行。

船是一家中国的公司的，可插着意大利旗子。这是条设备齐全，而一切设备都不负责任的船。舱门有门轴，而关不上门；电扇不会转；衣钩掉了半截；什么东西都有，而全无用处。开水是在大木桶里。我亲眼看见一位江北娘姨把洗脚水用完，又倒在开水桶里！我开始拉痢。

一位军人，带着紧要公文，要在城陵矶下船。船上不答应在那里停泊。他耽误了军机，就碰死在绕锚绳的铁柱上！

船只到宜昌。我们下了旅馆。我继续拉痢。天天有空袭。在这里，等船的人很多，所以很热闹——是热闹，不是紧张。中国人仿佛不会紧张。这也许就是日本人侵华失败的原因之一吧？日本人不懂得中国人的"从容不迫"的道理。

我们求一位黄老翁给我们买票。他是一位极诚实坦白的人，在民生公司作事多年。他极愿帮我们的忙，可是连他也不住的抓脑袋。人多船少，他没法子临时给我们赶造出一只船来。等了一个星期，他算是给我们买到了铺位——在甲板上。我们不挑剔地方，只要不叫我们浮着水走就好。

仿佛全宜昌的人都上了船似的。不要说甲板上，连烟囱下面还有几十个难童呢。开饭，昼夜的开饭。茶役端着饭穿梭似的走，把脚上的泥垢全印在我们的被上枕上。我必须到厕所去，但是在夜间三点钟，厕所外边还站着一排候补员呢！

三峡有多么值得看哪。可是，看不见。人太多了，若是都拥到船头上去观景,船必会插在江里,永远不再抬头。我只能侧目看下面,看到人头——头发很黑——在水里打旋儿。

八月十四,我们到了重庆。上了岸,我们一直奔了青年会去。会中的黄次咸与宋杰人两先生都欢迎我们,可是怎奈宿舍已告客满。这时候重庆已经来了许多公务人员和避难的人,旅馆都有人满之患。青年会宿舍呢,地方清静,床铺上没有臭虫,房价便宜,而且有已经打好了的地下防空洞,所以永远客满。我们下决心不去另找住处。我们知道,在会里——那怕是地板呢——作候补,是最牢靠的办法。黄先生们想出来了一个办法,教我们暂住在机器房内。这是个收拾会中的器具的小机器房,很黑,响声很大。

天气还很热。重庆的热是出名的。我永远没睡过凉席,现在我没法不去买一张了。睡在凉席上,照旧汗出如雨。墙,桌椅,到处是烫的;人仿佛是在炉里。只有在一早四五点钟的时候,稍微凉一下,其余的时间全是在热气团里。城中树少而坡多,顶着毒花花的太阳,一会儿一爬坡,实在不是好玩的。

四川的东西可真便宜,一角钱买十个很大的烧饼,一个铜板买一束鲜桂圆。好吧,天虽热,而物价低,生活容易,我们的心中凉爽了一点。在青年会的小食堂里,我们花一二十个铜板就可以吃饱一顿。

"文协"的会友慢慢的都来到,我们在临江门租到了会所,开始办公。

我们的计划对了。不久,我们便由机器房里移到楼下一间光线不很好的屋里去。过些日子,又移到对门光线较好的一间屋中。最后,我们升到楼上去,屋子宽,光线好,开窗便看见大江与南山。何容先生与我各据一床。他编《抗到底》,我写我的文章。他每天是午前十一点左右才起来。我呢,到十一点左右已写完我一天该写的一二千字。写完,我去吃午饭。等我吃过午饭回来,他也出去吃东西,我正好睡午觉。晚饭，我们俩在一块儿吃。晚间，我睡得很早，他开始工作，一直到深夜。我们，这样，虽分住一间屋子，可是谁也不妨碍谁。赶到我们偶然都喝醉了的时候，才忘了这互不侵犯协定，而一齐吵嚷一回。

我开始正式的去和富少舫先生学大鼓书。好几个月，才学会了一段《白帝城》，腔调都摹拟刘（宝全）派。学会了这么几句，写鼓词就略有把握了。几年中，我写了许多段，可是只有几段被富先生们采用了：

《新拴娃娃》（内容是救济难童），富先生唱。

《文盲自叹》（内容是扫除文盲），富先生唱。

《陪都巡礼》（内容是赞美重庆），富贵花小姐唱。

《王小赶驴》（内容是乡民抗敌），董莲枝女士唱。

以上四段，时常在陪都演唱。其中以《王小赶驴》为最弱，因为董女士是唱山东犁铧大鼓的，腔调太缓慢，表现不出激昂慷慨的情调。于此，知内容与形式必求一致，否则劳而无功。

我也开始写旧剧剧本——用旧剧的形式写抗战的故事。这没有多大的成功。我只听说有一两出曾在某地表演过，我可是没亲眼看到。旧剧，因为是戏剧，比鼓词难写多了。最不好办的是教现代的人穿行头，走台步；不如此吧，便失去旧剧之美；按葫芦挖瓢吧，又使人看着不舒服；穿时装而且歌且舞吧，又像文明戏。没办法！

这时候，我还为《抗到底》写长篇小说——《蜕》。这篇东西没能写成。《抗到底》后来停刊了，我就没再往下写。

转过年来，二十八年之春，我开始学写话剧剧本。对戏剧，我是十成十的外行，根本不晓得小说与剧本有什么分别。不过，和戏剧界的朋友有了来往，看他们写剧，导剧，演剧，很好玩，我也就见猎心喜，决定瞎碰一碰。好在，什么事情莫不是由试验而走到成功呢。我开始写《残雾》。

初夏,"文协"得到战地党政工作委员会的资助,派出去战地访问团,以王礼锡先生为团长,宋之的先生为副团长,率领罗烽,白朗,葛一虹等十来位先生,到华北战地去访问抗战将士。

同时,慰劳总会组织南北两慰劳团,函请"文协"派员参加。理事会决议:推举姚蓬子,陆晶清两先生参加南团,我自己参加北团。

这是在五三、五四敌机狂炸重庆以后。重庆的房子,除了大机关与大商店的,差不多都是以竹篾为墙,上敷泥土,因为冬天不很冷,又没有大风,所以这种简单、单薄的建筑满可以将就。力气大的人,一拳能把墙砸个大洞。假若鲁智深来到重庆,他会天天闯祸的。这种房子盖得又密密相连,一失火就烧一大片。火灾是重庆的罪孽之一。日本人晓得这情形,所以五三、五四都投的是燃烧弹——不为炸军事目标,而是蓄意要毁灭重庆,造成恐怖。

前几天,我在公共防空洞里几乎憋死。人多,天热,空袭的时间长,洞中的空气不够用了。五三、五四我可是都在青年会里,所以没受到什么委屈。五四最糟,警报器因发生障碍,不十分响;没有人准知道是否有了空袭,所以敌机到了头上,人们还在街上游逛呢。火,四面八方全是火,人死得很多。我在夜里跑到冯先生那里去,因为青年会附近全是火场,我怕被火围住。彻夜,人们像流水一般,往城外搬。

经过这个大难,"文协"会所暂时移到南温泉去,和张恨水先生为邻。我也去住了几天。人心慢慢的安定了,我回渝筹备慰劳团与访问团出发的事情。我买了两身灰布的中山装,准备远行。此后,我老穿着这样的衣服。下过几次水以后,衣服灰不灰,蓝不蓝,老在身上裹着,使我很像个清道夫。吴组缃先生管我的这种服装叫作斯文扫地的衣服。

"文协"当然不会给我盘缠钱,我便提了个小铺盖卷,带了自己的几块钱,北去远征。

在起身以前,我写完了《残雾》。没加修改,便交王平陵先生去发表。我走了半年。等我回来,《残雾》已上演过了,很成功。导演是马彦祥先生,演员有舒绣文,吴茵,孙坚白,周伯勋诸位先生。可惜,我没有看见。

慰劳团先到西安,而后绕过潼关,到洛阳。由洛阳到襄樊老河口,而后出武关再到西安。由西安奔兰州,到由兰州榆林,而后到青海,绥远,宁夏,兴集,一共走了五个多月,两万多里。

这次长征的所见所闻,都记在《剑北篇》里——一部没有写完,而且不大像样的,长诗。在陕州,我几乎被炸死。在兴集,我差一点被山洪冲了走。这些危险与兴奋,都记在《剑北篇》里,即不多赘。

王礼锡先生死在了洛阳,这是文艺界极大的一个损失!

九 由川到滇

从二十九年起,大家开始感觉到生活的压迫。四川的东西不再便宜了,而是一涨就涨一倍的天天往上涨。我只好经常穿着斯文扫地的衣服了。我的香烟由使馆降为小大英,降为刀牌,降为船牌,再降为四川土产的卷烟——也可美其名曰雪茄。别的日用品及饮食也都随着香烟而降格。

生活不单困苦,而且也不安定。二十八,二十九,三十,这三年,日本费尽心机,用各种花样来轰炸。有时候是天天用一二百架飞机来炸重庆,有时候只用每次三五架,甚至于一两架,自晓至夜的施行疲劳轰炸,有时候单单在人们要睡觉,或睡的正香甜的时候,来捣乱。日本人大概是想以轰炸压迫政府投降。这是个梦想。中国人绝不是几个或几千个炸弹所能吓倒的。虽然如此,我在夏天可必须离开重庆,因为在防空洞里我没法子写作。于是,一到雾季过去,我就须预备下乡,而冯先生总派人来迎接:"上我这儿来吧,城里没法子写东西呀!"二十九年夏天,我住在陈家桥冯公馆的花园里。园里只有两间茅屋,归我独住。屋外有很多的树木,树上时时有各种的鸟儿为我——也许为它们自己——唱歌。我在这里写《剑北篇》。

雾季又到,回教协会邀我和宋之的先生合写以回教为主题的话剧。我们就写了《国家至上》。这剧本,在重庆,成都,昆明,大理,香港,桂林,兰州,恩施,都上演过。他是抗战文艺中一个成功的作品。因写这剧本,我结识了许多回教的朋友。有朋友,就不怕穷。我穷,我的生活不安定,可是我并不寂寞。

二十九年冬,因赶写《面子问题》剧本,我开始患头晕。生活苦了,营养不足,又加上爱喝两杯酒,遂患贫血。贫血遇上努力工作,就害头晕——一低头就天旋地转,只好静卧。这个病,至今还没好,每年必犯一两次。病一到,即须卧倒,工作完全停顿!着急,但毫无办法。有人说,我的作品没有战前的那样好了。我不否认。想想看,抗战中,我是到处流浪,没有一定的住处,没有适当的饭食,而且时时有晕倒的危险,我怎能写出字字珠玑的东西来呢?

三十年夏,疲劳轰炸闹了两个星期。我先到歌乐山,后到陈家桥去住,还是应冯先生之邀。这时候,罗莘田先生来到重庆。因他的介绍,我认识了清华大学校长梅贻琦先生,梅先生听到我的病与生活状况,决定约我到昆明去住些日子。昆明的天气好,又有我许多老友,我很愿意去。在八月下旬,我同莘田搭机,三个钟头便到了昆明。

我很喜爱成都,因为它有许多地方像北平。不过,论天气,论风景,论建筑,昆明比成都还更好。我喜欢那比什刹海更美丽的翠湖,更喜欢昆明湖——那真是湖，不是小小的一汪水，像北平万寿山下的人造的那个。土是红的，松是绿的，天是蓝的，昆明的城外到处像油画。

更使我高兴的，是遇见那么多的老朋友。杨今甫大哥的背有点驼了，却还是那样风流儒雅。他请不起我吃饭，可是也还烤几罐土茶，围着炭盆，一谈就和我谈几点钟。罗膺中兄也显着老，而且极穷，但是也还给我包饺子，煮俄国菜汤吃。郑毅生、陈雪屏、冯友兰、冯至、陈梦家、沈从文、章川岛、段喆人、闻一多、萧涤非、彭啸咸、查良钊、徐旭生、钱端升诸先生都见到，或约我吃饭，或陪我游山逛景。这真是快乐的日子。在城中，我讲演了六次；虽然没有什么好听，听众倒还不少。在城中住腻，便同莘田下乡。提着小包，顺着河堤慢慢的走，风景既像江南，又非江南；有点像北方，又不完全像北方；使人快活，仿佛是置身于一种晴朗的梦境，江南与北方混在一起而还很调谐的，只有在梦中才会偶尔看到的境界。

在乡下，我写完了《大地龙蛇》剧本。这是受东方文化协会的委托，而始终未曾演出过的，不怎么高明的一本剧本。

认识一位新朋友——查阜西先生。这是个最爽直，热情，多才多艺的朋友。他听我有愿看看大理的意思，就马上决定陪我去。几天的工夫，他便交涉好，我们坐两部运货到畹汀的卡车的高等黄鱼。所谓高等黄鱼者，就是第一不要出钱，第二坐司机台，第三司机师倒还请我们吃酒吃烟——这当然不在协定之内，而是在路上他们自动这样作的。两位司机师都是北方人。在开车之前他们就请我们吃了一桌酒席！后来，有一位摔死在澜沧江上，我写了一篇小文悼念他。

到大理，我们没有停住，马上奔了喜洲镇去。大理没有什么可看的，不过有一条长街，许多卖大理石的铺子而已。它的城外，有苍山洱海，才是值得看的地方。到喜洲镇去的路上，左是高山，右是洱海，真是置身图画中。喜洲镇，虽然是个小镇子，却有宫殿似的建筑，小街左右都流着清清的活水。华中大学由武昌移到这里来，我又找到游泽丞教授。他和包漠庄教授，李何林教授，陪着我们游山泛水。这真是个美丽的地方，而且在赶集的时候，能看到许多夷民。

极高兴的玩了几天，吃了不知多少条鱼，喝了许多的酒，看了些古迹，并对学生们讲演了两三次，我们依依不舍的道谢告辞。在回程中，我们住在了下关等车。在等车之际，有好几位回教朋友来看我，因为他们演过《国家至上》。查阜西先生这回大显身手，居然借到了小汽车，一天便可以赶到昆明。

在昆明过了八月节，我飞回了重庆来。

十　写与游

这时候，我已移住白象街新蜀报馆。青年会被炸了一部分，宿舍已不再办。

夏天，我下乡，或去流荡；冬天便回到新蜀报馆，一面写文章，一面办理"文协"的事。"文协"也找到了新会所，在张家花园。

物价像发疯似的往上涨。文人们的生活都非常的困难。我们已不能时常在一处吃饭喝酒了，因为大家的口袋里都是空空的。"文协"呢有许多会员到桂林和香港去，人少钱少，也就显着冷落。可是，在重庆的几个人照常的热心办事，不肯教它寂寞的死去。办事很困难，只要我们动一动，外边就有谣言，每每还遭受了打击。我们可是不灰心，也不抱怨。我们诸事谨慎，处处留神。为了抗战，我们甘心忍受一切的委屈。

我的身体也越来越坏，本来就贫血，又加上时常"打摆子"（川语，管疟疾叫打摆子），所以头晕病更加重了。

不过，头晕并没完全阻止了我的写作。只要能挣扎着起床，我便拿起笔来，等头晕得不能坐立，再把它放下。就是在这么挣扎着的情形下，八年中我写了：鼓词，十来段。旧剧，四五出。话剧，八本。短篇小说，六七篇。长篇小说，三部。长诗，一部。此外还有许多篇杂文。

这点成绩，由质上量上说都没有什么了不起。不过，把病痛，困苦，与生活不安定，都加在里面，即使其中并无佳作，到底可以见出一点努力的痕迹来了。

书虽出了不少，而钱并没拿到几个。战前的著作大致情形是这样的：商务的三本（《老张的哲学》，《赵子曰》，《二马》），因沪馆与渝馆的失去联系，版税完全停付；直到三十二年才在渝重排。《骆驼祥子》，《樱海集》，《牛天赐传》，《老牛破车》四书，因人间书屋已倒全无消息。到三十一年，我才把《骆驼祥子》交文化生活出版社重排。《牛天赐传》到最近才在渝出版。《樱海集》与《老牛破车》都无机会在渝付印。其余的书的情形大略与此相同，所以版税收入老那么似有若无。在抗战中写的东西呢，像鼓词，旧剧等，本是为宣传抗战而写的，自然根本没想到收入。话剧与鼓词，目的在学习，也谈不到生意经。只有小说能卖，可是因为学写别的体裁，小说未能大量生产，收入就不多。

不过，写作的成绩虽不好，收入也虽欠佳，可是我到底学习了一点新的技巧与本事。这就"不虚此写"！一个文人本来不是商人，我又何必一定老死盯着钱呢？没有饿死，便是老天爷的保佑；若专算计金钱，而忘记了多学习，多尝试，则未免挂羊头而卖狗肉矣。我承认八年来的成绩欠佳，而不后悔我的努力学习。我承认不计较金钱，有点愚蠢，我可也高兴我肯这样愚蠢；天下的大事往往是愚人干出来的。

有许多去教书的机会，我都没肯去：一来是，我的书籍，存在了济南，已全部丢光；没有书自然没法教书。二来是，一去教书，势必就耽误了乱写，我不肯为一点固定的收入而随便搁下笔。笔是我的武器，我的资本，也是我的命。

三十一年夏天，我随冯先生去游灌县与青城山。

我真喜爱青城山。它的翠绿的颜色直到如今还印在我的脑中。三峡，剑门，华山，终南，祁连山我都看过了，它们都有它们的特点，都有它们的奇伟处，可是我觉得它们都不如青城。我是喜安静的人，所以特别喜欢青城的幽寂。

可惜，我没能到峨嵋去！四川真伟大，有多少奇山异水可看呀！一个人若能走遍了四川，也就够开眼的了！就是在重庆那么乱的山城里，它到底有许多青峰，和两条清江可以作诗料呀！

我爱花，即使不能去看高山大川，我的案头一年四季总有一瓶鲜花给我一点安慰。梅，各色的梅；腊梅，各种的腊梅；杜鹃，茶花，水仙，菊，和各种的花，都能在街头买到。看着花，我想像着那山腰水滨的美丽，便有些乐不思"离"蜀矣！

十一　在北碚

北碚是嘉陵江上的一个小镇子，离重庆有五十多公里，这原是个很平常的小镇市；但经卢作孚与卢子英先生们的经营，它变成了一个"试验区"。在抗战中，因有许多学校与机关迁到此处，它又成了文化区。此地出煤。在许多煤矿中，天府公司且有最新的设备与轻便铁路。原有的手工业是制造石器——石砚及磨石等——与挂面，现在又添上小的粉面厂与染织厂。

这里的学校是复旦大学，体育专科学校，戏剧专科学校，重庆师范，江苏省立医学院，兼善中学和勉仁中学等。迁来的机关有国立编译馆，礼乐馆，中工所，水利局，中山文化教育馆，儿童福利所，江苏医院，教育电影制片厂……有了这么多的学校与机关，市面自然也就跟着繁荣起来。它的整洁的旅舍，相当大的饭馆，浴室，和金店银行。它也有公园，体育场，戏馆，电灯，和自来水。它已不是个小镇，而是个小城。它的市外还有北温泉公园，可供游览及游泳；有山，山上住着太虚大师与法尊法师，他们在缙云寺中设立了汉藏理学院，教育年青的和尚。

二十八、二十九两年，此地遭受了轰炸，炸去许多房屋，死了不少的人。可是随炸随修。它的市容修改得更整齐美丽了。这是个理想的住家的地方。具体而微的，凡是大都市应有的东西，它也都有。它有水路，旱路直通重庆，百货可以源源而来。它的安静与清洁又远非重庆可比。它还有自己的小小的报纸呢。

林语堂先生在这里买了一所小洋房。在他出国的时候，他把这所房交给老向先生与"文协"看管着。因此，一来这里有许多朋友，二来又有住处，我就常常来此玩玩。在复旦，有陈望道，陈子展，章靳以，马宗融，洪深，赵松庆，伍蠡甫，方令孺诸位先生；在编译馆，有李长之，梁实秋，隋树森，阎金锷，老向诸位先生；在礼乐馆，有杨仲子，杨荫浏，卢前，张充和诸位先生；此外还有许多河北的同乡；所以我喜欢来到此处。虽然他们都穷，但是轮流着每家吃一顿饭，还不至于教他们破产。

三十一年夏天，我又来到北碚，写长篇小说《火葬》，从这一年春天，空袭就很少了；即使偶尔有一次，北碚也有防空洞，而且不必像在重庆那样跑许多路。

哪知道，这样一来可就不再动了。十月初，我得了盲肠炎，这个病与疟疾，在抗战中的四川是最流行的；大家都吃平价米，里边有许

抬头见喜

多稗子与稻子。一不留神把它们咽下去，入了盲肠，便会出毛病。空袭又多，每每刚端起饭碗警报器响了；只好很快的抓着吞咽一碗饭或粥，顾不得细细的挑拣；于是盲肠炎就应运而生。

我入了江苏医院。外科主任刘玄三先生亲自动手。他是北方人，技术好，又有个热心肠。可是，他出了不少的汗。找了三个钟头才找到盲肠。我的胃有点下垂，盲肠挪了地方，倒仿佛怕受一刀之苦，而先藏躲起来似的。经过还算不错，只是外边的缝线稍粗（战时，器材缺乏），创口有点出水，所以多住了几天院。

我还没出院，家眷由北平逃到了重庆。只好教他们上北碚来。我还不能动。多亏史叔虎，李效庵两位先生——都是我的同学——设法给他们找车，他们算是连人带行李都来到北碚。

从这时起，我就不常到重庆去了。交通越来越困难，物价越来越高；进一次城就仿佛留一次洋似的那么费钱。除了"文协"有最要紧的事，我很少进城。

妻絜青在编译馆找了个小事，月间拿一石平价米，我照常写作，好歹的对付着过日子。

按说，为了家计，我应去找点事作。但是，一个闲散惯了的文人会作什么呢？不要说别的，假若在从武汉撤退的时候，我若只带二三百元（这并不十分难筹）的东西，然后一把捣一把的去经营，说不定我就会成为百万之富的人。有许多人，就是这样的发了财的。但是，一个人只有一个脑子，要写文章就顾不得作买卖，要作生意就不用写文章。脑子之外，还有志愿呢。我不能为了金钱而牺牲了写作的志愿。那么，去作公务人员吧？也不行！公务人员虽无发国难财之嫌，可是我坐不惯公事房。去教书呢，我也不甘心。教我放下毛笔，去拿粉笔，我不情愿。我宁可受苦，也不愿改行。往好里说，这是坚守自己的岗位；往坏里说，是文人本即废物。随便怎么说吧，我的老主意。

我戒了酒。在省钱而外，也是为了身体。酒，到此时才看明白，并不帮忙写作，而是使脑子昏乱迟钝。

我也戒烟。这却专为省钱。可是，戒了三个月，又吸上了。不行，没有香烟，简直活不下去！

既不常进城，我开始计划写一部百万字的长篇小说。一百万字，我想，能在两年中写完；假若每天能照准写一千五百字的话。三十三年元月，我开始写这长篇——就是《四世同堂》。

可是，头昏与疟疾时常来捣乱。到三十三年年底，我才只写了三十万字。这篇东西大概非三年写不完了。

北碚虽然比重庆清静，可是夏天也一样的热。我的卧室兼客厅兼书房的屋子，三面受阳光的照射，到夜半热气还不肯散，墙上还可以烤面包。我睡不好。睡眠不足，当然影响到头昏。屋中坐不住，只好到室外去，而室外的蚊子又大又多，扇不停挥，它们还会乘机而入，把疟虫注射在人身上。"打摆子"使贫血的人更加贫血。

三十三年这一年又是战局最黑暗的时候，中原，广西，我们屡败；敌人一直攻进了贵州。这使我忧虑，也极不放心由桂林逃出来的文友的安全。忧虑与关切也减低了我写作的效率。

十二　望北平

三十三年四月十六日，"文协"开年会。第二天，朋友们给我开了写作二十年纪念会，到会人很多，而且有朗诵，大鼓，武技，相声，魔术等游艺节目。有许多朋友给写了文章，并且送给我礼物。到大家教我说话的时候，我已泣不成声。我感激大家对我的爱护，又痛心社会上对文人的冷淡，同时想到自己的年龄加长，而碌碌无成，不禁百感交集，无法说出话来。

这却给我以很大的鼓励。我知道我写作成绩并不怎么好；友人们的鼓励我，正像鼓励一个拉了二十年车的洋车夫，或辛苦了二十年的邮差，虽然成绩欠佳，可是始终尽责不懈。那么，为酬答友人的高情厚谊，我就该更坚定的守住岗位，专心一志的去写作，而且要写得更用心一些。我决定把《四世同堂》写下去。这部百万字的小说，即使在内容上没什么可取，我也必须把它写成，成为从事抗战文艺的一个较大的纪念品。

三十三年的战局很坏，我可是还天天写作。除了头昏不能起床，我总不肯偷懒。这一年，《四世同堂》得到三十万字。

三十四年，我的身体特别坏。年初，因为生了个小女娃娃，我睡得不甚好，又患头晕。春初，又打摆子。以前，头晕总在冬天。今年，夏天也犯了这病。秋间，患痔，拉痢。这些病痛时常使我放下笔。本想用两年的功夫把《四世同堂》写完，可是到三十四年年底，只写了三分之二。这简直不是写东西，而是玩命！

抗战胜利了，我进了一次城。按我的心意，"文协"既是抗敌协会，理当以抗战始，以胜利终。进城，我想结束结束会务，宣布解散。朋友们可是一致的不肯使它关门。他们都愿意把"抗敌"取销，成为永久的文艺协会。于是，大家开始筹备改组事宜，不久便得社会部的许可，发下许可证。

关于复员，我并不着急。一不营商，二不求官，我没有忙着走的必要。八年流浪，到处为家；反正到哪里，我也还是写作，干吗去挤车挤船的受罪呢？我很想念家乡，这是当然的。可是，我既没钱去买黑票，又没有衣锦还乡的光荣，那么就教北平先等一等我吧，写了一首"乡思"的七律，就拿它结束这段"八方风雨"吧：

茫茫何处话桑麻?破碎山河破碎家;
一代文章千古事,余年心愿半庭花!
西风碧海珊瑚冷,北岳霜天翔角斜;
无限乡思秋日晚,夕阳白发待归鸦!

三十四年十二月二十八日于四川北碚

载 1946 年 4 月 4 日至 5 月 16 日北平《新民报》

抬头见喜

东方学院

从一九二四的秋天,到一九二九的夏天,我一直的在伦敦住了五年。除了暑假寒假和春假中,我有时候离开伦敦几天,到乡间或别的城市去游玩,其余的时间就都消磨在这个大城里。我的工作不许我到别处去,就是在假期里,我还有时候得到学校去。我的钱也不许我随意的去到各处跑,英国的旅馆与火车票价都不很便宜。

我工作的地方是东方学院,伦敦大学的各学院之一。这里,教授远东近东和非洲的一切语言文字。重要的语言都成为独立的学系,如中国语,阿拉伯语等;在语言之外还讲授文学哲学什么的。次要的语言,就只设一个固定的讲师,不成学系,如日本语;假如有人要特意的请求讲授日本的文学或哲学等,也就由这个讲师包办。不甚重要的语言,便连固定的讲师也不设,而是有了学生再临时去请教员,按钟点计算报酬。譬如有人要学蒙古语文或非洲的非英属的某地语文,便是这么办。自然,这里所谓的重要与不重要,是多少与英国的政治,军事,商业等相关联的。

在学系里,大概的都是有一位教授,和两位讲师。教授差不多全是英国人;两位讲师总是一个英国人,和一个外国人——这就是说,中国语文系有一位中国讲师，阿拉伯语文系有一位阿拉伯人作讲师。这是三位固定的教员，其余的多是临时请来的，比如中国语文系里，有时候于固定的讲师外，还有好几位临时的教员，假若赶到有学生要学中国某一种方言的话；这系里的教授与固定讲师都是说官话的，那么要是有人想学厦门话或绍兴话，就非去临时请人来教不可。

这里的教授也就是伦敦大学的教授。这里的讲师可不都是伦敦大学的讲师。以我自己说，我的聘书是东方学院发的，所以我只算学院里的讲师，和大学不发生关系。那些英国讲师多数的是大学的讲师，这倒不一定是因为英国讲师的学问怎样的好，而是一种资格问题：有了大学讲师的资格，他们好有升格的希望，由讲师而副教授而教授。教授既全是英国人，如前面所说过的，那么外国人得到了大学的讲师资格也没有多大用处。况且有许多部分，根本不成为学系，没有教授，自然得到大学讲师的资格也不会有什么发展。在这里，看出英国人的偏见来。以梵文，古希伯来文，阿拉伯文等说，英国的人才并不弱于大陆上的各国；至于远东语文与学术的研究，英国显然的追不上德国或法国。设若英国人愿意，他们很可以用较低的薪水去到德法等国聘请较好的教授。可是他们不肯。他们的教授必须是英国人，不管学问怎样。就我所知道的，这个学院里的中国语文学系的教授，还没有一位真正有点学问的。这在学术上是吃了亏，可是英国人自有英国人的办法，决不会听别人的。幸而呢，别的学系真有几位好的教授与讲师，好歹一背拉，这个学院的教员大致的还算说得过去。况且，于各系的主任教授而外，还有几位学者来讲专门的学问，像印度的古代律法，巴比仑的古代美术等等，把这学院的声价也提高了不少。在这些教员之外，另有位音韵学专家，教给一切学生以发音与辨音的训练与技巧，以增加学习语言的效率。这倒是个很好的办法。

大概的说，此处的教授们并不像牛津或剑桥的教授们那样只每年给学生们一个有系统的讲演，而是每天与讲师们一样的教功课。这就必须说一说此处的学生了。到这里来的学生，几乎没有任何的限制。以年龄说，有的是七十岁的老夫或老太婆，有的是十几岁的小男孩或女孩。只要交上学费，便能入学。于是，一人学一样，很少有两个学生恰巧学一样东西的。拿中国语文系说吧，当我在那儿的时候，学生中就有两位七十多岁的老人：一位老人是专学中国字，不大管它们都念作什么，所以他指定要英国的讲师教他。另一位老人指定要跟我学，因为他非常注重发音；他对语言很有研究，古希腊，拉丁，希伯来，他都会，到七十多岁了，他要听听华语是什么味儿；学了些日子华语，他又选上了日语。这两个老人都很用功，头发虽白，心却不笨。这一对老人而外，还有许多学生：有的学言语，有的念书，有的要在伦敦大学得学位而来预备论文，有的念元曲，有的念《汉书》，有的是要往中国去，所以先来学几句话，有的是已在中国住过十年八年而想深造……总而言之，他们学的功课不同，程度不同，上课的时间不同，所要的教师也不同。这样，一个人一班，教授与两个讲师便一天忙到晚了。这些学生中最小的一个才十二岁。

因此，教授与讲师都没法开一定的课程，而是兵来将挡，学生要学什么，他们就得教什么；学院当局最怕教师们说："这我可教不了。"于是，教授与讲师就很不易当。还拿中国语文系说吧，有一回，一个英国医生要求教他点中国医学。我不肯教，教授也瞪了眼。结果呢，还是由教授和他对付了一个学期。我很佩服教授这点对付劲儿；我也准知道，假若他不肯敷衍这个医生，大概院长那儿就更难对付。由这一点来说，我很喜欢这个学院的办法，来者不拒，一人一班，完全听学生的。不过，要这样办，教员可得真多，一系里只有两三个人，而想使个个学生满意，是作不到的。

成班上课的也有：军人与银行里的练习生。军人有时候一来就是一拨儿，这一拨儿分成几组，三个学中文，两个学日文，四个学土耳其文……既是同时来的，所以可以成班。这是最好的学生。他们都是小军官，又差不多都是世家出身，所以很有规矩，而且很用功。他们学会了一种语言，不管用得着与否，只要考试及格，在饷银上就有好处。据说会一种语言的，可以每年多关一百镑钱。他们在英国学一年中文，然后就可以派到中国来。到了中国，他们继续用功，而后回到英国受试验。试验及格便加薪俸了。我帮助考过他们，考题很不容易，言语，要能和中国人说话；文字，要能读大报纸上的社论与新闻，和能将中国的操典与公文译成英文。学中文的如是，学别种语文的也如是。厉害！英国的秘密侦探是著名的，军队中就有这么多，这么好的人才呀：和哪一国交战，他们就有会哪一国言语文字的军官。我认得一个年轻的军官，他已考及格过四种言语的初级试验，才二十三岁！想打倒帝国主义么，啊，得先充实自己的学问与知识，否则喊哑了嗓子只有自己难受而已。

最坏的学生是银行的练习生们。这些都是中等人家的子弟——不然也进不到银行去——可是没有军人那样的规矩与纪律，他们来学语言，只为马马虎虎混个资格，考试一过，马上就把"你有钱，我吃饭"忘掉。考试及格，他们就有被调用到东方来的希望，只是希望，并不保准。即使真被派遣到东方来，如新加坡，香港，上海等处，他们早知道满可以不说一句东方语言而把事全办了。他们是来到这个学院预备资格，不是预备言语，所以不好好的学习。教员们都不喜欢教他们，他们也看不起教员，特别是外国教员。没有比英国中等人家的二十上下岁的少年再讨厌的了，他们有英国人一切的讨厌，而英国人所有的好处他们还没有学到，因为他们是正在刚要由孩子变成大人的时候，所以比大人更讨厌。

班次这么多，功课这么复杂，不能不算是累活了。可是有一样好处：他们排功课表总设法使每个教员空闲半天。星期六下午照例没有课，再加上每周当中休息半天，合起来每一星期就有两天的休息。再说呢，一年分为三学期，每学期只上十个星期的课，一年倒可以有五个月的假日，还算不坏。不过，假期中可还有学生愿意上课；学生愿意，先生自然也得愿意，所以我不能在假期中一气离开伦敦许多天。这可也有好处，假期中上课，学费便归先生要。

学院里有个很不错的图书馆，专藏关于东方学术的书籍，楼上还有些中国书。学生在上课前，下课后，不是在休息室里，便是到图书馆去，因为此外别无去处。这里没有运动场等等的设备，学生们只好到图书馆去看书，或在休息室里吸烟，没别的事可作。学生既多数的是一人一班，而且上课的时间不同，所以不会有什么团体与运动。每一学期至多也不过有一次茶话会而已。这个会总是在图书馆里开，全校的人都被约请。没有演说，没有任何仪式，只有茶点，随意的吃。在开这个会的时候，学生才有彼此接谈的机会，老幼男女聚在一处，一边吃茶一边谈话。这才看出来，学生并不少；平日一个人一班，此刻才看到成群的学生。

假期内，学院里清静极了，只有图书馆还开着，读书的人可也并不甚多。我的《老张的哲学》，《赵子曰》，与《二马》，大部分是在这里写的，因为这里清静啊。那时候，学院是在伦敦城里。四外有好几个火车站，按说必定很乱，可是在学院里并听不到什么声音。图书馆靠街，可是正对着一块空地，有些花木，像个小公园。读完了书，到这个小公园去坐一下，倒也方便。现在，据说这个学院已搬到大学里去，图书馆与课室——一个友人来信这么说——相距很远，所以馆里更清静了。哼，希望多咱有机会再到伦敦去，再在这图书馆里写上两本小说！

载 1937 年 3 月《西风》第 7 期

旅美观感

我是第一次来到美国,到现在止,我只到过四个美国的大城市:西雅图、芝加哥、华盛顿和纽约。今天,就我初到美国所见所闻的感想,向各位作一个简短的报告。

在芝加哥停留四天,我感到美国人非常热情、和蔼、活泼、可爱。有一天在华盛顿的街上,我向一位妇女问路,她立刻很清楚地告诉我,当我坐进汽车,关上车门,快要开车的时候,她还极恳切地嘱咐司机,要司机好好替我开到目的地。

我也遇见曾经到过中国的美国教授、士兵和商人。这些人对于中国的印象都很好,他们都说喜欢中国人,仍然想回到中国。我们不要听到这种话就"受宠若惊",我们应该了解我们自己也是世界人,我们也是世界的一环,我们必须要使美国朋友们能够真正了解我们的老百姓,了解我们的文化。在今天,许多美国人所了解的不是今日的中国人,而是千百年前唐宋时代的中国人,他们对于唐诗、宋词都很欣赏。但是我也曾看见一位研究中国古画的画家,在他的作品中,有一幅画,他把中国的长城画到黄河以南来了,实在令人可笑。

中美两国都有爱好和平的精神,中美两国实在应该联合起来。不过，要请各位注意的，我所说的联合起来是没有政治意义的，只是说中美两国的文化要联合起来，发扬两国人民爱好和平的精神。

我们对外的宣传，只是着重于政治的介绍，而没有一个文化的介绍，我觉得一部小说与一部剧本的介绍，其效果实不亚于一篇政治论文。过去我们曾经向美国介绍我国宋词、康熙瓷瓶，这最多只是使美国人知道我们古代在文学艺术上的成就，但却不能使他们了解今日中国文化情形。我觉得中国话剧在抗战期间实在有成就，并不是拿不出的东西，这些话剧介绍给美国，相信一定会比宋词、康熙瓷瓶更有价值，更受欢迎。

最后，要告诉各位的，是不要以为美国人的生活是十分圆满的，在美国全国也有许多困难的问题，比如劳资纠纷，社会不安。我们也要研究他们社会不安的原因，作为改进我们自己社会不景现象的参考。我们不要过分重视别人，轻视自己，也不要过分重视自己，轻视别人。

载 1946 年 6 月 20 日《书报精华》第 18 期